DU MÊME AUTEUR

Aux Éditions JC Lattès

LE ROMAN DE LILI, 2000 (Le Livre de Poche).

JUNGLE, 2005 (Le Livre de Poche).

TOUT CELA N'A RIEN À VOIR AVEC MOI, 2013. Prix de Flore, 2013 (Pocket).

CRANS-MONTANA, 2015. Grand Prix SGDL du roman, 2016 (Pocket).

SUMMER, 2017 (Le Livre de Poche).

ÉDEN

MONICA SABOLO

ÉDEN

roman

nrf

GALLIMARD

1

Un esprit de la forêt. Voilà ce qu'elle avait vu. Elle le répéterait, encore et encore, à tous ceux qui l'interrogeaient, au père de Lucy, avec son pantalon froissé et sa chemise sale, à la police, aux habitants de la réserve, elle dirait toujours les mêmes mots, lèvres serrées, menton buté. Quand on lui demandait, avec douceur, puis d'une voix de plus en plus tendue, pressante, s'il ne s'agissait pas plutôt de Lucy – Lucy, quinze ans, blonde, un mètre soixante-cinq, short en jean, tee-shirt blanc, disparue depuis deux jours –, quand on lui demandait si elle n'avait pas vu Lucy, elle répondait en secouant la tête : « Non, non, c'était un esprit, l'esprit de la forêt. »

Martha, trente-huit ans, employée aux services sociaux, connue pour sa capacité à écouter les plaintes sans jamais ciller – on ne savait pas si elle était compatissante, ou si elle s'en foutait –, était sortie détacher les draps suspendus sur la corde à linge, tout au bout du terrain vague. L'obscurité dégageait un parfum métallique. À chaque fois qu'elle sentait ce goût de fer, cet air qui s'infiltrait sous la porte et à travers les fenêtres, fermées par des morceaux de scotch gondolant sous l'humidité, comme si les bois poussaient un long soupir, elle savait qu'il allait pleuvoir. Alors, le cou rentré dans sa parka militaire, elle fonçait dans le noir vers la corde à linge, en évitant de regarder la forêt, cet espace infini prêt à vous avaler, une immense bouche plus sombre que la nuit.

L'esprit de la forêt était là, juste derrière le drap qui remuait dans l'air, tel un rideau ouvrant sur un autre monde. Il était là, entre le drap et le bois noir, avec une cape, un manteau végétal, ou des ailes de plumes soyeuses. Avançant très lentement, se déplaçant sans effort, paraissant flotter au-dessus du sol. Un esprit femelle avec de tout petits seins aux pointes roses.

Il ne portait rien d'autre, sa peau aussi blanche que le poitrail d'une biche, ses pieds nus, menus, dans la terre.

Bien sûr, il y avait du sang, et ces griffures, sur tout le corps, mais son visage rayonnait. Ses cheveux blonds diffusaient la même lumière pâle que la lune entre les branchages, une arche délicatement tressée autour de sa peau.

Il se dégageait de la scène une douceur laiteuse, quelque chose d'infiniment serein.

La créature de la forêt s'était immobilisée, ses yeux clairs avaient fixé Martha un instant, mais sans la voir, ou comme s'ils regardaient au plus profond d'elle.

Martha avait peut-être crié, ou bien elle avait juste ouvert la bouche, ou encore leurs esprits avaient échangé des pensées invisibles, un message dans une langue qu'elle avait oubliée. Un oiseau s'était envolé dans un craquement de branches au-dessus de sa tête – des os qu'on brise, avait-elle pensé –, et quand elle avait baissé les yeux, la créature avait disparu.

Alors elle avait couru, couru, vers la maison, tandis que la pluie s'abattait en colonnes obliques, resserrées, ruisselant sur son front, et le linge derrière elle faisait des bruits de baisers mouillés.

C'est le lendemain, une journée humide et grise où le ciel semblait toucher la cime des arbres, que des campeurs étaient tombés sur la silhouette recroquevillée sur elle-même, endormie, et complètement nue, au pied d'un mélèze majestueux.

Le corps de Lucy était recouvert de croûtes séchées, zébré de griffures, elle avait de la terre sur le visage, les cuisses, les fesses. « On avait l'impression que la terre se déversait d'elle », dirait la campeuse, en tenant son gobelet de café, une serviette de bain bariolée sur les épaules, ce qui lui donnait l'air incongru de rentrer de la plage.

Il serait impossible d'obtenir des informations, réellement. Le couple de campeurs – des étudiants en droit de la capitale – était incapable de répondre aux questions, le garçon évoquant simplement une fille couchée à la façon d'un bébé paisible, « si nue qu'elle semblait recouverte d'une combinaison de peau ». Il avait appelé la police depuis son téléphone portable, mais, avec sa petite amie, ils s'étaient alors tellement éloignés – « j'avais peur pour ma copine », dirait-il sans jamais regarder l'inspecteur – qu'il fallut encore plusieurs heures pour retrouver Lucy. Toujours endormie, et nue, au pied de cet arbre si haut, au tronc si large, qu'on aurait dit un fruit tombé à ses pieds.

Lucy s'était montrée docile, flottant dans le bas de survêtement trop grand qu'on lui avait enfilé – elle avait soulevé un pied, puis l'autre, tendu ses bras au-dessus de sa tête pour que la femme de la gendarmerie lui passe un pull, comme à une fillette ensommeillée –, se laissant à nouveau déshabiller pour l'examen médical, geignant un peu quand le médecin avait pressé sur ses genoux afin qu'elle écarte les cuisses et glisse ses pieds dans les étriers de la table d'auscultation. Mais ensuite, elle avait simplement regardé par la fenêtre, en fronçant les sourcils, comme si elle cherchait un petit animal dans les arbres.

Elle ne répondrait à aucune question, il semblait même qu'elle ne comprenait pas les mots qui étaient prononcés. Pendant tous les jours qui suivirent, les semaines, elle resterait muette, observant l'individu lui faisant face – que ce soit un policier, une infirmière ou son père – avec une sorte de surprise, ou d'ennui, en penchant la tête, avant de détourner le regard et de se mettre à mâchonner son pouce, dont la peau évoquait un petit poisson fripé.

2

La première fois que j'avais vu Lucy, c'était à la fin du mois d'août, presque un an avant les événements. Elle descendait d'une camionnette, ses cheveux blonds tirés en queue-de-cheval, l'air absente, vaguement contrariée.

La camionnette s'était garée juste à côté de chez nous, devant l'ancienne caserne de pompiers. Personne n'avait connu le temps où il y avait ici des pompiers, mais, apparemment, quelqu'un avait décidé, avec cette connerie de programme « Vitalité et urbanisation », que ce serait une bonne idée de transformer la caserne en habitation « de charme ».

Le père de Lucy avait fait claquer la portière avec son allure sévère et ce drôle de pli sur la bouche. On aurait dit un professeur débarquant dans une nouvelle université qui ne correspondait pas à ses ambitions. Lucy, elle, était descendue du siège passager, dans un pantalon bizarre, coupé dans une laine raide comme du carton, semblable à ceux que portent les témoins de Jéhovah qui sonnent à votre porte avec un sourire flippant, en déclarant : « Jésus vous aime. »

Personne ne venait jamais s'installer ici. La réserve était coincée entre deux droites infinies : la forêt, d'un côté, l'autoroute de l'autre. Les arbres, qui s'étendaient sur des centaines d'hectares jusqu'à l'océan ; la route, huit cents kilomètres entre les deux plus grandes métropoles du pays, où fonçaient les 4 × 4 et les camions chargés de troncs coupés ou de gaz, sous un ciel d'un bleu aveuglant.

Ma mère et moi étions sorties devant la maison pour signaler notre présence, ou peut-être seulement pour mieux les voir. Nous nous tenions l'une à côté de l'autre, une main en visière sur le front. Le père de Lucy s'était approché. Il y avait quelque chose d'affecté dans sa façon de se déplacer. Il avait tendu les mains vers nous, s'apprêtant peut-être à nous embrasser, ou nous bénir.

Je regardais derrière lui : la fille dans son pantalon bizarre, qui scrutait le sol, une tache sur ses chaussures, ou alors son passé qui défilait, les arcanes incompréhensibles du destin qui l'avait portée jusque-là, au bout du bout du monde. Il était impossible de distinguer son expression sous ses paupières baissées.

Qui pouvait bien s'installer ici ? Des tarés.

Elle nous avait saluées discrètement, sans se déplacer. Collée à la portière de la camionnette, comme si elle espérait y remonter aussitôt et quitter les lieux pour toujours.

Je reverrais ensuite Lucy chaque matin, devant la station-service, là où s'arrêtait le bus. Elle arrivait avec son sac à dos et sa mine maussade, et m'adressait un signe de tête, le col de son manteau relevé sur son menton. J'allumais une cigarette, ou triturais un mouchoir dans ma poche. Je recrachais la fumée, et je la regardais, de biais, souffler des nuages de buée. Sa peau était marbrée. Elle avait des petites poches sous les yeux.

Elle débarquait à l'arrêt de bus juste après moi, et son arrivée provoquait chaque fois une accélération de mon rythme cardiaque. J'aurais voulu dire quelque chose, je n'y parvenais pas. On racontait que son père était un auteur célèbre, qu'il écrivait des romans apocalyptiques. On m'avait montré un article évoquant les ventes exceptionnelles de son dernier livre, qualifié par ailleurs de « véritable cataclysme littéraire, la onzième plaie d'Égypte ».

Dans le bus, nous nous asseyions toujours loin l'une de l'autre. Elle devant, moi derrière.

Souvent, je me demande quel chemin auraient pris nos vies, ce qui serait arrivé, si je n'avais pas eu peur. Si je lui avais fait confiance, si je l'avais écoutée. Peut-être serions-nous devenues amies. Peut-être aurions-nous oublié notre existence l'une sans l'autre, comme si nous étions les deux moitiés d'un fruit et que le monde d'avant notre rencontre ait été un lieu absurde.

Peut-être les choses auraient-elles été *différentes*. Peut-être aurais-je pu la sauver, peut-être que personne ne serait mort.

Cet automne-là, tous les jours, à la moitié du trajet, je collais mon nez contre la vitre pour mieux voir le cadavre de la biche. De la taille d'un enfant, elle était couchée dans un renfoncement, entre l'autoroute et la forêt. Délicate, l'air endormie, ses pattes repliées sous elle. On avait l'impression qu'elle avait été déposée là, dans cette cuvette d'herbe et de fleurs, pour une cérémonie secrète, une rencontre accidentelle entre le monde des hommes et celui des dieux.

Mais au cours du mois d'octobre, son corps avait pris l'aspect de la pierre, et son museau n'était plus qu'un trou grimaçant. En novembre, elle était devenue cette chose informe, bouillie marronnasse, grappes de poils agglutinés. L'herbe avait roussi, les fleurs s'étaient ratatinées sur leur tige, et l'espace qu'elle occupait se réduisait chaque jour ; elle semblait disparaître à l'intérieur d'elle-même.

Puis il avait neigé, et tout avait été enseveli sous une blancheur onctueuse.

Quand Lucy avait disparu, puis était revenue, semblable et tout à fait autre, son visage atone pareil à un paysage enneigé, je m'étais souvenue de la biche.

Ce que l'on a été, ce que l'on n'est plus. Les métamorphoses mystérieuses.

Au lycée, nous marchions l'une derrière l'autre, à quelques mètres de distance – je ne pouvais m'empêcher de suivre le mouvement de ses jambes, traînantes, mais étrangement gracieuses –, comme si nous n'allions pas exactement au même endroit. Dans la même classe, celle de monsieur Gasperi, si fatigué par la vie qu'il soupirait en permanence, en soulevant la craie qui pesait une tonne dans sa main. Sa peau sèche tombait en particules sur le col de son pull-over.

Lui non plus ne pouvait s'empêcher de regarder Lucy. Comme à peu près tout le monde, en réalité.

Durant l'hiver, alors qu'on n'entendait presque jamais sa voix, et qu'elle avait le plus grand mal à ordonner ses pensées quand on l'interrogeait, Lucy s'était portée volontaire pour présenter un exposé sur les « animaux totems ».

« Chacun de nous a son animal gardien. Et tant que nous ne découvrons pas lequel, il continue de se manifester à nous, par des rêves, des visions, des signes pour se faire connaître. » Elle lançait des regards vibrants à l'assistance – filles de la ville aux longs cheveux décolorés, beaux gosses baraqués de l'équipe de foot, se balançant d'avant en arrière sur des chaises trop petites pour eux. Puis elle se tut et fixa l'auditoire, avec sa respiration saccadée ; sa phrase continuait de voyager dans la salle et diffusait ses ondes magiques, cachées à l'intérieur des mots.

Il était impossible d'interpréter les expressions sur les visages des jeunes de la réserve, soit près de la moitié de la classe, ceux dont les ancêtres avaient sculpté sur le bois ou dessiné sur des peaux l'emblème animal de leur clan, et qui vivaient désormais à la lisière du monde, dans des maisons aussi fragiles que leur avenir.

Il régnait un silence particulier, de ces silences qui ont une consistance physique et dans lesquels se nichent des pensées vagabondes, plus ou moins sentimentales. Ce pouvait être le souvenir d'un rêve, le vol immobile d'un aigle, les traces d'un ours blessé dans la neige, ou simplement l'envie d'arracher le pull en mohair de Lucy et de la mordre, à la base du cou, là où l'on voyait battre son cœur.

Ce fut sa seule prise de parole. Pendant tous ces mois où elle avait changé, se muant à l'intérieur, et à l'extérieur – vêtements de plus en plus moulants, make-up, bijoux entassés dans son cartable, qu'elle enfilait dans les toilettes des filles le matin et quittait en fin de journée, toujours dans les toilettes, avant de remonter dans le bus –, elle était restée cet être solitaire, l'air au mieux songeur, au pire un peu demeuré.

Nous nous mêlions aux élèves blancs. Il régnait une loi, non formulée mais connue de tous, qui nous intimait de nous aider les uns les autres. Nous faisions circuler les copies des cours, des livres, un compas, une serviette hygiénique. Nous prétendions que nous avions les mêmes préoccupations qu'eux, que nous étions lancés dans la même direction, mais ce n'était qu'une illusion. Nous savions que nous n'allions pas vers le même avenir, que nos histoires allaient bifurquer, tôt ou tard.

Pour les autochtones, le futur ressemblait au renoncement. Dans les réserves résidaient nos mémoires, et tout ce qui nous constituait, mais le travail, l'argent, la vie se trouvaient ailleurs, dans les villes. Nous savions que c'était à nous de faire le chemin vers les Blancs, de nous fondre dans leurs rêves et leur façon d'appréhender l'existence, pour espérer trouver une place en ce monde. Les uns après les autres, les garçons d'abord, les filles ensuite, nous laissions tomber les cours, traînant sur des terre-pleins en béton, embrassant le quotidien désœuvré et morbide qui nous attendait de toute façon, telle une promise en robe noire.

Après son exposé sur les animaux totems, Lucy avait été alpaguée par trois filles qui l'attendaient à la sortie du lycée, les mains dans les poches.

— Hé, tu te prends pour qui ?

Elle avait serré ses livres contre elle, à la façon d'un bouclier.

— Qu'est-ce que tu connais à notre culture ? Ça t'excite, c'est sexy, c'est ton *chemin spirituel* ?

— C'est juste que ça m'intéresse…

— Tu comprends rien, pauvre conne.

Elles avaient contourné Lucy, et s'étaient éloignées, bras dessus bras dessous, roulant des fesses dans leurs jeans, secouant leurs cheveux.

Lucy était restée figée un moment. Puis elle s'était remise en marche, ses livres pressés sur son cœur.

Étrangement, les Blanches ne la considéraient pas comme l'une des leurs. Les plus spectaculaires de la classe se promenaient en rangs serrés dans les corridors, jetant des regards discrets alentour pour constater l'effet qu'elles produisaient, mais Lucy n'était jamais avec elles. Elles aimaient se prendre dans les bras d'une façon théâtrale, au retour du week-end, ou agiter leurs poignets où brillaient des dizaines de bracelets pour se saluer, plusieurs fois par jour. Leurs vies semblaient simples, fluides, elles venaient de familles qui paraissaient unies. Leurs pères travaillaient dans le bâtiment, le pétrole, la police, les services, tout ce qui faisait marcher le monde. On voyait qu'elles n'avaient pas peur : en cours, elles ne levaient jamais la main, elles rêvassaient, au fond de la classe. Plus tard, elles iraient mener ailleurs la vie qu'elles méritaient. Certaines avaient déjà des sacs à main, des chaussures à la mode, elles ressemblaient à des célébrités en vacances à la campagne.

Pendant les pauses, elles se regroupaient aux toilettes, se brossant les cheveux les unes les autres, des barrettes coincées entre les lèvres. J'avais vu Lucy entrer et se laver les mains, juste à côté d'un groupe plongé dans d'intenses manipulations capillaires, et en un instant les gloussements avaient cessé. Lucy scrutait l'émail du lavabo, et l'une des filles avait fait tourner son index sur sa tempe pour signifier « quelle malade, celle-là ». Lucy s'était éloignée sans paraître rien remarquer, en s'essuyant les mains sur son jean.

Elle traverserait l'année ainsi, marchant seule à la frontière entre deux mondes, comme sur une ligne qu'on aurait tracée juste pour elle.

En classe, ou dans la réserve, traînant les pieds, Lucy était toujours un peu vaporeuse. On avait l'impression qu'elle vivait quelque part à l'intérieur d'elle-même, dans un recoin reculé. Au réfectoire, elle se plongeait dans des livres, *Sur les pas de la sagesse amérindienne* ou *À quand l'apocalypse ?* Quand on lui adressait la parole, elle agrandissait les yeux, et nous fixait en s'approchant tout près, et, presque toujours, on reculait pour échapper à cette présence trop intense, à cette bouche entrouverte dont on pouvait sentir le souffle chaud, un lointain parfum de dentifrice. Mais la plupart du temps, elle errait dans un monde immatériel. Seul son corps semblait parmi nous, avec l'effet qu'il produisait sur les garçons, peut-être plus puissant encore du fait qu'il paraissait mener sa vie propre, indépendante de l'esprit, dans une sorte d'abandon langoureux.

Après ce qui était arrivé cette nuit-là (quoi que cela puisse être, puisque nous ne pouvions le savoir, réellement, et les choses que nous imaginions, les films qui défilaient sous nos paupières, la nuit, dans nos lits, nous laissaient pantelants), Lucy était partie tout à fait. C'était peut-être la dernière étape, la plus déchirante, d'un long processus auquel nous avions assisté sans rien faire. Alors, elle avait quitté son enveloppe corporelle, l'avait laissée couler au sol comme on laisse glisser un châle, pour s'en aller dans une autre dimension.

3

On pouvait croire que ces milliers de kilomètres de forêts et de lacs, de vert et de bleu, constituaient une réplique du paradis. Un joyau miraculeusement préservé, semblable à ce que fut la terre au premier jour. Dans les agences de voyages du monde entier, on distribuait des brochures touristiques, des images de saumons jaillissant de l'écume, d'ours au pelage clair, presque toujours dérobés aux yeux des hommes, de bars authentiques avec des types souriants brandissant une chope de bière, d'îles couvertes de lichen et d'arbres indestructibles. On proposait des tours hors de prix pour sillonner, dans des jeeps aux vitres fumées, les routes infinies, projetées vers le ciel comme si elles fonçaient droit dans le vide.

Chaque été, les touristes se déversaient en vagues multicolores, vans bourrés de cannes à pêche, VTT, kayaks, pneus géants. Des randonneurs traversaient les bois, des campeurs montaient leurs tentes au bord des lacs. Des jeunes mariés dormaient dans des cabanes rustiques pleines de coussins brodés et de bois de chevreuil. Faisant des feux, sillonnant les sentiers, cueillant des baies sauvages, nageant dans l'eau des lacs, pêchant nos poissons avec leurs cannes à pêche high-tech.

Ces foules insouciantes, riches, blanches, venaient se distraire, comme un monde se glisse dans un autre monde, ignorant la menace.

Les touristes n'avaient pas entendu parler de Dyani et Chenoa, dix-huit et dix-neuf ans, disparues l'été précédent après avoir quitté le Forest Hill, au kilomètre 74 de l'autoroute (l'article, minuscule, évoquait « la fugue de deux jeunes sans domicile fixe », ce qui était faux, bien entendu, elles vivaient toutes les deux, depuis le printemps, chez la tante de Dyani). Ni de Denise, trente-cinq ans, infirmière au chômage, vue pour la dernière fois en octobre près de la station-service. Ni de Gigi, prostituée, sévèrement battue, retrouvée inanimée dans un ravin, à quelques kilomètres de la société d'exploitation forestière.

On en parlait dans la presse locale, mais il fallait bien chercher, lire entre les lignes ces entrefilets factuels, pleins de trous, qui appelaient des questions que personne ne posait jamais. Encore aurait-il fallu dépasser la une qui titrait sensationnellement « Une panthère échappée du zoo », avec l'image des trois hélicoptères qui avaient sillonné la région pendant deux jours entiers. Il aurait fallu s'arrêter sur les photographies, imprimées en bas de page, en petit format, des portraits sur lesquels l'encre et le papier avaient déposé un filtre d'irréalité.

Il y avait des panneaux, çà et là, sur la route. On les voyait de loin, seul élément vertical entre l'horizon et le ciel. Les visages en noir et blanc des disparus. À leurs pieds, des fleurs, des bougies, des lettres recouvertes de cœurs et de larmes, tels les restes abandonnés d'une fête d'anniversaire.

De grandes lettres noires, toujours les mêmes, MISSING. Ces lettres qui finissaient par ne plus être lisibles, délavées par la pluie qui tombe sans cesse ici, à la façon d'un flot se déversant d'un autre univers, plus vivant, plus doux, un univers en négatif du nôtre.

Des filles, adolescentes, mères de famille, prostituées, quelques jeunes garçons. Volatilisés. Disparus à la sortie de l'école ou d'une pharmacie, d'un bar, jamais rentrés, montés dans une voiture, un camion, pour un ailleurs qui pouvait être une ville plus riche, un refuge chez un ami sur la côte, ou la mort.

J'imaginais quelquefois la photographie de mon père sur l'un de ces panneaux. Je me demandais ce que je poserais à ses pieds. Ses chaussures ? Un paquet de cigarettes ?

Quand il est parti dans la forêt, il a tout laissé derrière lui. C'était il y a trois ans, j'en avais douze, et pourtant tout est flou, aussi lointain que le souvenir d'une autre vie, à la fois inaccessible et à portée de main, juste derrière un voile.

Je ne me souviens presque plus de son visage, sauf au réveil. J'ouvre les yeux, et je le vois, sa figure près de la mienne, il sourit et se dissout aussitôt, à la façon d'un songe qui s'échappe à l'instant même où il nous revient. La nuit, il me parle, mais je n'entends pas. Parfois, je le suis dans mes rêves, il avance dans les bois, ses pas crissent comme s'il marchait sur des milliers d'insectes morts. Les arbres se resserrent, leurs branches me retiennent et se referment sur moi, je crie le nom de mon père, mais il n'y a personne.

Parfois, je l'imagine là-bas, cherchant son chemin, tentant désespérément de revenir parmi nous, avançant entre les taillis, identiques, passant devant des arbres, toujours les mêmes. Je le vois prisonnier d'une force sans nom, qui le guide et le retient à la fois, l'enserrant dans ses bras amoureux, voraces, et efface sa mémoire.

Au début du mois de septembre, les touristes faisaient claquer les portières de leurs grosses voitures, et s'en allaient tels qu'ils étaient venus, emportant avec eux la lumière de l'été. La terre s'inclinait doucement pour plonger dans l'ombre, amorçant sa course vers l'hiver.

Ils passaient devant la réserve, à toute vitesse – personne n'avait jamais l'idée de s'arrêter ici. Mobil-homes, cabanes rafistolées, carcasses de voiture ; garages où s'empile n'importe quoi, matelas, sacs en plastique, pneus, outils rouillés, télévisions préhistoriques ; dans l'air, fils électriques tendus en tous sens, cordes à linge, antennes paraboliques en forme de cercles blancs comme des coquillages étranges, de grandes oreilles guettant un signal.

En réalité, ils ne nous voyaient pas. Les images surgissaient, mais sans s'imprimer sur la rétine, elles glissaient, semblables à des taches de couleur au coin de l'œil, un éblouissement passager.

4

Ce matin-là, il régnait une agitation inhabituelle dans le bus. Des constellations d'oiseaux migrateurs emplissaient le ciel, fendant l'air dans la même direction, répondant à un mystérieux appel. Des colonnes de lumière tombaient sur les vitres, formant des prismes sur une nuque, un poignet.

C'était la fin de l'hiver, quelques mois avant l'agression.

Lucy était assise vers le milieu du bus, moi deux rangs derrière elle. Sur la banquette arrière, Conrad, Scott et Awan, les garçons de l'équipe d'athlétisme, lançaient des boulettes de papier à travers le couloir. Leurs longs cheveux, aussi beaux et épais que ceux des filles, déployés sur les épaules. On les entendait rire dans notre dos, certains mots faisaient frissonner – « cul », « me la faire ». Devant eux, filles et garçons demeuraient silencieux. L'air chaud, vaporeux, était filtré par nos systèmes pulmonaires, dans un flux et un reflux paisibles qui faisaient penser aux schémas de la photosynthèse végétale. Nous étions des plantes dans une serre, absorbant l'oxygène et la lumière du soleil pour créer quelque chose de neuf.

En montant dans le bus, Conrad était passé près de moi, si près que son sac à dos avait heurté mon épaule.

— Hey, Cœur-de-Glace.

Il avait écarquillé les yeux comme s'il était surpris de me voir là.

— Hé, fais attention.

— Désolé, avait-il soufflé, et son sourire narquois affirmait le contraire.

Une boulette de papier avait atterri dans le col de Lucy. Elle n'avait pas bougé. Une autre avait suivi, sur le haut de son crâne. Une tension était montée, collective, muette. Il y avait eu un rire bref, venu du fond, puis un blouson était tombé du ciel, recouvrant la tête de Lucy. Elle s'était débattue un instant, avant de le tirer sur ses genoux. Ébouriffée, le blouson serré contre sa poitrine, elle avait tourné la tête.

Awan s'était glissé sur le siège derrière. Scott était apparu dans le couloir, et s'était penché sur elle.

— Je crois que c'est à moi, avait-il dit en pointant le tissu synthétique.

Elle l'avait regardé sans rien dire, la bouche ouverte.

— T'es toute décoiffée.

Awan avait passé la main entre les sièges, replacé délicatement une mèche des cheveux de Lucy. Elle s'était écartée en étouffant un cri. Plus personne ne respirait, on aurait dit que nous avions plongé tous ensemble dans un lac gelé. Une fille s'était serrée contre sa voisine, attrapant son bras.

— Tu penses qu'il t'irait ?

Scott avait fait mine d'enfiler le blouson à Lucy, tandis que les mains d'Awan, par-derrière, s'attardaient sur son cou, touchaient sa poitrine.

C'est ainsi que les choses se passent, ici. Monsieur Gasperi avait dit un jour, solennel et accablé : « La vie est violente, nous sommes des proies ou des prédateurs, ou plutôt nous sommes les deux à la fois, chacun notre tour. » Il se tenait alors debout devant la dépouille d'un cardinal rouge, déposée, telle une offrande, juste devant l'entrée de la cantine. Des filles avaient plaqué leurs mains contre leurs lèvres, un garçon avec un piercing dans le nez s'était penché en faisant semblant de vomir. On entendait des gloussements. Monsieur Gasperi avait ramassé le cadavre de l'oiseau en le poussant sur une feuille de papier absorbant, avant de le balancer d'un geste souple – un basketteur visant son panier – dans une poubelle en plastique.

Peut-être jouons-nous à être des prédateurs, nous nous faisons croire que nous avons un pouvoir, que nous sommes forts et dangereux.

Je voyais Awan et Scott, et je pensais à leurs familles.

Je pensais au frère d'Awan, dont le pouls avait ralenti jusqu'à devenir imperceptible, après qu'il eut pris, un soir de l'hiver dernier, un timbre de fentanyl. On l'avait sorti du bar, son corps mou, ses lèvres et ses ongles bleu pâle. Depuis, il n'avait plus jamais été le même, il se mettait subitement en colère, donnant des coups de pied dans les pneus des voitures, parlant tout seul, le long de l'autoroute.

Je pensais à nos pères, qui avaient agité des banderoles,

debout les uns à côté des autres, pour couper la route aux pelleteuses de la société d'exploitation des pétroles bitumineux, leurs griffes de métal béantes, prêtes à fouiller nos terres, à abattre nos arbres. Nos pères qui semblaient minuscules et dérisoires, avec leurs gilets fluorescents, on les avait dispersés comme on balaie une nappe d'un revers de main.

L'oncle de Scott, qui avait passé des semaines, dans une tente, à l'entrée du bureau des autorités territoriales, pour protester contre le projet de l'oléoduc qui devait traverser nos terres, sans pouvoir jamais pénétrer dans le bâtiment de verre.

Mon père, qui revenait de plus en plus échevelé, et nerveux, après les réunions avec la société d'exploitation forestière, et qui disparaissait ensuite dans les bois, des jours entiers, avec son matériel de camping.

Qui pouvait croire que nous étions des *prédateurs* ?

Lucy n'émettait plus aucun son. Tout son corps paraissait relâché, abandonné aux mains de Scott et Awan qui s'agitaient maintenant sous son pull-over, sur sa poitrine et entre ses cuisses. Ses yeux étaient clos, elle était ailleurs. Et puis Conrad avait surgi, attrapant Scott par les épaules, le tirant vers l'arrière.

— Putain. C'est bon, là.

Scott avait ricané. Awan levait les bras pour signifier son innocence.

— Oh, du calme.

— Ferme ta gueule, avait lancé Conrad à Awan, mais le ton était complice, presque tendre.

Puis il s'était penché vers Lucy.

— Ça va ?

Elle s'était redressée, en remuant le menton pour acquiescer.

Awan et Scott repassèrent à côté de moi pour rejoindre leurs sièges, indifférents ; Conrad me lança un regard illisible. Dans le bus, le léger bourdonnement des conversations avait repris, un groupe de filles entonna un tube du moment. Lucy, le front à nouveau collé contre la vitre, fixait la forêt au loin, éclairée par une lumière éblouissante, comme si le monde tangible était là-bas, et que nous roulions dans une dimension floue, sans existence réelle.

5

Quelques mois plus tard, après que Lucy fut retrouvée dans la forêt, nue et couverte de sang, j'avais repensé à ce matin dans le bus, à Scott et Awan, à leurs mains sur elle. Madame Alberta, la directrice du lycée, était venue dans la classe pour annoncer que nous aurions des entretiens individuels avec la police. C'était une petite femme potelée, pleine d'anxiété et de force contenue, qui passait son temps à nous suivre du regard, dans les couloirs, avec un air suspicieux et maternel à la fois, cherchant à déceler les premiers signes de fin du monde, drogue, alcool, fugues, filles enceintes, suicidaires.

Nous allions être convoqués, un à un, dans son bureau, mais il s'agissait simplement de mieux comprendre la personnalité de Lucy, il ne fallait pas s'inquiéter, avait-elle dit en serrant les mains devant elle, comme si elle cachait quelque chose dans ses paumes, un caillou, un papillon prêt à s'envoler.

Les policiers poseraient en effet toutes sortes de questions aux élèves de sa classe, à ceux qui prenaient le bus scolaire, et à d'autres choisis pour des raisons indéfinies, mais ils n'obtiendraient rien, aucune réponse. On les voyait se promener dans les couloirs du lycée, se tenant très droits, avec leur pistolet dans un étui noir, brillant, accroché à la ceinture, les doigts l'effleurant constamment, comme s'ils craignaient une émeute, comme si nous allions nous rassembler en bloc compact, et quoi ? Lancer un assaut ? Les étouffer sous la masse de nos corps pleins d'hormones ?

Il n'y avait rien à raconter sur Lucy. Une élève moyenne, pas de petit ami connu, pas vraiment de copines. Mais le plus important : une élève blanche – ce qui lui valait une enquête, et ces regards suspicieux qui tentaient de lire l'intérieur de nos âmes, nous le savions, tous, mais personne n'évoquerait cela, bien entendu, nous regarderions nos mains longuement, faisant tourner une bague sur un majeur, faisant et défaisant le nœud d'un cordon, mâchouillant un chewing-gum, la tête baissée, le cou rentré dans nos vestes, cherchant à disparaître dans nos vêtements.

Dans le bureau de la directrice, l'inspecteur Lipszyc m'avait posé des questions d'une voix douce.

— Parle-moi de Lucy.

— C'est juste une élève de ma classe. Je ne la connais pas trop, en fait.

Ce qui était faux, évidemment.

Je savais des choses. *Tout le monde savait des choses.*

Que Lucy se changeait dans les toilettes des filles, ou quelquefois dans les bois, pour enfiler des shorts, des pulls qui mou-

laient sa poitrine, des jeans collés sur ses fesses, et qu'ensuite, elle les retirait pour rentrer chez elle.

Que son père, un écrivain connu, lui faisait lire la Bible à haute voix, devant la caserne des pompiers. (On pouvait les voir, assis chacun dans une chaise longue, lui serein, les yeux fixant le vide, elle penchée en avant, sur le livre.)

Qu'elle s'asseyait sur la pelouse du stade, les jambes écartées, dans une flaque de soleil, et que, lorsque des garçons s'approchaient pour lui parler à l'oreille, elle semblait ne rien entendre, impassible.

L'inspecteur Lipszyc prenait des notes sur son carnet, puis levait la tête en me regardant, et son expression aurait pu signifier n'importe quoi.

— Tout le monde dit qu'elle se tapait des mecs. Qu'elle leur faisait des trucs, dans la forêt, m'avait confié Kishi, pendant l'heure de sport.

Dans son survêtement rose, qui boudinait ses formes, elle ressemblait à une peluche géante, l'un de ces animaux à grands yeux que l'on tente d'attraper avec une pince mécanique dans des distributeurs transparents.

J'avais continué de courir, à petites foulées.

— Il paraît qu'on l'a vue plein de fois près de la forêt, avait-elle ajouté. Avec des feuilles dans les cheveux, comme si elle s'était couchée par terre, et puis cette tête… Tu sais, l'air de planer, comme quand t'as fait des trucs.

Je me rapprochai encore de Kishi, mon épaule effleurant son bras. Je me demandais ce qu'elle pouvait savoir des « trucs qu'on fait », elle qui passait son temps à regarder le monde, de loin, dans ses joggings en éponge, et qui avait tapissé sa chambre de photos de loups.

— Pauvre Lucy, avait-elle murmuré en reniflant.

Kishi n'avait rien dit à la police, elle non plus. Elle s'était contentée de hausser les épaules, avec son regard apeuré, les mains posées sur son ventre rebondi, et personne n'aurait pu imaginer le feu dans sa tête. Personne n'aurait pu soupçonner le bouillonnement de son sang, le désir féroce de se jeter sur le policier qui lui faisait face, de lui planter dans la gorge la paire de ciseaux qui traînait là, et avec laquelle il jouait négligemment.

Quand le père de Kishi avait brûlé dans sa voiture, deux ans plus tôt, le journal local avait évoqué « des circonstances suspectes », « aucun élément supplémentaire n'ayant été fourni par la police ». Le dossier de l'enquête était resté aussi vide que les rives du lac gelé où l'on avait retrouvé la voiture calcinée, une étendue blanche et froide sur laquelle on pouvait marcher. Personne n'avait vraiment posé de questions, comme si les autochtones qui prenaient feu étaient le fait de la nature, une sorte de mystère sauvage, de la même façon que les élans se jettent sous les roues des voitures à la saison des amours, animés d'une étrange pulsion de vie et de mort.

Ensuite, Kishi avait changé physiquement, s'enrobant peu à peu ; elle avait quitté son enveloppe féminine, ainsi qu'on abandonne une tenue trop voyante, une robe sophistiquée, pour se réfugier dans une graisse douillette qui protégeait son chagrin.

Kishi avait stoppé net, les mains sur ses hanches et les joues empourprées.

— Je suis sûre que c'est des conneries. Et puis même, on s'en fout, non ? dit-elle en levant les mains.

Je sautillais sur place en reprenant mon souffle.

— C'est à cause de la fête du lycée, ça n'a pas aidé.

— Ils ont dansé un peu trop collés avec Scott, et alors ? On avait tous trop bu.

— Tu l'aimes bien, on dirait, soufflai-je.

Elle avait serré les lèvres, se retenant de dire quelque chose, puis avait secoué la tête, inspiré profondément, et elle était repartie, me laissant derrière elle ; sa course molle lui donnait l'air d'un ours blessé, ralenti par une flèche empoisonnée plantée dans son flanc.

6

Il fut un temps où, ici, tout était à sa place. Les forces vivaient parmi nous. Elles se repoussaient et s'attiraient, l'univers n'était que mouvement. Mon père disait qu'en ce temps-là, un homme pouvait se transformer en animal, et un animal en homme. Que les arbres parlaient entre eux, que si l'on demeurait silencieux assez longtemps, il était possible de les entendre. L'énergie était partout, et il suffisait de se pencher pour s'en saisir, comme on recueille de l'eau au creux de sa main.

Il fut un temps où je croyais à cela. Un temps où je suivais mon père dans la forêt : le vent effleurait nos cheveux, et tout murmurait à nos oreilles, l'herbe, les pierres, les animaux furtifs, des ombres qui apparaissaient et disparaissaient entre les arbres. Le monde était un cœur unique qui battait à intervalles infiniment lents. On s'asseyait sur des racines qui semblaient vivantes, et nos respirations s'accordaient, l'air de nos poumons se mélangeait avec l'air du monde, la main de mon père posée sur mon genou. Tout avait un sens, alors. Une plume qui tournoyait et se posait à vos pieds, le chant d'un rouge-gorge à l'instant même où vous pensiez à l'amour.

Je me souviens d'un jour où, enfant, j'avais entendu mon nom dans le bruissement des herbes.

Nita, Nita, Nita.

La voix se frayait un chemin à travers les fourrés, elle venait vers moi, portée par le vent. Je m'étais approchée de ces herbes qui semblaient chuchoter.

Nita, je suis là, regarde-moi.

L'univers s'était figé, les oiseaux, les feuilles, les branchages retenus par un réseau de fils invisibles. Soudain, il était apparu, le flanc frémissant, seule créature animée dans le monde. Il était inimaginable qu'un chevreuil si grand, si puissant, puisse surgir ainsi, on aurait dit qu'il sortait directement de mes rêves.

L'animal s'était approché, le cou dressé, si près que je pouvais voir les poils durs de ses oreilles, les détails de son museau, recouvert d'un film humide, poisseux. L'un de ses bois était amputé de son extrémité, lisse et blanc tel un os nu. Ses yeux étaient d'un noir si profond qu'un instant j'y vis mon reflet, celui de l'arbre au-dessus de moi, puis de la forêt entière, et du ciel immense au-dessus, et enfin l'obscurité du vide, là où demeure ce qui n'est pas encore né.

Le chevreuil m'observait, la tête droite, avec une sorte de curiosité mélancolique, si proche que j'eus l'impression qu'il allait me faire du mal, me mordre, ou me déchiqueter avec ses bois dissemblables. Mon père était apparu sur le sentier, j'avais vu leurs yeux cligner, à tous les deux, puis le chevreuil avait bondi, gracieux, incroyablement rapide, comme si l'on avait lâché un élastique et que le temps avait repris sa course, emportant avec lui la magie de l'instant.

— C'est peut-être ton animal gardien, avait dit mon père. Le chevreuil est le guérisseur des êtres blessés, la compassion et la douceur.

C'était le genre d'histoire que je voulais croire, en ce temps-là. Mais depuis, la force nous a abandonnés. Mon père est parti, de même que ces filles et ces garçons qui s'en sont allés, dans les bois ou ailleurs, avalés par l'ombre ou le désir d'une autre vie.

On raconte tellement de choses sur la forêt.

Les filles mères qui vont y accoucher, accroupies dans un talus, laissant tomber leur bébé sur les feuilles.

Leurs enfants qui grandissent, dans des grottes, des ravins, en se nourrissant de baies et de boue, et qui, adultes, errent telles des ombres en colère, ou deviennent des animaux, chevreuils, renards, hiboux, porteurs de maladies et de mort.

Les employés des compagnies forestières, qu'il vaut mieux ne pas croiser dans l'obscurité, la nuit, ni le jour, là où les arbres sont si touffus que la lumière ne pénètre plus, ce qu'ils font aux filles qu'ils ramassent dans les bars, ivres, avec des jupes trop courtes.

Les sirènes qui peuplent les crevasses le long des lacs, et vous attirent dans les profondeurs pour vous changer en créatures mi-hommes mi-poissons.

Les bandes de corbeaux, qui attaquent les promeneurs, fonçant droit sur leurs yeux, tandis que les plus gros spécimens, perchés sur des branches hautes, se balancent d'avant en arrière en poussant des cris de crapaud.

On disait que les jeunes filles disparues avaient été volées par un esprit maléfique, un géant portant des bois de cerf. Que leurs fantômes se transformaient en hérons – et l'on ne pouvait s'empêcher d'y penser, en voyant les dizaines de grands oiseaux blancs, perchés sur les entrelacs de racines émergeant de l'étang recouvert de mousse. Soulevant leurs ailes pour capter la chaleur du soleil, majestueux et blasés comme des princesses en robes virginales, dans un château de bois, ou une cage faite de branches.

D'autres racontaient que leurs âmes furieuses au contraire se muaient en corbeaux, et qu'elles volaient en bandes serrées, attaquant les yeux des hommes pour les punir d'avoir détourné le regard quand elles appelaient à l'aide.

Depuis quelque temps, on trouvait des choses suspendues aux branches, ou plantées dans la terre, qui faisaient froid dans le dos, les traces de rituels auxquels on n'aurait jamais voulu assister. Fruits séchés – *ou organes d'animaux minuscules ?* –, ratatinés, piqués d'aiguilles. Croix disposées selon des motifs obscurs mais élaborés, rangées de morceaux de bois noués avec de la ficelle, évoquant un cimetière miniature – on racontait que des garçons avaient creusé pour voir, mais il n'y avait rien là-dessous, rien du tout.

Peut-être que mon cœur était vraiment gelé, tel celui d'un esprit maléfique ? Ou que mon père l'avait emporté avec lui, caché au fond d'un sac, entre une cartouche de cigarettes et deux pull-overs ?

Je voulais m'en aller moi aussi, moi aussi je voulais qu'on me cherche, qu'on se demande où j'étais partie. La forêt me donnait la nausée. Elle était la forme palpable du mensonge, elle vous faisait croire à l'éternité. Vous pensiez avancer à l'intérieur d'un cœur plus grand, qui battait plus fort, un cœur immortel. Mais ce n'était qu'une illusion ; depuis le départ de mon père, elle était devenue pour moi le territoire de la pourriture, de la boue. Elle était vouée à disparaître, comme tout, absolument tout, ici-bas.

Je voulais du vide, du ciel, je voulais du béton et du bruit. Je voulais un avenir. On disait que ceux qui s'en allaient abandonnaient une partie d'eux-mêmes, que leur âme restait là. Je voulais tout laisser derrière moi. La nuit, dans mes rêves, des inconnus s'approchaient, et je leur ouvrais les bras, sans savoir s'ils voulaient m'embrasser ou me tuer. Mon corps subissait des transformations mystérieuses, de sombres désirs. C'était en moi que grondait la vie sauvage, désormais.

7

— Je voudrais te montrer un truc.

Lucy replaça ses cheveux derrière ses oreilles, les lanières de son sac à dos comprimaient ses épaules. C'était quelques semaines après l'épisode du bus, lorsque les garçons l'avaient tripotée sans qu'elle réagisse, avec cet air absent qui me fascinait, mais ce jour-là elle semblait différente, comme si on l'avait sortie d'un très long sommeil.

Nous venions de descendre du bus, qui nous avait déposées devant la réserve. D'ordinaire, nous nous mettions en marche sans un regard, légèrement inclinées sous le poids de nos livres dans notre dos, telles deux exploratrices rejoignant les rives opposées d'un fleuve. Mais cette fois, elle s'était brusquement retournée, répondant à une impulsion, ou peut-être au contraire y pensait-elle depuis plusieurs jours, et elle s'était plantée devant moi.

— C'est par là, avait-elle dit en levant le bras vers les bois, de l'autre côté de la route.

À son poignet brillait un bracelet sur lequel était gravé « I <3 U ». Je me demandais qui le lui avait offert. Une amie de son ancienne vie ? Un garçon d'ici ? Elle était si proche que je pouvais sentir un parfum chimique s'échapper de sa manche, et je l'avais imaginée un instant pressant un tube aux tons pastel, dont la marque évoquait l'éternel féminin.

Je l'avais suivie sans un mot, ou peut-être avais-je murmuré un « O.K. » qui dissimulait ma surprise. Nous avions regardé de chaque côté de l'autoroute, puis, dans un mouvement synchronisé, telles des amies dont les gestes se répondent, nous avions traversé les voies au pas de course.

Je marchais derrière elle sur le sentier bordant la forêt. C'était le mois d'avril, le monde était doux et humide. Au bord de l'asphalte, des fleurs jaunes avaient éclos en petites grappes ébouriffées. On entendait au loin le roulement d'une chute d'eau, comme si une rivière coulait dans le ciel.

C'était si inattendu que j'avais l'impression qu'une autre moi-même marchait là, de ce côté de l'autoroute, là où je n'allais plus jamais, d'avancer dans un rêve, ou alors qu'une partie de mon être m'avait échappé – mon ombre, détachée de mon corps pour mener son existence propre.

Je me demandais pourquoi Lucy m'avait choisie. Peut-être avait-elle pensé que je ne dirais rien, puisque j'évitais de me mêler aux groupes qui traînaient après les cours autour du stade, assis sur des bancs ou en équilibre sur leur dossier, fumant, se passant des bouteilles de Coca ou d'alcool.

Je m'étais souvenue du jour où, devant la glace des toilettes reflétant des graffitis obscènes et des prénoms de garçons entourés de cœurs, j'avais vu Conrad pousser la porte et foncer droit sur moi.

— Hé, t'es chez les filles ici.

— Sans blague.

Il s'était approché plus encore, quelque chose s'était retourné dans mon estomac. Je m'étais appuyée contre le lavabo, la céramique était froide et blanche sous mes mains.

— Tu flippes, Cœur-de-Glace ?

Il avait tiré sur la ficelle qui pendait de mon sweat-shirt. Je m'étais dégagée d'un coup sec.

— Je vais y aller.

— Ça m'étonnerait.

Puis il avait plaqué sa bouche dans mon cou en m'agrippant les bras. Ses cheveux noirs, qui chatouillaient mon menton, étaient étonnamment doux. Au-dessus de sa tête, le plafond était gondolé, comme s'il contenait une nappe d'eau, et que nous vivions dans une poche d'air sous la surface de la terre.

L'instant d'après, Conrad poussait la porte et disparaissait dans l'obscurité du corridor, me laissant vacillante. Je m'étais penchée vers le miroir : dans mon cou, un cercle pigmenté de sang, de la forme d'une île. Il était resté là plusieurs jours, se métamorphosant doucement, changeant d'aspect et de couleur, avant de s'évanouir, de se fondre en moi.

J'avais alors pensé à l'autre moi-même, celle qui traversait chaque jour la plaine pour rejoindre la maison. Celle qui passait devant sa mère, assise sur le grand canapé face à la télévision allumée, fixant l'écran tel un rivage inaccessible. Cette autre moi-même aurait foncé dans sa chambre, pour aussitôt se plonger dans ses livres, préparer un contrôle, tout ce qui pourrait l'aider à s'en aller d'ici, loin, le plus loin possible. Mais cette autre moi-même me semblait alors aussi inconnue que celle qui marchait maintenant au bord de l'autoroute, le personnage d'un songe absurde se rejouant jour après jour.

Dans les bois, Lucy se faufilait entre les troncs, enjambant les racines et les pierres avec une agilité surprenante, sans jamais se retourner. La terre diffusait des vapeurs de mousse et d'écorce.

Où m'emmenait-elle ?

Lucy s'arrêta devant un hêtre gigantesque. Elle fit un signe de la main pour que je m'approche. Sur la pointe des pieds, elle tendit le doigt vers l'extrémité d'une branche et je vis alors des petites silhouettes qui se balançaient, suspendues à un fil de pêche. Une dizaine, grandes comme des bonshommes en pain d'épice, mais dans une version de cauchemar. Elles paraissaient faites dans un tissu que l'on aurait laissé tremper dans une flaque d'eau sale. On avait planté des pointes effilées sur toute la longueur de leur corps, et des cercles étaient dessinés à l'endroit du cœur, de la tête, du ventre.

Une galerie de petits monstres boursouflés, alignés dans le vent.

Autour, la forêt demeurait silencieuse.

Je tournai la tête, et vis Lucy, juste derrière moi, les yeux pleins d'espoir. Elle pensait vraiment que j'aurais une explication. Que je connaissais ce genre de chose. Un truc rituel fait en agitant des plumes, en fumant des drogues, en mâchant des plantes.

— Alors ?

— J'en sais rien, avais-je dit en sortant une cigarette de la poche de ma veste. C'est sûrement des gamins qui ont fait ça. Les gens font des trucs bizarres, ici.

Elle m'avait pris la cigarette des doigts, l'avait glissée entre ses lèvres, dans un geste autoritaire et nonchalant. Sa figure avait disparu un instant derrière un écran de fumée.

— Non, je ne crois pas.

Tout le monde faisait des choses bizarres, à cette époque. Pendant l'année qui suivit l'arrivée de Lucy, et jusqu'à la nuit tragique de son agression – ou plutôt devrais-je dire la nuit de son viol, ce mot que personne ici ne prononce jamais –, les choses bizarres étaient même notre quotidien.

Cette année-là, ma mère s'était mise à tirer les cartes. Elle avait commencé à le faire pour elle-même, après le départ de mon père, étalant son jeu sur le canapé qui ressemblait au radeau d'une naufragée, envahi de coussins en forme de cœur, de couvertures entortillées, de paquets de chips. Elle regardait longtemps les cartes alignées. On aurait dit qu'elle cherchait à voir des formes qui donneraient un sens au chaos de sa vie, une explication, un renouveau, un homme aux épaules carrées avançant vers elle sourire aux lèvres. Elle rebattait ensuite les cartes, rêveuse, et elle recommençait, les reposait en équilibre précaire, avec une extrême concentration. Elle restait là, les yeux dans le vide, contemplant le film de sa vie future en avalant des biscuits apéritifs. L'air vibrait d'espoir, et elle caressait ses jambes repliées sous elle, comme s'il n'y avait rien d'autre à faire qu'attendre, attendre que quelque chose naisse dans le cosmos et descende jusqu'à nous.

Ensuite, les rêves de ma mère s'étaient échappés, rampant le long des murs, s'infiltrant sous les portes, se glissant sous les draps, se mêlant aux cheveux étalés sur les oreillers, et tout le voisinage se mit à défiler chez nous pour observer le reflet des astres dans son jeu de tarot.

Quand je rentrais du lycée, je la trouvais dans la cuisine, attablée devant un « client », la tête dans ses mains, cernée de bouteilles de bière, un cendrier plein de mégots posé à côté d'elle. Un nuage de fumée planait sous l'ampoule suspendue au plafond, s'étirant dans la pièce, ce qui donnait l'impression qu'elle consultait dans le brouillard. Elle tapotait une carte du bout de son ongle, puis fixait son interlocuteur avec gravité.

— Tout est bloqué, il va falloir être patient.

Ses boucles d'oreilles en corail se balançaient au-dessus de ses épaules tels les arcanes du temps.

Au loin, on entendait le vrombissement des tronçonneuses, monotone et entêtant. Un bruit étouffé, mais qui finissait par emplir l'espace, jour après jour, et que l'on percevait même la nuit, dans nos crânes, des ondes grésillantes qui grandissaient à l'intérieur de nous. Il me semblait que ma mère et tous ceux qui passaient dans notre cuisine essayaient désespérément de lutter contre ce bourdonnement, ce qu'il signifiait.

Un nouveau tronçon d'oléoduc venait d'être validé par le gouvernement, quatre ans seulement après la construction du pipeline Transearth, qui traversait nos terres et le pays sur plus de trois mille kilomètres, transportant du bitume et des hydrocarbures jusqu'aux raffineries de la côte. Le projet avait été adopté en dépit des luttes de nos pères, qui se réunissaient sans fin, dans des salles communales, face à des représentants des sociétés d'exploitation, portant des chapeaux de cow-boys et des santiags grotesques. Il y avait eu, dans plusieurs grandes villes, des marches silencieuses, mêlant activistes écologistes, étudiants sentimentaux, altermondialistes, mères de famille angoissées. Il y avait eu, aussi, une poignée de vedettes de cinéma qui s'étaient enchaînées aux grilles du Congrès, avec force coiffes de plumes, créant la colère des communautés autochtones, brouillant le message. Depuis, une fuite avait déversé des dizaines de milliers de litres de pétrole brut dans la rivière Ketchwan, nous privant d'eau courante pendant plusieurs mois. On racontait qu'on pêchait dans nos lacs des poissons mutants, on évoquait d'étranges malformations génétiques ; on avait vu dans la presse locale la photographie de jeunes truites dénuées de bouches, comme dévorées à l'acide. À cette époque, le gouvernement assurait que l'eau de la rivière, du lac et des torrents alentour demeurait potable, mais tout le monde se promenait avec des bidons en plastique, menant, pour les remplir, des expéditions de plus en plus lointaines.

Violant nos droits ancestraux et ceux issus des traités, des sociétés forestières avaient obtenu des permis d'exploitation pour creuser la forêt et la transformer en bois d'œuvre, en papier. Elles avançaient, avec leurs grosses voitures, grues, tracteurs, pelleteuses, chariots, camions chargés de câbles, mâts, pylônes, telle une armée d'invasion, créant le vide, faisant fuir les animaux, effaçant la mémoire. Elles déposaient dans les commerces des prospectus, dans lesquels des hommes blancs satisfaits, photographiés les bras croisés, évoquaient leur « souci d'encourager la protection des valeurs environnementales, de l'habitat de la faune, de la biodiversité, ainsi que des valeurs sociales et culturelles ».

Quelques mois auparavant, monsieur Gasperi avait organisé une sortie de classe pour aller visiter le site d'extraction des sables bitumineux, à une cinquantaine de kilomètres du lycée, soit à l'autre bout du monde. Il n'était pas aisé de savoir s'il s'agissait de nous faire découvrir la prospérité industrielle, de nous instruire sur la chimie des hydrocarbures, ou simplement de nous terrifier. Lorsque nous étions descendus du car, nous avions eu le sentiment de débarquer sur une autre planète, faite de cheminées, de bunkers et d'étendues mornes à perte de vue, au-dessus desquelles s'élevaient d'immenses nuages de fumée blanche, comme si la terre brûlait sous la neige. Le ciel était d'un turquoise éblouissant, évoquant un lagon, ou les composantes mortelles d'un produit détergent. Des camions en file indienne circulaient sur de longues voies grises, chargés de monticules d'une matière presque noire, et dans les airs des corbeaux semblaient se battre, ou s'embrasser, en poussant des cris lugubres. Nous avions regardé ce paysage surnaturel du haut de plateformes en aluminium, avec les casques qu'une femme aux cheveux trop blonds et aux dents trop blanches nous avait distribués en souriant, avant de nous faire part avec un enthousiasme fanatique des bienfaits de l'industrie pétrolière. Des garçons faisaient mine de marcher sur la Lune en soulevant leurs bras et leurs jambes très lentement. Ils se croisaient avec des mouvements amples, l'un d'entre eux avait serré les mains autour de sa gorge en répétant, dans un long râle d'agonie : « Plus d'oxygène, plus d'oxygène. »

Les filles riaient en passant des sticks de baume sur leurs lèvres, ou mettaient leurs mains en visière pour regarder, dans le lointain, des explosions mystérieuses qui illuminaient l'horizon de lueurs rose synthétique.

— Il se passe des trucs ici, Nita. Dans la forêt.

Lucy pointa du doigt les petites silhouettes qui dodelinaient dans le vide, une guirlande qui de loin aurait pu paraître joyeuse et inoffensive. Je lançai le mégot de ma cigarette le plus loin possible.

— Non mais tu sais, faut pas croire tout ce qu'on raconte.

Elle secouait la tête, comme si je n'étais pas à la hauteur de ce qu'elle avait imaginé.

— Les gens sont un peu spéciaux, dans le coin, ajoutai-je.

Elle soupira ostensiblement.

— Laisse tomber.

Elle fit volte-face et se mit en marche, à grandes enjambées. Je dus presque courir pour la suivre.

— Attends, Lucy. Non mais dis-moi ! Vas-y, qu'est-ce qui se passe, dans la forêt ?

Ma voix me sembla geignarde.

Sans se retourner, elle tendit son bras et leva le majeur vers le ciel.

8

Cette année-là, avec Kishi, nous nous étions mises à sortir la nuit. Je me maquillais, de longs traits sombres sur les yeux qui me faisaient paraître plus âgée, du rouge sur les lèvres. J'enfilais un pull et un jean serré, et mes baskets, parce qu'il y avait l'éventualité délicieusement troublante de devoir fuir, cette possibilité qu'il arrive quelque chose. Devant la glace de la salle de bains, je chauffais au briquet la mine du crayon à yeux, avec la sensation d'accomplir un rituel, comme si, ailleurs, d'autres reproduisaient exactement les mêmes gestes, devant un miroir brumeux, et que nous nous apprêtions à nous retrouver, attirés les uns vers les autres par une force occulte.

Je rejoignais Kishi qui m'attendait en contrebas, dans l'obscurité bleu marine. Éclairé par les phares de voitures, son visage inquiet semblait fait en pâte à modeler. Je levais le pouce en marchant le long de l'autoroute, tandis qu'elle trottinait derrière moi, en soufflant. Elle avait toujours dans sa poche un couteau à cran d'arrêt, dont elle aurait été incapable de se servir, mais qu'elle caressait et faisait tourner contre elle, assise à l'arrière de la voiture qui nous avait fait monter. Quand je me retournais pour lui adresser un sourire de réconfort, je voyais remuer la bosse dans sa poche. Elle détestait l'auto-stop, mais c'est ce que tout le monde faisait, ici, enfin tous ceux qui avaient envie de vivre.

Il y avait ce léger vertige, lorsqu'une voiture freinait et que nous nous penchions pour voir la tête du conducteur. Toujours des hommes, à cette heure-là, de tous les âges – on aurait dit que telle était la loi naturelle du monde, les garçons au volant de leur jeep, camionnette, vieille berline, pick-up, van, fonçant vers leur destin, et les filles, debout dans la nuit, main levée, leurs silhouettes se découpant dans la lumière des feux. Je montais devant, Kishi derrière – je sentais la pression de ses genoux sur mon dossier, qui pouvait indifféremment signifier « quel taré celui-là » ou « il est sexy » –, et pendant un bref moment nous pénétrions le monde secret de la virilité. C'était comme entrer dans une chambre, où chaque détail racontait quelque chose de plus vaste, de plus fascinant que sa banalité apparente. Une pin-up en latex, un chapelet suspendu au rétroviseur, une perceuse et son fil entortillé, une lotion après-rasage roulant sous le siège, un magazine froissé, une paire de chaussures usées traînant par terre. Jeunes ou vieux, ils nous lançaient des regards en biais, ou se retournaient pour jeter un coup d'œil narquois à Kishi, murée dans un silence dramatique. « Les filles, vous ne devriez pas faire du stop à cette heure, vous ne savez pas sur qui vous pouvez tomber », lançait le conducteur, la cinquantaine, les ongles sales, rongés, et l'on pouvait imaginer qu'il parlait de lui, ce qu'il redoutait de nous faire, s'il ne se contrôlait plus. Ou « Deux jolies filles sorties de nulle part, c'est mon jour de chance ! », sur un ton qui se voulait enjoué, mais il y avait cette odeur d'alcool, de sueur et de moisi, qui vous soulevait le cœur. Je gardais une attitude désinvolte, comme si j'avais l'habitude, ou que j'avais vécu des choses, mais la vérité c'est que nous étions à leur merci, et peut-être était-ce précisément ce que je cherchais.

Nous nous faisions déposer un peu plus loin, sur le parking du Hollywood, ou parfois même avant. La course ne durait jamais plus de quelques minutes, peut-être voulions-nous juste frôler le danger, plonger en apnée et tenir le plus longtemps possible. Puis je me tournais vers le conducteur, je disais « c'est là », en montrant un point dans la nuit. L'homme paraissait surpris, parfois contrarié, mais il s'arrêtait toujours. Kishi s'extirpait de la voiture sans un mot, tandis que, penchée au-dessus de la vitre, je lançais un « merci beaucoup », en m'approchant tout près du conducteur.

Nous marchions dans l'air frais, en regardant, soulagées, le véhicule s'éloigner. De l'autre côté de la route, la forêt était une masse noire, compacte. On entendait les feuilles bruisser, un clapotis, dans le lointain. La lune, brumeuse, était suspendue haut dans le ciel, une mère bienveillante. Quelquefois, un rayon perçait les nuages et faisait scintiller un élément dans l'espace : les cheveux de Kishi, les yeux d'une bestiole traversant la route, les carrosseries des voitures alignées sur le parking du Hollywood. C'était le genre de moment où l'on pouvait rêver à l'avenir, tout semblait ouvert. Une grenouille se mettait à coasser, entraînant avec elle des dizaines de congénères, et la nuit était constituée de ce chant.

Fébriles, nous avancions vers le Hollywood, qui se détachait dans l'obscurité en lettres lumineuses. À l'intérieur, des hommes bruyants, empourprés par la chaleur et l'alcool, se pressaient autour de tables en bois sombre. Des employés de sociétés forestières ou d'exploitation du gaz, tous ces hommes que l'on ne voyait jamais, qui faisaient des choses bruyantes et brutales dans la forêt, et qui apparaissaient soudain si ordinaires, avec leurs figures luisantes ou épuisées, leurs rires, la façon qu'ils avaient de s'alpaguer. Il y avait une agitation, une sorte de fébrilité, des ondes électriques émanant des serveuses, moulées dans des shorts en jean ou des jupes qui cachaient à peine leurs fesses. C'étaient elles qui me fascinaient. Elles semblaient libres, et si sûres d'elles-mêmes, glissant entre les clients avec un air dur. Parmi elles, Ehawee, une cousine de Kishi, qui avait quelques années de plus que nous, des yeux fendus et des cheveux rasés sur un côté. La première fois, elle nous avait foncé dessus, furieuse.

— Non mais qu'est-ce que vous foutez là ?

Elle portait un collier clouté qui m'évoquait une héroïne sauvage que l'on aurait enchaînée à un arbre. Kishi s'était jetée dans ses bras, à la façon d'une toute petite fille. Ehawee l'avait repoussée.

— Bon, mettez-vous là, je vous sers une bière. Mais traînez pas, c'est pas un endroit pour des filles comme vous, ici.

Nous nous étions approchées du bar, dociles, et tandis qu'elle décapsulait les bouteilles, faisant mine de nous avoir déjà oubliées, je me demandais quel genre d'endroit était fait pour des filles comme nous, et quelle était cette frontière invisible qui nous séparait d'Ehawee et des autres serveuses. Je les contemplais avec avidité, leur façon de se déplacer, dans la musique tonitruante, leurs regards de connivence quand elles se croisaient, leurs sourires narquois lorsque, accoudées au bar avec nonchalance, elles surveillaient la salle, telles les gardiennes d'un temple. Elles étaient autochtones, avec des stigmates qui trahissaient une vie déjà longue, plus longue que leurs mines juvéniles ne l'auraient laissé croire. Elles ignoraient qui j'étais, mais je connaissais chacune d'entre elles. Grace, la plus flegmatique, avait une mine rêveuse et des cheveux si longs qu'ils effleuraient ses fesses. Baby, qui semblait avoir mon âge, même moins, était toute petite, avec des nattes et de grands yeux tristes, mais c'était elle qui riait le plus fort. Elle était toujours collée à Diane, une longue fille anguleuse, qui avait l'air malade, ou droguée. Enfin, il y avait Eli, avec son visage étrangement aplati, ses cheveux courts et son corps trapu, qui commandait les autres. Elle portait une longue chaîne qui se balançait sur son nombril. À ses doigts brillaient des bagues en argent qui ressemblaient à des armes.

Leur sort me paraissait enviable, peut-être parce qu'elles étaient différentes de nos mères, qu'elles dégageaient quelque chose au-delà de la beauté, un mélange d'insolence et d'énergie brute, et une sorte de faim, une émotion insaisissable. Elles habitaient une pièce secrète, un lieu dont Kishi et moi n'aurions jamais la clé.

Elles étaient si présentes, si tangibles, tandis que je manquais de consistance, de volonté d'exister. Je me trouvais trop grande, trop maigre, trop sportive, avec des bras frêles et des seins minuscules. Je prenais Kishi à témoin en m'observant dans le miroir de la salle de bains, « Regarde, tu vois là ? », tirant mes cheveux vers l'arrière, « on dirait un garçon », et elle secouait la tête en soufflant : « N'importe quoi. »

Autour de moi, les filles se développaient telles d'exubérantes plantes tropicales, et il me semblait que j'étais figée dans une autre époque, celle du départ de mon père, à la façon d'une montre qui s'est arrêtée. Devant moi l'avenir se déroulait, vide et blanc. Je courais, vite, mais c'était mon seul mouvement, des tours de piste qui me ramenaient au point de départ. « Tu devrais voir les mecs mater ton cul quand tu t'entraînes », me disait Kishi, d'une voix de fille mûre, quand je lui demandais si, selon elle, nous existions pour de vrai, ou si nous étions juste des ombres.

Quelques jours auparavant, j'avais ressenti une sorte de pincement au cœur, en apercevant Lucy à la station-service, toute petite à côté d'un énorme camion conteneur. Le menton levé, elle s'adressait au conducteur, assis dans l'ombre. Elle portait une jupe en jean délavé, un chemisier de jeune fille sage, son sac à dos suspendu à une seule épaule. Elle hochait la tête, se taisait, attentive, puis se mettait à rire, et lui répondait en équilibre sur une jambe, puis sur l'autre. Un objet à l'intérieur du camion renvoyait des éclats de lumière, le rétroviseur, ou la lame d'un couteau. Elle avait fini par s'éloigner, nonchalante, sans se retourner. Une douleur étrange m'avait envahie quand elle était passée près de moi en prétendant ne pas me voir.

Une autre fois, j'étais entrée dans la station-service pour acheter des cigarettes, et elle était là, devant le présentoir de cartes postales. Je m'approchai. Elle faisait défiler les cartes sur le tourniquet.

— Salut.

Lucy eut un sursaut, sortant de sa rêverie.

— Salut, dit-elle, en se redressant, posant sur moi ses yeux légèrement exorbités.

Étalées sur ses paupières, des taches de fard bleu lui donnaient l'air d'une chanteuse disco.

— Qu'est-ce que tu fais ? demandai-je, sans trop savoir quoi dire.

Ses yeux s'agrandirent encore un peu plus, comme si ma question lui semblait obscure, ou une sorte de piège. Elle haussa les épaules.

— Rien de spécial.

— Tu devrais prendre celle-là, fit une voix derrière, tandis qu'une main passait entre nous pour saisir, sur le présentoir, la photo d'un lac sur laquelle on avait apposé un dessin de castor, le pouce levé.

Je me retournai, et j'aperçus un garçon d'une vingtaine d'années, au beau visage auréolé de boucles. Juste derrière lui, un roux, grand et costaud, tenait un sac en plastique en souriant.

Le garçon glissa la carte dans la main de Lucy, puis

s'éloigna, suivi par le roux. Avant de passer la porte en verre, il avait jeté un regard par-dessus son épaule, son profil sexy éclairé par la lumière du jour, et avait levé le pouce en direction de Lucy. Elle avait gloussé en me regardant, les sourcils levés, et j'avais eu soudain le sentiment d'exister, tel un être de fumée qui prendrait forme quelquefois, dans les yeux des autres, simplement pour assister au déroulement de leur vie.

Au Hollywood, Kishi et moi étions serrées l'une contre l'autre, debout dans un coin du bar, et personne ne semblait nous voir. Des hommes debout levaient leurs chopes, certains étaient appuyés sur le mur, un brun dansait, une cigarette éteinte entre les lèvres. Ils suivaient des yeux les serveuses, pivotaient subtilement pour attirer leur attention. J'avais vu un type mimer des mouvements de bassin lascifs dans le dos de Diane, baissée pour nettoyer une table, et les gars autour riaient. Elle s'était retournée, sa figure n'exprimait rien. Une autre fois, un garçon avait proposé à Baby de lui offrir un verre, en attrapant fiévreusement son poignet. Elle avait dégagé sa main d'un geste souple, un chat qui retire sa patte, puis s'était écartée pour servir d'autres clients. Tout avait été si rapide que le garçon était resté suspendu, incliné face au vide, s'adressant à un fantôme.

Kishi réduisait en petits morceaux l'étiquette de sa bouteille de bière. Elle s'était redressée, subitement impatiente.

— Bon, on y va ?

Elle ne comprenait pas ce que je cherchais.

Kishi savait des choses sur les filles, elle savait des choses sur tout le monde. Mais elle se contentait de rentrer son cou dans sa veste quand je lui demandais de me raconter. Elle me suivait là où j'allais, et c'était ainsi depuis toujours, comme si elle n'avait pas de volonté propre, ou peut-être était-ce la conscience que sa volonté propre lui intimait de s'enfermer dans sa chambre, loin des regards, et qu'elle ne pouvait pas s'y abandonner totalement, la crainte floue d'une vie qui ressemblerait à un long sommeil sans rêve.

Nous étions allées au Hollywood plusieurs fois, mais au fur et à mesure, cela devenait plus compliqué, plus pesant. Ehawee nous saluait désormais, mais avec lassitude.

— Une bière et vous vous tirez, d'accord ?

Un soir, sur le parking, alors qu'il pleuvait si fort que le monde semblait devenu aquatique, nous nous étions mises à courir sur l'asphalte charriant des torrents d'eau noire.

— Non mais Nita, qu'est-ce qu'on fout là ?

J'entendais le rire enfantin de Kishi, émergeant de sa capuche rabattue sur son front. Elle s'était approchée de moi. Des gouttes étaient suspendues au bout de ses cils.

— Je l'ajoute à la longue liste des choses grotesques que tu m'as fait faire, compte sur moi pour te le rappeler quand je te demanderai d'enterrer un cadavre.

— Ah mais la vie, avec moi, c'est l'aventure, le grand frisson !

— C'est ça, ouais ! avait-elle lancé en se remettant à courir.

Au loin, l'enseigne lumineuse du Hollywood brillait dans le brouillard. Je regardais le dos de Kishi, courbé vers l'avant, et j'avais envie de la rattraper pour la serrer contre moi.

Quand nous étions petites, elle aimait faire semblant d'arracher son cœur de sa cage thoracique. Elle prétendait le déplacer de gauche à droite en collant ses mains contre sa poitrine, en faisant avec sa bouche des bruits de gargouillis, puis elle mimait son extraction en rejetant la tête en arrière, et tendait vers moi ses mains en coupe, avec un petit sourire sacrificiel : « Tiens, je te le donne. »

Je me souvenais des mocassins qu'elle avait brodés elle-même, parce que sa grand-mère lui avait dit que c'était la chose la plus importante à faire pour une jeune fille : il fallait les confectionner en pensant à tous les pas que l'on avait posés sur cette terre, et placer dans l'aiguille ses intentions secrètes, sa destination rêvée. C'est ainsi que l'on s'assurait de suivre le chemin du Créateur qui, caché dans les points serrés, nous guidait dans la voie spirituelle. Elle avait cousu avec un savoir-faire qui m'avait stupéfiée, pendant des semaines, des fleurs de tissu et de perles sur le devant, et appliqué des pièces de fourrure sur les côtés. Les jours qui suivirent la mort de son père, je l'avais trouvée allongée sur son lit : étendue de tout son long sur les draps, avec ses énormes mocassins qui pendaient dans le vide, elle m'avait dit : « Je voudrais qu'on me mette dans le cercueil avec lui. Voilà où je veux aller. »

Nous avions fini par atteindre le Hollywood et, abritées sous l'auvent, nous reprenions notre respiration, dégoulinantes. La porte s'était ouverte d'un coup ; Eli, la petite serveuse musclée, avec sa longue chaîne balançant sur son ventre, était sortie, si vite qu'on aurait dit qu'elle s'enfuyait. Elle m'avait percutée dans le noir. Elle dégageait un parfum d'humidité et de fumée, et semblait essoufflée, les cheveux en désordre. Elle s'était penchée vers moi, j'avais eu un mouvement de recul.

— T'aurais une clope ?

Je lui tendis mon paquet, mes doigts étaient pâles dans l'ombre. Elle coinça la cigarette dans le coin de sa bouche, sortit d'un endroit secret de son débardeur un briquet en acier qu'elle fit claquer d'un geste sec, avant de le faire disparaître à nouveau.

— Merci, dit-elle en soupirant.

Je me sentais étrangement émue, si près d'elle. Ses yeux étaient soulignés de violet électrique, sa bouche luisante. Dans mon ventre s'agitaient des émotions qui ne parvenaient pas à éclore.

— C'est toi, la cousine d'Ehawee.

Elle s'était adressée à Kishi, en la fixant sans ciller, tirant sur sa cigarette qui rougissait dans le noir. Il n'y avait aucune interrogation dans sa voix. Immobile derrière moi, Kishi hocha la tête à la façon d'une enfant. J'étais stupéfaite qu'elle l'ait identifiée.

— Les filles, écoutez-moi bien : je ne veux plus jamais vous voir ici. C'est la dernière fois que je vous le dis, c'est pas un endroit pour vous, c'est dangereux.

Sa voix était pleine d'autorité – *elle avait quoi, trois, quatre ans de plus que nous ?* Elle avait pivoté vers moi, on aurait cru que j'étais la forte tête d'un groupuscule excité et puéril.

— T'as compris ? On ne vous laissera plus entrer.

Je me sentais stupide et humiliée. Des breloques pendaient au bout de sa chaîne, une plume, un œil, une petite conque, un objet qui ressemblait à un os, un crâne miniature.

Elle me tapota l'épaule : « Bon, c'est bien. Merci pour la cigarette. » Puis elle s'élança sous la pluie, en se protégeant de ses mains. En un souffle, elle s'évanouit dans la nuit, comme si elle était entrée dans une chute d'eau.

9

Je me demande, aujourd'hui, comment il est possible que je n'aie rien vu. Rien compris. Il se passait des choses, partout, c'était un glissement, une nappe que l'on tire très doucement.

Au lycée, il régnait une ambiance morbide, depuis que Louise, une fille de ma classe, s'était pendue avec la ceinture de son peignoir. Elle avait déjà fugué, à plusieurs reprises, quittant le lycée au milieu de la journée, et chaque fois la directrice avait sillonné les couloirs au pas de course, serrant les pans de son gilet contre elle, entrant dans les salles de cours pour demander si quelqu'un avait la moindre idée d'où était passée Louise. Les élèves la regardaient avec des yeux ronds, les garçons de l'équipe de hockey se redressant d'entre le creux de leurs bras où ils somnolaient, les filles mordillant leurs lèvres. Personne ne répondait rien, mais les visages étaient graves, on aurait dit que nous savions comment tout cela se terminerait. On l'avait retrouvée à plusieurs occasions, pas loin du lycée, errant dans la neige, avec son bonnet en fourrure, sa robe en laine si courte qu'on aurait dit qu'elle ne portait rien sous sa veste. On racontait qu'elle avait été attrapée plusieurs fois par la police, après avoir fauché des bières à la supérette. On connaissait les policiers, ce qu'ils faisaient aux filles des réserves, enfin c'est ce qu'on disait, mais on racontait tellement de choses alors. Après les cours, il y avait des rassemblements sur l'esplanade de béton devant le lycée, et chacun y allait de sa version, en précisant « véridique », en détachant les syllabes avec une mine de conspirateur.

Des élèves avaient installé un autel dans le casier de Louise, des bracelets, des coquillages, des pièces de monnaie, un cœur en plastique où l'on pouvait lire « Friends forever » et, scotché sur la paroi du fond, un portrait d'elle souriante, sous son bonnet en fourrure. Quelqu'un avait écrit « Fuck les flics », au marqueur noir, à l'intérieur de la porte en acier, mais au bout de quelque temps, l'inscription avait été barrée. Pendant les récréations, il arrivait qu'une fille se mette à pleurer. D'autres s'approchaient aussitôt, mêlant leurs chevelures au-dessus d'elle, chuchotant à son oreille, attrapant ses doigts.

Presque tous les jours, Lucy allait dans la forêt faire des choses mystérieuses. Je la voyais marcher au loin, sa parka bleue progressait le long de la route. Elle disparaissait d'un seul coup, comme si elle était passée de l'autre côté, aspirée dans la grande bouche des bois. Après l'épisode des bonshommes suspendus, j'avais le sentiment d'avoir manqué une occasion avec elle, quelque chose qui aurait dû se faire, sans que je sache quoi, et qui, par ma faute, s'était échappé.

J'essayais de la suivre, en laissant toujours passer un quart d'heure avant de me mettre en route, pour ne pas avoir l'air de l'espionner – qu'elle puisse penser que je la piste m'était insupportable.

Un après-midi d'avril, j'étais entrée dans la forêt, là où j'avais vu Lucy s'engouffrer à plusieurs reprises. Je pénétrai dans une pénombre fraîche et odorante, avec la sensation d'entrer à l'intérieur même de ma mémoire. Des flaques de neige s'étendaient çà et là, constellées de traces minuscules. Je nous revoyais, mon père et moi, agenouillés, si près de la neige que nous pouvions l'entendre crépiter. Nous observions les empreintes des animaux, des lignes en pointillé révélant la trajectoire d'un oiseau sautillant, d'un lièvre ou d'un daim, et il était merveilleux d'imaginer qu'à cet endroit où ne régnait désormais qu'une immobilité silencieuse il y avait eu une autre vie, sauvage, et que peut-être, à cet instant, des bêtes braquaient leurs yeux opaques sur nous, qu'elles étaient là, dans les feuillages.

Je progressais entre les frondaisons, et j'avais l'impression de remonter vers le passé. Certains arbres étaient encore couverts de givre, prisonniers d'une carapace de cristal. Il y avait des espaces où le printemps avait surgi, des herbes vert pâle luisant sous le soleil, et d'autres encore retenus dans l'hiver, coincés dans une courbe du temps, des taches de neige sur lesquelles les branchages jetaient leur ombre. Je m'arrêtai à la frontière des saisons, avec à ma gauche un terre-plein recouvert de crocus blancs et roses, à ma droite des taillis glacés qui semblaient faits de verre, et je tendis l'oreille. Je n'entendais rien que le craquement du gel, aucune trace de Lucy, ni d'aucun être vivant.

Où était mon père aujourd'hui ? Quelle forme avait-il prise ?

La dernière fois qu'il avait été vu, il marchait dans la forêt, son sac sur le dos, et il avait salué Jozef, qui chassait par là, sans s'arrêter. Cela ne lui ressemblait pas, s'était dit Jozef, mais mon père paraissait si concentré, si déterminé, qu'il n'avait osé le retenir. Jozef se souvenait de ce sentiment étrange, une appréhension, en le regardant s'éloigner, puis il s'était dit que c'était la mauvaise nuit qu'il venait de passer, cette fille avec qui il avait couché, et qui, sans explication, s'était rhabillée en affirmant d'une voix parfaitement calme : « Tu finiras seul au fond des bois. »

Jozef nous avait raconté que, la nuit suivante, mon père était venu lui dire au revoir dans ses rêves. Il s'était approché, accompagné d'un cortège de bêtes, des cerfs, des loups, des ours. Mon père avait serré Jozef dans ses bras puis était reparti en direction de la forêt, suivi par les animaux. Ce à quoi ma mère avait répondu « oui, eh ben à moi, il ne m'a pas dit au revoir, ce connard », avant de jeter la télécommande contre le mur, avec ses cheveux emmêlés, et son tee-shirt qui pendait sur ses cuisses.

Peut-être que si je m'enfonçais sans jamais m'arrêter dans la forêt, marchant des jours et des semaines, je parviendrais de l'autre côté, à la frontière d'un autre monde. Peut-être que mon père m'attend là-bas, debout, les bras croisés, avec tous ces animaux autour de lui, peut-être qu'en m'apercevant, il s'éclairera brusquement : « Enfin ! Je t'attends depuis si longtemps. »

Je repensais à Lucy, dans sa jupe en jean, à la station-service, sa silhouette si frêle à côté de l'immense camion, dont l'ombre la recouvrait.

Monter dans la cabine d'un camion. Faire *des choses*.

Un oiseau émit un long sifflement dans la canopée. Un cri aigu, suivi d'un silence, puis à nouveau, le cri. Autour de moi, la nature semblait transie. Les troncs noirs, les sapins muets, l'étendue de neige.

Des formes blanches qui se détachaient sur le blanc de la neige attirèrent mon regard.

Je m'approchai : des croix. Des dizaines de croix, grandes comme des mains. Plantées dans une étendue neigeuse de la taille d'une petite mare. Elles étaient disposées en lignes parallèles, à intervalles irréguliers. Toutes identiques, étranges tels des personnages dénués de bouche.

Je me laissai tomber à genoux, le froid transperçait le tissu de mon jean, et me mis à les compter.

Soixante-dix-huit. Soixante-dix-huit croix en bois peint.

Je déblayai la neige, creusant avec mes doigts : je redoutais ce que j'allais y trouver. Des organes dans un entrelacs de racines. Un réseau de ruisseaux charriant des choses que l'on ne devrait pas voir.

Mais dessous, il n'y avait rien.

Je levai les yeux : personne. Juste les grands pins qui me regardaient, légèrement inclinés au-dessus de moi. Je me remis debout, et j'eus l'impression qu'ils se redressaient avec moi, retrouvant leur apparente immobilité.

Lucy avait-elle vu les croix ?

Je me remis en marche, m'enfonçant plus profondément dans le bois, en suivant ce qui s'apparentait à un sentier. Mes mains étaient glacées dans mes poches, et la pénombre grandissante, mais une force m'attirait là-bas.

Un mouvement dans le lointain. Les ondes crépitantes du givre, une présence, palpable.

Un rire.

Et des voix. Des voix d'hommes.

Je remontai ma capuche dans un geste de protection dérisoire. Mon cœur battait si fort qu'il me semblait que, peut-être, ils pourraient l'entendre.

Le rire retentit une fois encore. Puis le silence.

J'avançais vers une éclaircie, droit devant moi, un trou de lumière qui lançait des éclats dans ma direction. Je marchais en retenant mon souffle, m'approchant des rayons qui m'éblouissaient, au détour d'un arbre, entre un enchevêtrement de branches.

Je finis par arriver sur une prairie à ciel ouvert. Une grue immobile se dressait au soleil, avec son grand bras de métal suspendu au-dessus du vide, et derrière, dans la pénombre, deux pelleteuses. Au sol, des amas d'arbres coupés, couchés les uns sur les autres, abandonnés. On avait empilé, sur le côté, d'immenses troncs lisses, amputés de leurs branches.

La société d'exploitation forestière.

Ils étaient là. Tout proches.

Le paysage était gris et nu. Comme si l'on avait voulu

défaire le mystère de la forêt, démontrer qu'elle ne cachait rien. Un peu plus loin s'élevaient des baraquements en tôle ondulée.

Quelque chose brilla à mes pieds. Sous les feuilles, un morceau de métal doré. Je le déterrai délicatement. C'était un bracelet, portant une inscription : « I <3 U ».

Le bracelet de Lucy.

Je le glissai dans la poche de ma veste. En me relevant, je vis quatre hommes qui discutaient devant l'un des baraquements. L'un d'entre eux, massif, le visage rouge, faisait de grands gestes devant ses collègues. L'un d'entre eux siffla entre ses doigts. Un brun aux traits fins, auréolé de boucles, secouait la tête. Je reconnus les types de la station-service. Le roux qui m'avait paru timide, discret, mimait maintenant ce qui ressemblait à un coït. Le garçon au visage d'ange regardait ailleurs, gêné. Il me parut rassurant, au milieu des autres, hilares, grossiers. J'essayais d'entendre ce que le roux racontait, mais, à ce moment-là, il tourna la tête dans ma direction, et je reculai dans l'ombre.

Le lendemain, au réfectoire, je m'approchai de Lucy, assise devant un plateau. Elle scrutait son assiette avec défiance – une tranche de dinde fine et blême, évoquant un morceau de peau. Elle était seule, sa parka bleue à côté d'elle.

— Salut. Je peux m'asseoir ?

— Si tu veux.

Je posai mon plateau face au sien, enjambai le banc. Je jetai le bracelet devant son verre d'eau.

— C'est à toi, je crois.

Lucy le contempla un instant sans réagir, avant de le passer à son poignet. Elle m'adressa un sourire machinal.

— Merci.

— Tu sais où je l'ai trouvé ?

Elle haussa les épaules, découpant sa tranche de dinde en petits rectangles.

— Dans la forêt.

— Ah.

Son expression était impénétrable. Je repris :

— J'ai vu des trucs, là-bas. Je me demandais si tu les avais vus aussi.

— Des trucs qu'auraient faits des gamins bizarres du coin, tu veux dire ?

Je serrai les lèvres, en attrapant mon sandwich.

— O.K., t'avais raison. Il se passe des choses.

— Sans déconner.

— T'as vu les croix dans la neige ? Comme un genre de cimetière miniature.

— Ouais.

Elle ouvrit son yaourt à la fraise, y plongea sa cuillère, la fit lentement tourner sur elle-même.

— Et d'autres choses aussi. C'est la nuit que ça se passe, ajouta-t-elle à voix basse.

— Tu vas dans la forêt *la nuit* ?

— Je l'ai fait, ouais. Et ça m'a bien fait flipper.

Elle balaya la salle du regard, avec une mine de conspiratrice. Ses lèvres étaient roses, teintées par la fraise. Elle chuchota :

— Je les ai vus, Nita. Les esprits.

Elle se redressa en me fixant, attendant de voir l'effet que produisaient ses paroles. Elle avait des ombres bleutées sous les yeux, et son visage pâle lui donnait l'air d'une jeune fille d'un autre temps, exténuée d'avoir traversé les siècles. Je m'éclaircis la gorge en essayant de garder mon calme, mais je sentais le frémissement dans ma chair, comme lorsqu'on s'apprête à partager, avec une presque inconnue, un secret modifiant la nature du monde.

Puis il y eut un courant d'air, des crissements d'anorak, et Conrad s'assit à côté de moi en déposant bruyamment son plateau devant lui. En face, Scott et Awan entouraient Lucy, se rapprochant d'elle, soufflant dans son cou. D'un bond au-dessus du banc, ils se glissèrent à côté d'elle. Je lui lançai un regard, mais elle avait plongé le nez dans son yaourt, on aurait dit qu'elle tentait d'y déchiffrer de minuscules inscriptions.

Scott attrapa une mèche des cheveux de Lucy, joua avec, la passa sous son nez. Awan se pencha au-dessus de la table, et se tourna vers lui en grimaçant. Leurs peaux luisaient, on avait l'impression qu'ils revenaient du sport, ou que, suintant la testostérone, ils se transformaient en hommes juste sous nos yeux.

Lucy avait à nouveau ce regard lointain qui donnait la sensation que seule son enveloppe était parmi nous.

Conrad se mit à remuer ses spaghettis d'une main, et, de l'autre, attrapa ma cuisse. Je ne bougeai pas. Je me demandais à quoi nous ressemblions, de loin, Lucy et moi, ce que l'on pouvait lire sur nos traits.

Scott caressa sa joue avec la mèche de Lucy.

— Mais arrête !

Son ton, irrité, charmeur.

Awan lorgnait le pull-over de Lucy en ouvrant de grands yeux. Je baissai la tête. Je les trouvais séduisants et dangereux, stupides et fascinants.

Sur les réseaux sociaux, ils postaient des vidéos. On les voyait, de nuit, courir sur la route, ou dans les bois – on entendait le souffle du cameraman, et l'on reconnaissait le sweat-shirt zippé d'Awan, ou le blouson en faux cuir de Conrad, qui filait dans le lointain. Sur d'autres vidéos, ils faisaient mine de se battre. Scott envoyait des uppercuts dans le vide, Conrad esquivait, avec une souplesse sexy. Awan retournait la caméra sur lui-même, il levait les poings en criant des choses qu'on n'entendait pas. Scott et Conrad s'attrapaient par la tête, basculant dans un corps-à-corps qui semblait brusquement violent, puis ils se redressaient, et l'un embrassait l'autre sur le crâne en le tenant par le cou. Ou alors ils restaient front contre front, pendant de longues secondes, en se fixant avec intensité, puis l'un finissait par balancer une petite claque sur la joue de l'autre. Ils ricanaient. Ils avaient l'air défoncés. Ma préférée était celle où l'on voyait Conrad chuchoter, face caméra, sous un réverbère dont le faisceau orange illuminait son visage incandescent. « Nous courons dans les bois, nous sommes des chasseurs, comme nos pères, et comme les pères de nos pères. Personne ne nous attrapera… » La caméra faisait une embardée, et l'on apercevait les feux d'une voiture de police. Un réseau de lignes électriques traversait le ciel, sur l'une d'elles était suspendue une paire de baskets. Je savais que la police les avait arrêtés, à plusieurs reprises.

Comment les flics auraient-ils pu comprendre que des garçons puissent courir sans aller nulle part, juste pour être ensemble, parce qu'il n'y a rien à faire, ici, rien d'autre que courir jusqu'à devenir le vent, la nuit, et l'univers tout entier ? Que l'on puisse courir, pour éprouver ses muscles, sentir sa force, sa puissance, alors même que le jour on n'est rien, on n'a aucun avenir – que l'on puisse courir pour l'ivresse, la classe, le combat, et non pas pour *s'enfuir* ?

À la fin de la vidéo, Conrad souriait, ses dents paraissaient phosphorescentes, puis il recouvrait l'objectif de sa main et l'on entendait un rire étouffé. À ce moment-là, je sentais un frémissement, le mouvement d'un oiseau sous ma chemise de nuit. Le frottement de ses chaussures de sport sur l'asphalte faisait un bruit de succion lancinant et me donnait envie de courir derrière lui, de la même façon que ces chiens que l'on voyait soudain surgir de l'ombre et passer devant la caméra, frémissants d'excitation, emportés par une irrésistible impulsion.

Mais au réfectoire, ce jour-là, je demeurai immobile, le dos raide, ma cuisse brûlante sous la main de Conrad. Il se pencha, sa bouche effleura mon oreille.

— On se voit un de ces quatre ?

Je hochai la tête, incapable de prononcer le moindre mot.

Il pinça ma cuisse. En face, Awan avait passé un bras autour de l'épaule de Lucy. Scott, lui, avait attrapé la fine chaîne en or qui pendait sur son chemisier. Il se mit à tirer dessus, et à l'entortiller, jouant à tenir Lucy au bout d'une laisse, ou à l'étrangler. Je la regardais. J'aurais été incapable de dire si elle allait éclater de rire ou se mettre à hurler.

Elle finit par tirer sur sa chaîne d'un coup sec. Elle se leva, posa sa veste sur ses épaules à la façon d'une cape, et s'éloigna sans nous jeter un regard. Scott et Awan se rapprochèrent l'un de l'autre, effaçant l'espace laissé par Lucy, comme si elle n'avait jamais été là.

10

Kishi refusait désormais de m'accompagner au Hollywood. Elle répétait qu'Eli nous avait signifié de ne pas revenir, de toute façon nous ne pourrions plus entrer. Elle avait recueilli une petite chouette, une boule de duvet presque noyée dans une flaque, et plus rien n'avait d'intérêt à ses yeux. Elle ressemblait à une jeune mère hystérique refusant de s'éloigner de sa progéniture, comme si le fil qui les reliait était celui de la vie même. Elle la nourrissait de viande crue qu'elle fourrait dans son bec avec une pince à épiler, à moitié couchée sur la table de la cuisine. Elle peignait ses plumes avec une brosse à dents. La faisait dormir dans une casquette, dans un nid de chaussettes. La chouette aimait se blottir sous l'aisselle de Kishi quand celle-ci s'allongeait sur son lit, et l'on voyait émerger sa tête fauve, qui pivotait pour regarder le monde, ses grands yeux noirs perpétuellement stupéfaits devant les posters de loups, la robe de danse traditionnelle suspendue à la porte, ou les taches d'humidité sur le plafond de la chambre, semblables à des lacs vus du ciel.

Lorsque les attaques commencèrent, nous n'étions plus retournées au bar depuis plusieurs semaines. Ce fut Kishi qui me montra le journal, la photo du type à la figure tuméfiée. On l'avait trouvé inanimé sur le parking du Hollywood.

Nous étions assises devant son bureau où sautillait la chouette, saisissant à coups de bec furtifs les crackers qu'émiettait distraitement Kishi, à la façon d'une femme d'intérieur exténuée et rêveuse. Elle avait tendu un doigt vers le journal étalé devant elle, tandis que la chouette me scrutait de ses yeux démesurés.

— T'as vu ça ?

« Un homme sauvagement attaqué par d'étranges animaux », lisait-on en première page. « Robert Da Silva, employé de la société d'exploitation forestière, a été retrouvé sans connaissance sur le parking du bar le Hollywood, dans un état grave. Son pronostic vital n'est pas engagé. »

L'article expliquait que l'homme avait été transféré à l'hôpital du comté, où le personnel soignant avait observé la présence, sur l'ensemble du corps, de plaies profondes et atypiques. Des plaies « provenant d'objets contondants qui pourraient être des lames, mais aussi des griffes, des crocs, des becs d'oiseaux puissants », avait précisé le médecin en charge du service des urgences cette nuit-là, avec « une certaine stupéfaction » notait le journaliste.

À son réveil, Robert Da Silva avait fait part de souvenirs flous et obsédants, qui évoquaient un cauchemar, ou du moins une perception de la réalité altérée par une alcoolémie exceptionnellement élevée (3,04 grammes par litre de sang). Il tenait des « propos décousus et inquiétants ». Il s'était approché de sa voiture, un 4 × 4 Toyota gris, aux alentours de 2 h 30 du matin, après avoir passé une soirée avec des collègues. Il se rappelait qu'il était en train de déverrouiller la portière quand il avait reçu un coup sur l'arrière de la tête, un objet lourd s'abattant sur lui à pleine vitesse, « quelque chose qui semblait tomber du ciel, une météorite », puis plus rien. L'image qui lui revenait ensuite était celle d'ombres immenses, penchées sur lui, et mordant, lacérant ses vêtements et sa peau, des créatures recouvertes de longs poils, dotées de griffes acérées, et d'autres avec de grandes ailes noires qui battaient au-dessus de sa tête. « Je les entendais, des grognements et des cris inhumains, atroces, des bêtes sortant des enfers. »

Cela arriverait à nouveau, une semaine plus tard. David Kaminsky serait retrouvé une nuit en contrebas du Hollywood, allongé, les bras en croix, au milieu de la route, par un couple en voyage de noces à bord d'un camping-car de location. La vision de cet homme dont les vêtements étaient si déchirés que l'on voyait la peau nue de ses jambes et de son torse, « avec son visage mouillé comme si on l'avait trempé dans un seau de sang », avait plongé la femme en état de choc, si bien qu'elle avait refusé de remonter dans le camping-car pour reprendre le trajet qu'ils avaient préparé depuis des mois, mettant un point final à leur lune de miel. Kishi et moi avions contemplé longuement sa photo publiée dans le quotidien local : vêtue d'une robe de mariée qui ressemblait à un nénuphar, elle souriait à l'objectif, son bouquet tendu vers le ciel. Après plusieurs jours alternant sommeil agité et moments de conscience durant lesquels il sanglotait à la façon d'un enfant, David Kaminsky avait évoqué une meute d'animaux aussi sombres que la nuit, surgis de la forêt en poussant des hurlements. « Une bête à plusieurs têtes, un monstre comme dans la putain de mythologie. »

Kishi avait découpé les articles, et les avait rangés dans le sac en daim frangé où elle conservait « les choses importantes de la vie ». Des fleurs en tissu, des cailloux « sacrés » (gris, ordinaires), une paire de lunettes de vue ayant appartenu à son père, une pieuvre en laine que je lui avais donnée, une patte de lapin, à la fois douce et dure, écœurante, un tube de rouge à lèvres, des échantillons de parfum.

La chouette grandissait, elle avait l'air furieuse désormais. Elle venait se blottir dans le cou de Kishi, plongeant la tête dans son tee-shirt, paraissant chercher à l'intérieur de son soutien-gorge, ou plus loin encore, un endroit sombre et mystérieux semblable aux ténèbres d'où elle venait. Kishi l'avait baptisée Beyoncé. Ses couleurs étaient celles de la forêt. Je me disais que si on la déposait, un seul instant, sur un tas de feuilles dans les bois, il serait impossible de la retrouver : en un battement de paupières, elle aurait disparu, fondue dans l'univers.

— Ça fait flipper.

Kishi observait la photographie de David Kaminsky, les cicatrices sur sa figure. On aurait dit qu'on l'avait attaqué à coups de ciseaux, puis recousu avec une grosse aiguille, à la va-vite.

Nous étions étendues sur le lit, côte à côte, une jambe de Kishi passée sur la mienne, fixant le journal qu'elle tenait à bout de bras au-dessus de nos têtes. Perchée sur le dossier de la chaise du bureau, Beyoncé nous regardait, hautaine.

— Tu crois que c'est la forêt qui se venge ?

— N'importe quoi.

— Ou alors les esprits des morts ?

C'était le genre de choses qu'aurait pu dire mon père. Quand j'étais petite, il prétendait redouter qu'un fantôme ne vienne me chercher : « Tu es trop jolie, et bien trop intelligente. On ne doit jamais laisser seule une petite merveille comme toi, ou ils viendront te voler. » Ma mère levait les yeux au ciel, les mains dans l'eau mousseuse de l'évier, une cigarette pendue à ses lèvres.

Il me serrait contre lui quand les feuilles se mettaient à tourbillonner, car, disait-il, « les spectres prennent la forme du vent ». Dans la forêt, nous entendions parfois un sifflement, quelque part dans les feuillages, un cri mélodieux, un éclat argenté. Il disait : « Écoute, c'est leur appel, un charme pour attirer les vivants. »

Il avait peur que je disparaisse, mais c'est lui qui a disparu.

— Je crois pas trop à ces conneries, tu sais.

Kishi m'avait lancé un regard douloureux en se redressant sur son oreiller imprimé d'une tête de dauphin.

Au début de l'été, mon père m'emmenait sur le lac. Nous déposions nos chaussures sur les pierres, et nous poussions le canoë vers le large. Je m'asseyais devant, les fesses dans une petite flaque. L'eau était si claire qu'on avait l'impression d'avancer dans l'air, un ciel onctueux que mon père trouait à coups de pagaie. Le soleil faisait briller le lac, une nappe de cristal bordée d'arbres noirs.

Mon père chantonnait à voix basse. Ses gestes élégants ressemblaient à un rituel sacré pour rejoindre un autre monde.

Arrivés au centre du lac, nous restions là, bercés par le clapotis de l'eau, et il me parlait d'un endroit où chaque animal, chaque pierre, chaque plante existait dans sa forme parfaite. « Tout ce que tu vois ici n'est que l'ombre de là-bas, une image dans un miroir. » Mais il était impossible d'imaginer un espace plus beau que celui où nous flottions, entre le ciel bleu perle et l'eau plus pâle encore. Mon père ouvrait des bières, moi je ne buvais ni ne mangeais rien, il me semblait que j'étais faite de particules lumineuses, j'aurais pu entrer dans le ciel ou dans l'eau comme dans un nuage, juste en me laissant porter.

Kishi s'était levée pour attraper un paquet de gâteaux, qu'elle se mit à grignoter avec anxiété. Elle paraissait animée d'un feu intérieur.

— Moi, je crois que les morts sont ressortis de leurs tombes. Ils se sont transformés en animaux, et ils viennent se venger.

— Ferme-la, Kishi.

Je m'étais redressée, frémissante.

— Personne ne viendra nous venger. Personne ne fera

revenir nos pères, personne ne fera repousser la forêt ! Aucun putain de fantôme !

J'attrapai ma veste en jean. Je sentais mon cœur dans mon cou. Je me précipitai vers l'extérieur en contournant Kishi, pétrifiée. Sur le seuil, je me retournai. J'ouvris la bouche, renonçai. Sans rien dire, je fermai la porte derrière moi.

Quelques jours plus tard, une trentaine d'hommes et de femmes se rassemblèrent, juste devant chez nous. Plantés au milieu de la route, brandissant des pancartes où l'on pouvait lire « Non à l'oléoduc », ou « Sauvons nos enfants ». Ils restèrent là tout l'après-midi, chantonnant une mélopée lancinante, en se tenant par la main. Ma mère s'était enfermée dans la salle de bains pour faire sa coloration de cheveux, et échapper aux grondements du monde.

Par la fenêtre, je voyais un homme immense, un bandana rouge noué sur la tête, s'approcher des véhicules qui ralentissaient devant le barrage. Il se penchait par la vitre du conducteur, la main posée sur le toit, et ensuite il restait là, agitant la tête, se redressant quelquefois, puis replongeant vers la vitre, jusqu'à ce que la voiture fasse demi-tour.

Je me souvenais de mon père, revenant des assemblées organisées par les sociétés d'exploitation de gaz, de pétrole, de bois. Il se rendait dans des salles blêmes où des hommes en chemise, debout autour d'une table recouverte de bières, l'accueillaient avec un large sourire, en écartant les bras, comme des membres de la famille. Ils parlaient sans jamais hausser la voix, demeurant placides et débonnaires face aux habitants des réserves, qui évoquaient leurs terres, les traités qui les protégeaient et que les sociétés d'exploitation tenaient pour des vieilleries incompréhensibles. Ils hochaient la tête, sans jamais cesser de sourire, en tapant dans le dos de nos pères, tels des adultes raisonnables ayant affaire à des adolescents excités. Mon père revenait épuisé, les vêtements froissés, sentant l'alcool et une sueur animale. Il avait l'impression, disait-il, que ses mots étaient liquides, qu'ils voyageaient dans l'espace sans jamais trouver leur destination.

Dans l'après-midi, je remarquai une silhouette en parka bleue, qui avait rejoint les troupes.

Lucy se tenait immobile parmi les manifestants, les jambes écartées, prête à faire barrage de son corps. Une vieille femme avait passé son bras sous le sien. Je sentis mes joues s'échauffer. Lucy me volait quelque chose, même si je n'aurais su dire quoi. Puis je vis débarquer son père : il serra quelques mains, avec son sourire énigmatique, et parla tout bas à Lucy. Ils finirent par repartir, elle marchant derrière lui en regardant ses pieds.

Les autres étaient restés là jusqu'à la nuit. Leurs silhouettes, dans l'obscurité, semblaient absorber la lumière de la lune. Ils ne bougeaient pas, ils étaient des ombres se découpant dans l'ombre, ils étaient une montagne. Ou alors des fantômes, des êtres que personne n'a avertis de leur propre mort. De temps en temps, une lampe torche clignotait. Puis les voitures arrivèrent, une dizaine, roulant très lentement. Des hommes casqués se positionnèrent en ligne, brandissant des boucliers sur lesquels on pouvait lire POLICE en lettres rouges. Ils restèrent face aux manifestants pendant un temps infini.

Quelqu'un mit le feu à un morceau de tissu, qui voleta dans les airs ; alors, les policiers avancèrent, repoussant les manifestants qui se dispersèrent dans le noir.

Cette nuit-là, je rêvai de l'autoroute, éclairée d'une lumière aveuglante. Elle était sans fin, traversant l'univers sans origine ni destination.

Les semaines qui suivirent, il ne se passa rien. Le monde était chaque jour entièrement neuf, la lumière de juin éclairait la végétation qui semblait avoir éclos dans la nuit. Quand je croisais Lucy, elle prétendait ne pas me voir, elle paraissait plongée dans ses rêveries, ou fouillait brusquement dans son sac. Kishi était toujours un peu maussade, nous nous regardions de loin, postées de chaque côté d'un pont.

Le cri des tronçonneuses déchirait l'atmosphère des après-midi immobiles. Je me sentais désœuvrée, pleine d'une force languide, quelque chose grandissait en moi, une plante grimpante née dans mes rêves, déroulant ses longues feuilles luisantes.

Un après-midi, j'étais allée me promener au bord du lac. De loin, j'avais entendu des voix. Des rires, de la musique qui sortait d'un transistor. J'avais aperçu leurs silhouettes de loin, blousons en cuir, lunettes noires. Mon cœur avait bondi dans ma poitrine. Je les avais reconnues avant même de pouvoir distinguer leurs traits. Un mouvement de cheveux, une façon de lever le bras, balayant l'air, des bagues lançant des éclats.

Les filles du Hollywood.

Elles étaient assises en cercle, sur leurs draps de bain,

dans des tenues sombres qui tranchaient avec le ciel et l'eau vert clair. Elles ressemblaient à un morceau de nuit et de danger exposé en plein jour. Je reconnus d'abord Ehawee, la cousine de Kishi, avec sa tête rasée d'un côté. Elle était appuyée sur ses bras, les jambes allongées devant elle, impassible derrière ses lunettes de soleil. Eli était assise en tailleur, sa peau nue se détachait entre un short en jean et des bottes de moto ; ses cheveux étaient encore plus courts, coupés en brosse. En face, Baby jouait avec sa natte, la tête posée sur l'épaule de Diane, blême dans la clarté de l'après-midi. Un peu à l'écart, Grace était allongée sur le côté, et sa chevelure l'entourait comme un châle.

Elles avaient toutes, posée à leur côté, une bouteille de bière aux reflets verdâtres.

Derrière, les montagnes et les sapins se reflétaient dans l'eau, une symétrie parfaite donnant la sensation d'un monde inversé, juste sous la surface. Elles dégageaient quelque chose de surnaturel, dans ce décor limpide auquel elles semblaient indifférentes.

Je descendis la côte, sans réfléchir, attirée par leur lumière noire. Elles plaisantaient, dodelinant de la tête de temps à autre au rythme de la musique qui sortait du transistor, un air pop chanté par une fille à la voix plaintive. Sereines et impériales.

Je me dirigeai droit sur le groupe, les mains dans les poches de mon blouson. Elles se tournèrent vers moi.

— Hé, qu'est-ce que tu fais là ?

Ehawee s'était redressée.

— Qui c'est ? demanda Diane.

— C'est la copine de ma cousine Kishi.

Elles m'observaient d'un air froid.

— Rien. Je me promène. Je faisais du canoë ici, avec mon père.

Eli plissa les yeux, longuement, puis désigna du menton la glacière.

— Tu veux une bière ?

Je fis oui de la tête. Elle sortit une bouteille, la décapsula, me la tendit.

— Je me souviens de toi.

Elle me tendit la main.

— Moi, c'est Eli.

Elle me présenta toutes les autres. « Tu connais Ehawee, voilà Baby, et Diane, dit-elle, et là-bas, c'est Grace. » Celle-ci me fit un signe, en se soulevant sur un coude, ses longs cheveux balayant le sol.

— Moi, c'est Nita.

Baby ôta ses lunettes en forme de papillon.

— Assieds-toi, Nita.

Je me laissai tomber à côté d'elle. Le temps que dura notre assemblée, et il me serait impossible aujourd'hui de déterminer si je restai là quelques minutes ou plusieurs heures, à détailler leurs tenues, leurs gestes, leur façon de se parler, et aussi de demeurer silencieuses, en communion, j'eus l'impression d'être entrée dans un cercle magique. Je voyais des petites choses que je n'avais jamais remarquées. Eli était la meneuse, mais son expression était d'une grande douceur, contrairement à mon souvenir, surtout lorsqu'elle souriait. Diane était maigre mais musclée, elle massait avec vigueur les épaules de Baby. Ehawee paraissait nerveuse ; caressant son crâne rasé, elle me toisait, avec mon tee-shirt d'adolescente, on aurait pu croire qu'elle avait de la peine pour moi. Je me sentais rougir. Grace regardait les autres, ou scrutait l'horizon, avant de fermer les paupières, replongeant à l'intérieur d'elle-même.

Je bus une deuxième bière, le soleil chauffait ma nuque et, sans y avoir réfléchi, je demandai :

— Vous n'avez pas peur, après ce qui s'est passé sur le parking du Hollywood ?

Elles me dévisagèrent en faisant mine de ne pas comprendre.

— Les hommes qui se sont fait attaquer… Kishi pense que ce sont les esprits des morts qui ont fait ça.

Ehawee secoua la tête, familière des théories absurdes de sa cousine. Diane replia les bras devant elle, les mains pendantes, en grimaçant, yeux révulsés, à la façon d'un zombie jaillissant de sa tombe.

— Faut pas croire ce que racontent les journaux, chérie, dit Eli en allumant une cigarette.

— On pourrait remplir des pages entières avec les bagarres du Hollywood, tu sais, renchérit Ehawee. Les types boivent, puis ils se tapent dessus. Ça arrive tout le temps.

Je repensais aux photographies des visages balafrés, comme tailladés aux ciseaux. Mais les filles étaient déjà passées à autre chose. Baby se blottit contre la poitrine de Diane, reprenant le refrain qui passait à la radio. Ehawee parlait à l'oreille d'Eli, qui se mit à rire. Je me demandais s'il s'agissait de moi. Seule Grace me fixait, en silence. Il me semblait qu'elle regardait à l'intérieur de mon âme. Mes aisselles étaient trempées.

Eli se mit debout en se frottant les fesses.

— On va se baigner ?

Elles se levèrent toutes, déployant leurs jambes, se débarrassant de leurs bottes, baskets, shorts, jeans moulants, les faisant glisser sur leurs cuisses en se tortillant.

Personne ne se baignait à cette époque de l'année. L'eau du lac était encore glacée, mais les filles semblaient animées d'une vitalité mystérieuse, répondant à d'autres lois que les nôtres.

Diane releva ses cheveux et les attacha à la va-vite avec un élastique, révélant un aigle tatoué sur sa nuque. En un instant, elles ne portèrent plus qu'un tee-shirt, ou un long débardeur.

— Tu te baignes pas ? demanda gentiment Baby.

Je fis non de la tête.

— Salut, Nita, me lança Eli en agitant la main, et il me sembla qu'elle me congédiait, ce qui créa un vide dans ma poitrine, une aspiration.

Elles avancèrent à pas prudents sur la rive, les unes à côté des autres. J'étais happée par les mouvements de leurs jambes, l'éclat de leur chair élastique. Diane tenait la main de Baby, et leurs ombres s'étiraient sur le sol. Devant elles, une brume lumineuse s'élevait au-dessus du lac, à perte de vue. Les filles entrèrent dans l'eau, sans hésiter, s'enfonçant jusqu'aux omoplates. Ehawee s'allongea, bras écartés. De loin, elle paraissait flotter dans l'air.

J'étais convaincue qu'elles m'avaient déjà oubliée. Ehawee se redressa, et elles demeurèrent un instant côte à côte, leurs dos parfaitement alignés. Puis, répondant à un signal silencieux, elles plongèrent toutes en même temps, et je ne vis plus rien, juste un plissé d'argent à la surface.

Je remontai la côte. En me retournant vers le lac, je distinguais les points noirs de leurs silhouettes, se rapprochant et s'éloignant, faisant la planche, ou crawlant en direction du large, et j'avais l'impression qu'elles dessinaient des motifs à la surface d'un miroir. Le monde tout autour, les arbres, les montagnes, le ciel et l'eau d'un bleu pur, semblait avoir été créé juste pour elles, un décor qui n'existait qu'à travers leur présence. Moi-même, au fur et à mesure que je m'éloignais, je me sentais moins consistante, j'avais froid, j'étais vide. Je fus saisie d'angoisse, et réalisai qu'une seule chose me terrifiait : ne plus jamais les revoir.

11

Le mois de juillet approchait, et le lycée bruissait comme une ruche. Les filles portaient des shorts minuscules, des sandales compensées, et préparaient avec un soin hystérique des banderoles en papier crépon pour la fête de fin d'année. C'était un événement décevant et sinistre, qui se tenait dans le gymnase, où l'on dressait des tables à tréteaux inondées de gâteaux faits maison et de jus de fruits chimiques. On dansait devant les professeurs, qui eux-mêmes se trémoussaient, et tout le monde ricanait plus ou moins ouvertement, avec des mines embarrassées. Mais, chaque fois, nous avions l'espoir que ce serait différent, une alchimie mentale secrète semblait transfigurer nos souvenirs d'ennui en quelque chose d'infiniment désirable.

C'était la perspective, peut-être, que *tout pouvait arriver*. Une année, on avait vu le prof de sport danser avec la directrice une sorte de samba collé-serré. Il la tenait dans ses bras en la renversant dangereusement vers l'arrière, et elle avait une expression d'extase évoquant celle des premiers chrétiens recevant la révélation, ou alors elle était complètement saoule, mais il était saisissant de voir pour la première fois sa figure détendue, débarrassée de toute sévérité. C'était la possibilité d'embrasser quelqu'un, dans un moment d'euphorie et d'oubli de soi ; les Blancs et ceux de la réserve dansaient les uns avec les autres, plaisantaient, se frôlaient, ou parfois se roulaient des pelles dans les vestiaires ; deux êtres qui, pendant l'année, n'avaient jamais eu le moindre échange, ignorant jusqu'à l'existence respective de l'autre, soudain titubaient contre les casiers, arrimés comme des noyés. C'était l'ouverture d'une ère de légèreté et de possibles, nous étions tous égaux, avec les mêmes espoirs, réduits ce soir-là à l'échange des fluides et à la fête. Enfin, c'est ce que nous croyions, même si finalement rien n'arrivait jamais dans l'enceinte du gymnase, où la fête ressemblait à une kermesse évangélique. En réalité tout se passait dehors, dans la nuit. Des groupes assis sur des bancs faisaient circuler des bouteilles d'alcool dans des sachets en papier, fumaient des joints ou prenaient des acides.

Une cloche de verre semblait alors se poser sur nous, nous séparant du reste du monde, de cette autoroute et de la forêt qui avalait les nôtres, de nos parents immobiles, démunis, de nos frères désespérés, de notre terreur et de notre désœuvrement face à l'avenir, pareil à une brume froide.

La menace était là, pourtant, flottante. Une lune recouverte d'un voile. Un fil électrique, à nu, suspendu dans le vide. Une voiture sombre, qui roule lourdement, au ralenti.

Quelques jours après ma discussion avec les filles du Hollywood, au bord du lac, il y avait eu une autre attaque.

Alors qu'il mangeait un sandwich dans sa voiture, stationnée en bordure de forêt, à plusieurs kilomètres du Hollywood, un policier du comté avait été surpris vers deux heures du matin par une créature recouverte de fourrure qui lui avait sauté à la gorge. Dominic Basini avait senti les dents de la bête dans son cou, et ses griffes s'enfoncer partout sur son corps, lui arrachant des morceaux de chair. Il parlerait ensuite d'un ours enragé, « sans visage ».

Dominic Basini avait été sauvé par le passage d'un pick-up dont les phares avaient illuminé l'habitacle, effrayant l'animal. Dans un état de semi-conscience, il l'avait vu courir en direction de la forêt, et rejoindre une horde immobile, des silhouettes dans l'ombre, juste à l'orée du bois – *ses semblables*, avait-il pensé avant de perdre connaissance. En un instant, ils avaient disparu dans l'obscurité. « Ils l'attendaient ! » répéterait-il ensuite, en hochant la tête, ouvrant des yeux hallucinés.

L'accident créa une agitation, un choc palpable au sein des forces de l'ordre locales : des voitures de police se mirent à sillonner la région, de jour et de nuit, leurs feux allumés pour fouiller les profondeurs vert sombre, débusquer les choses effrayantes qui s'y cachaient. On parlait dans le journal de la présence d'un ours agressif – voire de *tout un groupe*, ce qui semblait très inhabituel, ainsi que le signifièrent, dubitatifs, les experts interrogés par les journalistes. Mais Dominic Basini était formel : ils étaient quatre, cinq, voire plus, il les avait vus, *ils attendaient le long de la route*. En première page s'affichait sa photo, sur un lit d'hôpital, le cou enroulé dans un pansement sur lequel le sang se répandait. Il était entouré de collègues en uniformes, certains posaient une main sur son épaule. Chacun souriait bravement, une arme à la ceinture.

On organisa une battue dans les bois. On vit des hommes munis de fusils, accompagnés de chiens qui tiraient sur leur laisse avec une frénésie inédite. Le soleil s'abattait sur la forêt, l'éclairant d'une lumière d'église. Le monde était brûlant et suspendu, dans l'attente que quelque chose advienne, quelque chose de sublime ou d'atroce.

On entendait des coups de feu et des explosions de pétards, suivis de longues plages de silence, puis le hurlement sinistre d'un chien. Tout le monde regardait ça de loin, avec un mélange d'effarement et d'ironie : *avait-on déjà vu un ours ouvrir une portière pour sauter sur les genoux d'un flic ?*

Ils ne trouvèrent rien. Absolument rien. Des hectares de bois silencieux, où s'épanouissait un monde paisible, des mousses et des baies, des tapis herbeux parsemés de fleurs roses, des grappes de chanterelles ou de clitocybes lumineux, des limaces jaunes. De temps à autre, un chien fonçait dans les taillis, fourrageant la terre en grognant, ou se mettait à aboyer, le corps tendu vers l'horizon, mais il finissait toujours par s'asseoir sur ses pattes arrière, en penchant la tête, égaré. On aurait dit que les bois avaient été vidés de leur substance. Un espace creux et lisse, dont les habitants auraient quitté leur enveloppe physique et flottaient dans des limbes, ou peut-être juste au-dessus de la tête des policiers.

Personne ne fut vraiment surpris : on racontait que

Dominic Basini avait tendance à boire, on le voyait à sa mine joviale, ses yeux rouges quand il sortait de sa voiture, dont il s'extrayait avec difficulté, couvert de miettes de sandwich. Il patrouillait la nuit, et se garait sur des aires désertes où traînaient des groupes de jeunes rassemblés autour d'un pack de bières. Il vérifiait leurs papiers, les embarquait parfois pour leur faire la morale, mais, à ce qu'on disait, la plupart du temps, il confisquait l'alcool pour sa propre consommation et paraissait « plus attaqué qu'eux ».

Je pensais aux filles du Hollywood. Je les imaginais, haussant les sourcils, Baby ricanant en écoutant le gros Dominic Basini raconter n'importe quoi à la télé, avec sa blessure au cou, telle l'empreinte d'un vampire.

C'est à cette période-là que le père de Lucy s'était mis à s'entraîner au tir, dans un survêtement en polyester vert et jaune qui lui donnait l'air d'un entraîneur de football fatigué. Il collait une carabine contre son épaule, et visait des pots en verre, disposés sur des pierres en équilibre précaire. Il sortait généralement en fin de journée, cerné, mais plein de détermination, sous des nuages bas qui s'effilochaient comme un châle en lambeaux. Il mettait en place sa scène de tir, posant patiemment des pots de sauce tomate sur une rangée de cailloux, puis reculait, et visait. Il restait là un temps infini, enveloppé de silence, à pointer son fusil sur un récipient en verre, ou peut-être vers une cible plus lointaine, invisible. Puis l'on entendait les détonations. Le plus souvent, il ratait son but.

J'étais tombée sur lui, un soir, en revenant de la station-service. Je portais un short de sport, et j'avais l'impression qu'il braquait son fusil droit dessus.

Il avait baissé son arme, en m'observant sans rien dire, et avait finalement lancé :

— Bonjour. Tu es une amie de Lucy.

J'avais tiré sur le tissu de mon short.

— On est dans la même classe.

— Ça se passe bien ?

— Ça va, oui.

Il m'avait regardée, puis son regard s'était porté au loin, sourcils froncés, comme si on lui faisait signe, ou qu'il déchiffrait un message dans le ciel, une banderole flottant derrière un avion.

— Vous devez faire attention. Le monde n'est pas fait pour les jeunes filles. Surtout en ce moment.

— En ce moment ? Vous voulez dire avec l'ours ?

— Qui sait ce qui peut arriver ? Peut-être la déchirure doit-elle advenir pour que puisse advenir le bien ?

Il avait marqué une pause, attendant peut-être mon avis sur la question. J'agitais nerveusement mon sac en plastique le long de ma jambe.

— Il faut vous surveiller. Les pensées qui germent dans vos cerveaux. La tentation. La transgression. Tout ce qui est défendu. Vous croyez que je ne le vois pas ?

J'essayais de sourire, mais je ne devais pas être très convaincante. Je pensais aux vêtements de Lucy, cachés dans son cartable. Je supposais qu'on pouvait les ranger dans la catégorie du défendu.

— Tu sais tirer avec un fusil ?

— Un peu.

— Tu veux essayer ?

Je me raclai la gorge, jetai un œil par-dessus son épaule, cherchant de l'aide.

— Allez, vas-y, montre-moi.

Cette idée semblait le mettre d'excellente humeur. Il me prit le sac en plastique des mains et me tendit le fusil. Je me positionnai face aux cibles. Je l'entendais respirer tout près de mon oreille.

Je ratai mon coup. Je visai à nouveau, en essayant d'oublier sa présence et de maîtriser mon cœur qui s'affolait. À nouveau, je manquai la cible.

Je sentis sa main sur mon épaule.

— Nos bras sont trop petits pour étreindre le monde, dit-il, et ses doigts appuyèrent dans mon dos.

Je fis un pas de côté pour me dégager.

— Bon, faut que j'y aille.

J'avais remonté la côte, mal à l'aise, les joues en feu, sentant dans mon dos son regard sur moi.

Quelques jours plus tard, dans le bus scolaire, Lucy s'était laissée tomber en soupirant sur le siège à côté du mien. Elle avait balancé son sac à ses pieds.

— Mon père propose qu'on te raccompagne après la fête du lycée.

Je me demandais qui avait eu cette idée.

— Ah, O.K. C'est sympa.

— Oh, je sais pas si c'est sympa. C'est le genre à venir nous récupérer à 21 heures.

Elle fit rouler ses yeux de façon comique. Je laissai échapper un petit rire surpris. Je me demandais si Lucy avait droit à des entraînements au tir, elle aussi. Si elle devait se préparer à *ce qui pourrait advenir*.

— Et toi, ton père ? me demanda-t-elle soudain.

Elle avait repris son sérieux. Je haussai les épaules, gênée.

— Il est parti. Il y a trois ans. Il est allé en forêt, il est pas rentré.

Elle demeura silencieuse un moment, plongée dans cet état de rêverie flottante qui lui était coutumier. Puis, en continuant de fixer le dossier du siège devant elle, elle lâcha :

— Je crois que j'aimerais bien que mon père disparaisse dans la forêt.

Je la dévisageai. Elle me lança un regard mystérieux, puis se mit à rire. Je devais avoir l'air stupéfaite, car elle rit plus fort. Je gloussai avec elle.

Nous nous tûmes brusquement. Gênées ou timides, ne sachant que faire de cette complicité imprévue, nous nous étions détournées pour contempler le vide, ou le paysage. Dehors, le ciel était resplendissant. Le soleil, à travers les vitres, chauffait nos visages, les baignant de reflets verts ou jaunes quand nous passions sous les arbres ou les feux de signalisation.

La fête du lycée fut à peu près aussi lamentable qu'on pouvait l'imaginer. Le gymnase avait été décoré avec un soin délirant, croulant sous les guirlandes et les banderoles. Les professeurs et madame Alberta recevaient les élèves près de l'entrée, serrés les uns contre les autres, un sourire inquiet accroché à leurs lèvres. Monsieur Gasperi semblait encore plus épuisé que d'ordinaire, son cou étranglé par une cravate pervenche qui scintillait sous les stroboscopes. Sur les tables, des saladiers pleins de sangria sans alcool, dans lesquels surnageaient des morceaux de fruits ratatinés, évoquaient le gouffre qui nous séparait des adultes.

Avec Kishi, nous nous étions consciencieusement maquillées, dans sa salle de bains. Une tension se dégageait de nos peaux, de nos mines concentrées, comme si nous nous préparions à passer une épreuve qui promettait une transformation de notre être profond.

Elle avait coincé des plumes de Beyoncé dans ses barrettes, « pour prendre ses forces secrètes, et voir à travers l'obscurité du monde ».

— O.K., avais-je répondu, impassible.

Nous étions entrées dans le gymnase en prenant l'air dégagé, les épaules redressées, mais nos cœurs étaient aussi serrés que des poings.

Des filles en talons hauts et robes ridiculement courtes dansaient sur la piste, là où d'ordinaire nous jouions au basket. Elles rejetaient leurs cheveux d'un côté ou de l'autre, en lançant des regards circulaires pour évaluer l'assistance, repérer là où se tenaient les garçons, et se déplacer en ondulant les hanches pour entrer dans leur champ de vision.

J'aperçus Conrad, Awan et Scott, leurs figures éclairées par les flashs d'une boule miroitante suspendue au plafond. Ils étaient aussi nonchalants et détachés que d'habitude, et l'air autour d'eux semblait plus dense. Scott racontait une histoire en mimant l'action, sa chaîne à gros maillons brillant sur son torse. Awan et Conrad riaient en lui tapant sur l'épaule, et la scène paraissait quelque peu surjouée.

À vrai dire, tout le monde interprétait un rôle. Les filles se tenaient très droites, replaçant leurs jupes, riant avec gêne, ou se dirigeaient à grands pas, par groupes de deux ou trois, vers les toilettes, tendues vers l'impérieuse nécessité d'inspecter leur reflet, de remettre du mascara sur leurs cils déjà lourdement fardés. Les garçons tournaient pour la plupart le dos à la piste, redoutant sans doute que quelqu'un ne vienne les attraper par la main pour les conduire en pleine lumière, leur arracher une démonstration de hip-hop, ou un baiser passionné.

Tout aurait pu arriver, à l'extérieur de ce gymnase, absolument tout, la forêt aurait pu prendre vie, des plaques tectoniques auraient pu subitement se déplacer, ouvrant un abîme entre nous et le reste du monde, que nous n'en aurions pas eu conscience.

Les policiers nous demanderaient, par la suite, si nous n'avions pas peur, avec tout ce qui se passait alors, et nous les regarderions avec surprise, sans même voir de quoi ils parlaient. Oui, nous avions peur, mais nos angoisses, ils ne pouvaient pas les imaginer.

— Quel enfer, avait soufflé Kishi, la peau humide à la lisière de ses cheveux.

Monsieur Gasperi s'était approché en souriant, mais son front était plissé.

— Alors, comment va ma meilleure élève ?

— Ça va, avais-je répondu en haussant les épaules.

Il avait tourné la tête vers Kishi, qui jetait des regards soucieux dans le lointain.

— Je suis fier de vous, vous savez. Vous deux, vous allez faire de grandes choses.

Kishi avait dévisagé monsieur Gasperi, elle était tellement surprise que son rire s'était étranglé. Je tentais de visualiser les grandes choses auxquelles il songeait. Mais je ne voyais qu'une feuille d'aluminium plus légère que l'air, chatoyante et sans épaisseur. Encore aujourd'hui, je me demande si les gens croient ce qu'ils disent : qu'il y a un avenir, pour nous, filles des réserves, et qu'il est entre nos mains. Ou s'ils essaient simplement de nous contenir, d'éteindre le feu sous l'eau bouillante.

— On va se chercher un truc à boire, avais-je lancé, et monsieur Gasperi avait paru soulagé, comme s'il avait dit ce qu'il fallait et pouvait croire en la valeur de sa mission sur cette terre.

Kishi et moi nous étions approchées des piles de gobelets disposés sur les tables. Je sentais la chaleur qui se dégageait de son chemisier.

— Je veux partir d'ici.

Je lui tendis un verre de sangria où flottaient des morceaux de fruits qui ressemblaient à des doigts humains.

— Je sais, dis-je en replaçant une mèche rebelle derrière son oreille.

— Je suis une grosse vache.

— Ça va pas la tête ? T'es trop belle. Une fille qui va faire de grandes choses !

Elle me sourit, et je la serrai contre moi. Je sentais sa

chair tendre sous mes doigts, mais j'avais l'impression que nous n'étions que des enveloppes vides, des coquilles sur lesquelles les autres posaient les yeux, croyant nous saisir, alors que tout ce qui nous constituait, le meilleur de nous-mêmes, était ailleurs. Tel cet autre monde dont parlait mon père, notre forme pure se promenait quelque part, lumineuse et insaisissable.

Je levai les yeux vers le coin où se tenaient Conrad, Scott et Awan. Ils parlaient à une fille blonde, de dos, qui portait une minirobe noire, sur laquelle elle tirait nerveusement. Ma poitrine se comprima. En équilibre sur une jambe, elle se pencha pour examiner son mollet, et je reconnus Lucy. Elle s'appuyait sur l'épaule de Scott, l'air concentrée. Il avait les yeux rivés sur sa cheville blanche, avec une mine impliquée.

Je traînai Kishi dans leur direction, elle marchait derrière moi à tout petits pas, on aurait dit qu'un vent trop fort l'empêchait de progresser, ou qu'on avait lesté ses pieds avec des sacs de sable. Je vis qu'ils étaient absorbés dans la contemplation d'un sac à dos que tenait Awan, ouvert, devant eux. Il contenait plusieurs bouteilles, remplies d'un liquide orangé.

— Salut, dis-je en me plantant devant eux.

Ils levèrent la tête tous ensemble.

— On allait faire un tour dehors. Vous venez ? nous lança Conrad en désignant la sortie, avec un sourire séducteur.

Dehors, la nuit était fraîche. Elle donnait aux contours familiers des bâtiments scolaires un aspect totalement neuf, des espaces inconnus projetant leur ombre théâtrale sur les allées de béton. Au-dessus de nous, le ciel était saturé d'étoiles, un filet dans lequel seraient tombés des milliers d'yeux scintillants. Conrad marchait devant, son sac à dos sur l'épaule, suivi de Scott et Lucy, qui pour d'obscures raisons semblaient soudain inséparables. J'avais le sentiment d'avoir manqué un pan de nos vies, que des choses secrètes s'étaient déroulées pendant mon sommeil ou tandis que je m'adonnais à d'insignifiantes activités, et cette idée cognait contre ma tempe. Awan progressait à grandes enjambées, lançant des coups d'œil sur le côté pour guetter quelqu'un, ou peut-être juste pour se donner une contenance, et Kishi et moi marchions derrière, dociles et muettes.

Nous nous étions laissés tomber dans un coin d'ombre, devant un édifice en béton, perpétuellement fermé, hors de portée des regards. Kishi me regardait telle une captive résignée. Les plumes dans ses barrettes se soulevaient doucement sous la brise.

Conrad sortit une bouteille, me la tendit. J'avalai une gorgée d'un liquide au goût de fruits et d'alcool, qui me réchauffa la poitrine. J'en repris une autre, avant de passer la bouteille à Awan. Il but, puis fila la bouteille à Lucy, et tout le monde fit de même, goûtant le breuvage sucré dans un silence religieux.

Chacun de nous demeura ainsi, perdu dans ses pensées, pendant un long moment. On entendait de temps à autre une déglutition, ou le claquement d'une langue, et ces bruits emplissaient l'air de leur présence physique, aussi intimes qu'un baiser.

— Vous avez entendu parler de l'ours qui a attaqué le flic ? lança finalement Awan, en se raclant la gorge.

Tout le monde acquiesça dans un murmure, et je me sentis soulagée que quelqu'un rompe le silence de la nuit.

— Un ours sans visage ! ajouta Scott en ricanant.

— Quelle connerie, fit Conrad.

Il s'essuya les lèvres du revers de la main, hautain, puis secoua la tête en jetant un œil derrière nous ; il semblait furieux, soudain.

— Je hais ces enculés de flics, ajouta Awan, à voix basse.

Il me faisait penser à son frère avant le fentanyl, cette nervosité contenue, leur allure faussement naïve et débonnaire.

Kishi étendit ses jambes devant elle, collées l'une contre l'autre. Les yeux rivés sur ses genoux, elle dit :

— Ce n'est pas parce que tu n'y crois pas que ça n'existe pas.

Lucy leva la tête. La main de Scott était posée sur sa cuisse, au niveau de l'ourlet de sa robe, qui remontait pratiquement jusqu'à sa culotte.

— Moi, j'y crois ! s'exclama-t-elle d'une voix vibrante.

Kishi écarquilla les yeux, comme si le soutien de Lucy était la dernière chose à laquelle elle pouvait s'attendre sur cette terre.

— Aux ours sans visage ? demanda Conrad avec un sourire mauvais.

Lucy se redressa, et son bras se détacha du maillot de Scott. On aurait dit qu'elle se préparait à la solitude du combat.

— Oui – elle inspira profondément, et jeta un regard plein de défi à Conrad. Je les ai vus. Je m'en fous si tu me crois pas.

— C'est quand même marrant que ce soient juste les Blancs qui voient des ours sans tête… Nous, on passe notre vie dans la forêt, mais on voit rien.

Lucy ouvrit la bouche, mais ne répondit pas. Elle semblait accuser le coup.

— Tu les as vus où ? demanda Awan, et l'on entendait dans sa voix la curiosité derrière le sarcasme.

Conrad remonta son tee-shirt au-dessus de sa tête pour la recouvrir, en poussant un grognement rauque. Awan éclata de rire en versant le reste de la bouteille dans sa gorge.

Lucy haussa les épaules.

— Laissez tomber.

Elle se leva et nous lança un regard embué.

— Peut-être qu'on ne peut pas tous voir l'autre monde, celui qui est caché. Peut-être qu'il faut être ouvert, avoir un cœur pur.

— Ah ouais ? dit Conrad en se levant d'un coup, ses bras tendus pour l'attraper.

Lucy eut un mouvement de recul, puis, comprenant qu'il plaisantait, elle se mit à courir. Conrad se retourna vers nous et cria :

— Ha ha, c'est moi qui ai les bouteilles !

Les garçons se lancèrent à leur poursuite, puis Kishi et moi, trottinant derrière, mollement. Au loin, on entendait le rire de Lucy. Awan fit volte-face et se jeta sur Kishi en faisant mine de lui dévorer le ventre. Elle poussa un cri de terreur, en se tortillant. J'accélérai pour rattraper les autres dont je voyais les ombres filer vers la forêt.

— Les esprits, où êtes-vous ? Montrez-vous ! criait une voix de garçon, loin devant, suivie d'un gloussement.

Je pénétrai dans les bois, et la nuit devint compacte. Tout autour de moi, la masse sombre des arbres semblait vivante. J'entendais les pas des autres, des rires, puis plus rien, juste des craquements dans les broussailles. Au loin, la lueur d'une lampe apparaissait par intermittence.

J'avançais comme dans un lac opaque, en agitant les bras devant moi, écartant des branches invisibles. Mon cœur s'accéléra. Des feuilles frôlaient mes joues, et sous mes pieds, le sol était si moelleux que j'avais la sensation de m'enfoncer dans une matière inconnue, faite de chair et d'eau. Le monde avait un parfum de bois pourri. Je pensais aux esprits, quelque chose effleura ma bouche et me fit sursauter, m'arrachant un cri. Je continuais d'avancer, essayant d'entendre les autres. Mais il n'y avait plus rien, juste le son de l'eau qui goutte dans le lointain, et ma respiration, saccadée. Ils étaient si éloignés, à présent, que j'aurais pu avoir imaginé leur existence. La tête me tournait, et mon cerveau charriait mes pensées avec une infinie lenteur. Devant moi se dressait désormais un mur d'obscurité. J'avançais, désorientée, quand un pâle faisceau de lune traversa les branches, me montrant la voie. Je repris espoir. Je n'entendais plus personne, seulement mon cœur, et cette eau qui s'écoulait quelque part, semblable à l'écoulement du temps.

Par la suite, quand on me posa la question, je fus incapable de dire combien de temps j'avais marché. J'avais oublié les autres, et la fête du lycée était aussi vague que si elle avait eu lieu des milliers d'années auparavant.

Kishi me raconterait qu'ils s'étaient tous retrouvés presque aussitôt après être entrés dans le bois, et qu'ils avaient fait marche arrière, en file indienne derrière Conrad qui ouvrait la route avec son téléphone. Ils avaient crié mon nom, plusieurs fois, mais ils étaient ivres, et finalement ils avaient renoncé, pensant me retrouver au gymnase.

De retour dans la salle, Scott et Lucy avaient dansé ensemble, se lançant dans une chorégraphie spectaculaire, ne lâchant leurs mains que pour traverser la piste de long en large. Lucy avait les joues luisantes, des mèches folles lui tombaient sur la bouche. Scott la rejoignait à pas chaloupés, en lui jetant des œillades intenses. Kishi, Conrad et Awan avaient commencé par les observer, hilares, sur le bord de la piste, Kishi avait précisé que la pièce tanguait sérieusement à ce moment-là. Ensuite, elle avait eu l'impression que l'ambiance se tendait ; le brouhaha enfla, des filles dans l'assistance détournèrent les yeux avec une moue de dégoût. Un garçon s'était rapproché de Lucy en bougeant son bassin de façon obscène. On avait entendu des sifflets. Quelqu'un avait crié : « Get a room ! » Mais Scott et Lucy ne voyaient plus rien qu'eux-mêmes, se frottant l'un contre l'autre, respirant leurs haleines – il sembla à Kishi que le haut de la robe de Lucy avait glissé un instant, révélant un sein blanc, mais elle ne savait plus très bien si cela avait vraiment eu lieu, ou si c'était seulement son imagination.

Au même moment, je m'enfonçais dans la forêt. J'aurais pu y cheminer jusqu'à la fin des temps. Je suivais la lune, confiante. Les feuilles miroitaient dans l'ombre.

Soudain, il y eut un mouvement. Une présence, sur ma gauche. Un corps se déplaçait, faisant craquer des brindilles. Je reculai ; mes muscles se contractèrent, aux aguets.

J'appelai, et ma voix me parut celle d'une inconnue, sortie des profondeurs d'un rêve : *Kishi ? Conrad ?*

Personne ne répondit. Juste le silence. Le corps s'était arrêté. Je tentai de maîtriser ma respiration, et la terreur qui me submergeait, glacée.

Je plissais les yeux pour mieux voir, il n'y avait que la nuit. Mais je sentais une présence toute proche et elle me sentait, elle aussi.

Quelque chose bougea de l'autre côté et détala. Un oiseau s'envola en poussant un cri qui ressemblait à un éclat de rire. Ma poitrine se serra. *Ils sont plusieurs*, me dis-je, en retenant mon souffle. *Les esprits de la forêt.*

Je fis volte-face pour repartir d'où je venais, le plus discrètement possible, et soudain, il surgit face à moi, entouré d'un halo pâle, comme si son pelage diffusait de la lumière.

Un chevreuil. Immobile sur le sentier, d'une taille impressionnante, presque aussi grand qu'un cerf, dressé sur ses longues pattes musclées.

Nous étions face à face, nos cœurs battaient à l'unisson.

Je regardai son cou, ses yeux noirs dans la nuit noire, ses oreilles démesurées, et je vis ses bois. *Asymétriques. L'un des deux amputé, évoquant un os nu.*

J'eus un mouvement de recul, et au même instant il bondit, un saut gracieux, incroyablement rapide, s'évanouissant dans l'obscurité. Je me mis à courir, ignorant les branches qui fouettaient mon visage, ne sentant plus rien. Je finis par apercevoir, dans le lointain, le gymnase nimbé d'une lueur orange. Émergeant de la végétation, je me dirigeai vers l'allée de béton avec l'impression étrange d'avoir été recrachée par la forêt.

À l'intérieur régnait une agitation particulière, une tension que je perçus alors même que les silhouettes au loin n'étaient encore que des taches de couleur mouvantes. Mes yeux s'acclimatèrent à la lumière artificielle. Les professeurs étaient réunis près de la piste, penchés sur quelque chose, le cachant aux regards du monde. Un deuxième cercle était constitué d'élèves qui tendaient le cou pour voir, de filles qui haussaient les sourcils en se tenant par le bras, formant un rempart de robes satinées.

Je m'approchai : Lucy et Scott se tenaient là, debout, face à la foule. Lucy regardait au loin en se triturant le bras, Scott avait les cheveux humides et un air égaré. Son maillot, trempé, adhérait à son torse. Le père de Lucy était là aussi, il fixait sa fille, les yeux brillants.

L'atmosphère était chargée d'une culpabilité que l'on aurait pu toucher du doigt. Le père de Lucy attrapa sa fille par le bras, et traversa la salle en la traînant derrière lui.

Saisie d'une sorte de bravoure alcoolique, j'avançai droit sur eux.

— Bonsoir, monsieur.

Il m'examina sans me reconnaître. Ses joues étaient creusées, il semblait avoir subitement maigri. Je les suivis à l'extérieur. Lucy m'adressa un regard de noyée. Il nous fit monter dans sa voiture, tenant la portière ouverte en scrutant l'horizon. Je me blottis contre Lucy, assise à l'arrière, repliée sur elle-même.

Je pressai mon bras contre le sien, mais elle ne réagit pas. La voiture démarra, et s'engagea sur la route qui défilait dans les phares. Les arbres surgissaient dans la lumière, blancs, comme morts. Seules nos respirations emplissaient le silence.

Je repensais au chevreuil. *Mon chevreuil.* J'aurais voulu en parler à Lucy, mais je n'ouvris pas la bouche. Je lui lançai un regard en biais, elle contemplait la nuit à travers la vitre, sur laquelle son souffle déposait un voile de buée. J'aurais voulu dire quelque chose à son père, quelque chose d'aussi stupide que « ne lui faites pas de mal », ou « ce n'est pas sa faute ». La soirée avait fait basculer Lucy dans le camp des coupables et, par une obscure convergence, j'avais basculé avec elle. On aurait dit que nous avions exhibé en pleine lumière un objet occulte, fait de désir et de sang.

Le père de Lucy me déposa devant chez moi. Il prononça un « bonne nuit » définitif, le bras posé sur le dossier du siège passager. Lucy remua les lèvres, sans émettre aucun son.

Je regardai la voiture reculer dans les ténèbres, en agitant la main. Il me sembla qu'une catastrophe terrible allait s'abattre sur nous, à moins que cela n'ait déjà eu lieu. Dans le lointain, une lune flottante éclairait un morceau de nuit, comme si on avait découpé le ciel au couteau.

Quelques jours plus tard, Lucy serait retrouvée par un couple de randonneurs, endormie au pied d'un arbre, nue et couverte d'égratignures.

12

Cet après-midi-là, la lumière réchauffait la salle de classe à la façon d'une serre exotique, baignant les visages des élèves affalés sur leur table. Madame Alberta était entrée dans la classe, l'air grave, ses doigts tripotant son gilet avec nervosité.

« Je dois vous parler de Lucy », avait-elle annoncé, en inspirant profondément mais, ensuite, elle était restée muette, et un éclair de panique était passé dans ses yeux. Elle cherchait des mots adaptés à des adolescents de quinze ans, qui se redressaient sur leurs coudes comme si on les avait secoués pour les sortir d'un sommeil empli de rêves.

— Je dois vous dire qu'elle a disparu.

Elle avait balayé l'assistance d'un regard désolé.

— Mais vous ne devez pas vous inquiéter. Je vous donnerai de ses nouvelles dès que j'aurai des informations.

Une fille avait levé un bras frêle, laissant apparaître un réseau de veines.

— Mais comment ça… disparu ?

Madame Alberta l'avait observée un instant sans rien

dire, et Emma Wagner, qui n'avait pas adressé la parole à Lucy de l'année, étant même plutôt du genre à froncer les sourcils en sa présence, Emma Wagner tendait le cou avec le regard éperdu d'une fille qui a perdu sa meilleure amie. Toutes les filles blanches de la classe s'étaient redressées, en réalité, et l'on pouvait lire l'effroi sur leurs visages, l'idée subite que cela aurait pu leur arriver *à elles*, et il était évident que jamais elles n'y avaient songé.

Quand son père s'était présenté à notre porte, son fusil de chasse à l'épaule, et qu'il avait demandé à ma mère si elle n'avait pas vu sa fille, qui n'était pas rentrée de la nuit et qu'il n'avait d'ailleurs même pas vue sortir, il m'avait semblé que rien de tout cela n'était réel. J'entendais ses mots, je voyais ses traits déformés par l'inquiétude, son fusil prêt à tirer sur l'assaillant (*ou sur sa fille elle-même ?*), et j'avais été prise d'un engourdissement, le vertige que l'on ressent en sortant d'un bain brûlant. J'avais posé ma main sur le mur. Ma mère s'était tournée vers moi :

— Nita, tu sais quelque chose ?

J'avais fait non de la tête, avec la sensation de me mouvoir très lentement. Mon corps s'était détaché de moi, et je flottais, juste à côté.

Je la cherchais, à l'arrêt du bus scolaire ou le long de la forêt, espérant la voir surgir, perdue dans ses pensées, des brindilles dans les cheveux ; peut-être s'était-elle simplement assoupie, dans un univers parallèle où le temps n'existait pas.

C'était le mois de juillet, et le monde était aussi éblouissant qu'un miroir. Les arbres formaient un bloc luisant, on les aurait crus recouverts de laque. Le soleil mettait les peaux et les âmes à nu, les détails des visages, les sentiments les plus secrets. Les jambes des filles brunissaient, leurs bras semblaient faits d'une chair douce sur laquelle des bracelets tintaient à la façon d'un carillon d'été. Elles portaient des dos-nus, des jupes à volants, et l'on voyait des parties secrètes de leur anatomie, le dessin de leurs omoplates, une étoile tatouée sur le pied.

Il fallait se protéger les yeux pour supporter tant de beauté. Il était impossible d'imaginer que quoi que ce soit de sombre ou de cruel puisse avoir lieu ici-bas.

Et pourtant, Lucy avait disparu. Je me sentais nauséeuse. J'attendais son retour ; je le redoutais presque autant que je l'espérais.

Les rumeurs circulaient au lycée, un bruissement né dans les angles morts des couloirs, avant d'enfler et de déferler, tel un courant océanique, au réfectoire et dans les vestiaires, dans les coins du préau où des garçons se rassemblaient pour fumer, leurs cigarettes cachées à l'intérieur de leurs doigts. Les filles chuchotaient avec des mines sévères, elles secouaient la tête ainsi que devaient le faire leurs mères, et l'on entendait des mots, « pute », « débile », ou encore « la pauvre », « c'est triste », des conversations à voix basse, dans un mélange d'inquiétude, de désarroi et d'ennui.

Il était question de Scott, aussi. Tout le monde parlait de la fête du lycée, quelque chose avait pris forme ce soir-là, disait-on, l'embryon du mal, quelque chose d'aussi charnu et minuscule qu'un kyste, et qui avait grandi, grandi dans l'ombre.

On racontait n'importe quoi. Pour remplir le vide, combler l'angoisse, ce petit réservoir d'eau glacée à l'intérieur de nous. Pour se convaincre qu'à nous, cela n'arriverait pas.

Puis, le surlendemain, madame Alberta était revenue dans la classe, avec un autre gilet, d'une autre couleur, mais toujours aussi tendue, on aurait dit qu'on avait agrafé sa peau sur ses tempes.

— On a retrouvé Lucy.

Une fille dans le fond de la salle avait laissé échapper un gémissement.

Il était évident que ce n'était pas juste une bonne nouvelle. Madame Alberta avait donné peu de détails, elle se contentait de nous fixer sans nous voir, en prononçant des phrases vagues, évoquant une « agression » et la venue prochaine de la police.

Je me sentais faible, j'aurais pu glisser sur le sol à la façon d'un foulard. Autour de moi, chacun se tenait immobile, comme si quelqu'un s'apprêtait à prendre une photographie. Puis la sonnerie retentit, et tout le monde se leva, poussant les chaises bruyamment, ce qui nous rappela que nous étions vivants.

Les derniers jours de l'année scolaire furent consacrés à répondre à des questions – ou plutôt à demeurer obstinément silencieux en balançant nos jambes, assis sur un fauteuil à roulettes –, dans le bureau de madame Alberta, avec la clarté éblouissante de l'été qui faisait ressortir les pellicules sur la veste noire du policier.

J'étais entrée dans le bureau, il n'avait même pas levé les yeux. Il écrivait sur un carnet qui ressemblait à nos cahiers de classe, et j'imaginai un instant ce qu'il consignait, les choses terribles qu'il avait lues dans nos âmes. C'était le genre de type qui voit à travers vous, pas seulement votre cerveau ou votre cœur, mais plutôt l'ombre qui vous constitue, vos péchés, vos désirs, toutes ces choses dégoûtantes auxquelles vous pensez, vos crimes passés, et ceux à venir.

Il avait fini par se redresser, avec l'air satisfait de celui qui attendait ma venue.

— Je suis l'inspecteur Lipszyc. Et toi, tu es Nita, c'est bien ça ?

Je hochai la tête.

— Tu connais bien Lucy ?

— C'est juste une élève de ma classe. Je ne la connais pas trop en fait.

Il sembla étonné.

— Je croyais que vous étiez amies.

Je soutenais son regard, faussement inoffensif.

— Pas vraiment.

— Tu sais, les choses finissent toujours par remonter à la surface.

Il tripotait son stylo, perdu dans ses pensées, songeant peut-être à tout ce qui pouvait resurgir, émergeant de l'eau noire.

— Je sais pas.

— Tu ne sais pas quoi ?

— Si les choses finissent par remonter à la surface.

Il s'inclina vers moi et, un instant, j'eus la sensation qu'il allait me confier un secret issu du fond des âges, une formule magique dans une langue inconnue mais que je comprendrais, qui permettrait d'ôter ce poids de mon cœur.

Il pointa le stylo vers ma poitrine.

— Les choses remontent à l'intérieur de nous, on ne peut rien y faire, il faut vivre avec ce qu'il y a là.

Il approcha le stylo, et je crus qu'il allait me le planter dans le plexus, mais l'inspecteur Lipszyc se redressa d'un coup.

— Rien ne reste impuni. Les fautes voyagent parfois dans l'espace et le temps, on ne sait jamais où et quand elles vont atterrir. Mais crois-moi, un jour, quand on pense que c'est terminé, boum ! (Il avait lancé le stylo sur la table, dans un geste théâtral.) Quelqu'un paie, toujours. Quelqu'un doit payer. C'est la vie.

Il sourit comme s'il sortait d'une rêverie mélancolique.

— Bon, si tu as des choses à me dire, tu me fais signe.

Je me levai et, à la porte, me retournai : penché sur le cahier, il écrivait à toute vitesse.

Monsieur Gasperi avait fait circuler une carte dans la classe, en nous proposant d'écrire à Lucy. Elle représentait un rouge-gorge sur une branche fleurie, et je m'étais souvenue du cadavre du cardinal rouge, devant la porte de la cantine. Les filles avaient rédigé des mots avec des cœurs, de leur écriture enfantine, « on pense à toi », « miss you », les garçons écrivaient « hey, tiens bon » ou se contentaient de signer, et tout, absolument tout, semblait inadapté.

J'avais proposé de déposer la carte chez elle, monsieur Gasperi avait paru soulagé.

Sur le chemin, j'entendais les stridulations des cigales, pareilles à des milliers de scies circulaires, qui tombaient sur moi en pluie d'acier. La lumière de la fin de journée découpait les contours de façon implacable. L'air était orange, et brûlant. Un mur de chaleur grésillante contre lequel il fallait avancer.

Le père de Lucy resta en retrait, derrière la porte à demi ouverte, avec une expression indéchiffrable. Il finit par s'écarter. Les rideaux étaient tirés, des affaires étendues sur le canapé. Je reconnus les vêtements de Lucy, ceux qu'elle cachait dans son sac à dos. Un short en jean et un tee-shirt mauve étaient disposés sur une chaise, on aurait pu croire qu'une jeune fille fantôme était assise là.

— Nous sommes tous responsables, dit le père de Lucy en me toisant.

Il renifla. Il semblait perdu.

— Je lui ai fait confiance. On ne veut pas voir le mal chez son propre enfant. C'est de la vanité. On ne veut pas voir le mal, pourtant il est là, partout.

Il faisait des gestes amples, balayant la pièce, et sa main paraissait m'englober. Une angoisse monta en moi, serrant ma gorge.

— Mais on *lui* a fait du mal.

Ma voix était fluette, une enfant qui résiste faiblement.

Il leva les yeux vers le ciel. Je regardais les rideaux tombant jusqu'au sol, ils semblaient gonflés de lumière, l'empêchant de se répandre sur nous, nous maintenant dans les limbes.

— Le mal appelle le mal. Le châtiment frappe, c'est ainsi.

— Je peux voir Lucy ? demandai-je en avançant, et j'eus le sentiment que si je ne m'extrayais pas de cet instant, nous resterions là pour l'éternité, dans l'antichambre de la vie.

Je m'imaginais ressortir de la caserne, et réaliser que nous étions alors en hiver, mes jambes nues s'enfonçant dans une neige profonde. Les cigales n'étaient plus que des coques vides accrochées aux arbres. La génération suivante attendait, sous la terre, des colonies entières, chaudes, grouillantes, sous le givre.

Je les entendais, à travers les rideaux, leur chant métallique étouffé, comme si on avait déposé un oreiller sur le monde.

Le père de Lucy me précéda dans l'escalier, puis dans un corridor sombre. Il se posta devant une porte, me fit signe d'entrer. Je voulus le laisser passer, mais il s'éloignait déjà.

Lucy était étendue sur un lit, dans une chemise de nuit blanche. Ses cheveux étaient si clairs qu'ils semblaient transparents. Ses lèvres s'écartèrent en un léger sourire. Je m'approchai avec fébrilité.

— Lucy ! Je suis tellement contente de te voir.

Elle battit des paupières, plusieurs fois de suite. Son

sourire avait disparu. Elle m'envisageait avec une sorte de curiosité morne.

Je compris alors qu'elle ne me reconnaissait pas. Quelque chose se déchira en moi.

Je déposai la carte sur la table de nuit. Elle suivit mes gestes, mais ses yeux étaient dénués d'expression. Puis elle se tourna sur le côté, les cheveux éparpillés sur l'oreiller.

Je m'assis sur le rebord du lit, et me mis à pleurer.

13

Il régnait dans le bus une agitation joyeuse, celle des derniers jours avant les vacances. Deux filles assises côte à côte se maquillaient en se regardant dans des miroirs de poche, sourcils levés, gloss collant aux lèvres, comme si c'était leur dernière chance d'aimanter un garçon du lycée avant qu'il ne leur échappe et se fonde dans le grand néant de l'été. J'observai en passant le petit pinceau à l'embout mouillé, la minutie avec laquelle elles l'appliquaient, qui s'opposait aux mouvements lourds du bus où s'élevait une écœurante odeur d'essence. L'une d'elles me scruta d'un air mauvais, et je détournai le regard.

J'avançai vers la rangée du fond, où trônaient Scott, Awan et Conrad, leurs affaires éparpillées sur les sièges autour d'eux, marquant leur territoire. Conrad semblait assoupi, appuyé contre la vitre, les deux autres souriaient en regardant l'écran d'un téléphone portable.

— Salut, Scott.

Il leva la tête vers moi.

— Ah, salut.

— Tout va bien ?

Je jetai mon sac sur le siège devant lui, et restai debout.

— Ouais, pourquoi ?

— Je suis allée voir Lucy, hier. Je pensais que ça t'intéresserait de savoir comment elle va.

Conrad s'était redressé.

— Comment elle va ? demanda Awan.

Scott me fixait sans rien dire. Je l'ignorai ostensiblement.

— Alors comment te dire ? dis-je en faisant mine de réfléchir. Elle ne reconnaît plus personne, elle ne parle pas. Elle passe la journée au lit. À mon avis, elle n'a plus aucune idée de qui elle est, ni de comment elle s'appelle. Ça te paraît bien, comme résumé ?

— Putain, dit Awan, en repoussant une mèche de son front.

— Mais la vie continue, hein.

Ma voix était basse, vibrante de colère. Je levai les yeux vers le plafond.

— La vérité, c'est que vous n'en avez rien à foutre.

Scott tourna la tête vers la vitre, qui n'était qu'un rectangle aveuglant.

— Eh, on se calme, lança Conrad.

— Qu'est-ce que t'en sais ? cria Scott en se redressant si vite que je tressaillis. T'as aucune idée de ce que je pense. Personne n'en a aucune idée.

— T'es allé la voir ?

— Tu fais chier, merde.

Il se leva d'un bond, et je crus qu'il allait se jeter sur

moi. Il me donna un coup d'épaule en passant, et alla s'asseoir plus loin. Awan le suivit en reniflant.

— C'est quoi ton problème ? me demanda Conrad.

— *Mon* problème ?

Il m'attrapa le bras. Je sentis mes yeux s'emplir de larmes. J'inspirai profondément, en regardant au-dehors ; le monde était un puits de lumière, s'éparpillant en éclats diffractés, roses, orange, verts.

— Je veux aller courir, dis-je.

— Quoi ? fit-il, mais il se pencha plus près.

— La nuit. Je voudrais courir la nuit avec toi.

Sa peau luisait au-dessus de sa lèvre. Il se laissa retomber sur le dossier, avec un sourire moqueur, puis regarda par la fenêtre de longues secondes et, sans bouger, finit par lâcher :

— O.K.

En rentrant à la maison, je trouvai ma mère assise à la table de la cuisine, devant un cendrier en forme de coquillage, ses cartes éparpillées tout autour – la mort, le jugement, le diable. Ses ongles étaient longs et mauves, dignes d'une candidate de téléréalité. Le flacon de vernis était posé sur le bord de l'évier.

— C'est quoi ces ongles ?

Elle fit glisser ses mains sur ses genoux avec un petit rire gêné.

— J'avais envie d'essayer.

Je fis mine de ne pas entendre.

— J'ai vu Lucy, tu sais.

— Oh. Comment va-t-elle ?

— À ton avis ? dis-je en haussant les épaules, appuyée contre l'évier. Elle ne m'a même pas reconnue.

Je fis tourner le flacon de vernis entre mes doigts. J'observais les cheveux blonds de ma mère – elle les teignait désormais avec un produit qui sentait l'essence – et j'eus envie de les tirer violemment.

Elle cligna des yeux, comme si elle venait d'ôter des lunettes de soleil, et sembla me voir vraiment : ruisselante, de grandes auréoles sous les bras.

— Qu'est-ce que tu as, chérie ? Tu es malade ?

— Tu as entendu ce que j'ai dit ? Ah non, pardon, ça t'intéresse pas.

Une lueur sombre, douloureuse, traversa son regard.

— Bien sûr que ça m'intéresse. Je m'inquiète pour Lucy, et je m'inquiète pour toi. D'ailleurs, je ne veux plus que tu sortes comme ça le soir, à traîner n'importe où. Avec tout ce qui se passe…

Je ricanai méchamment. Une partie de moi-même contemplait la scène, une partie de moi qui aurait voulu se réfugier dans les bras de ma mère pour y pleurer, mais elle était impuissante, dénuée de volonté, une ombre attachée à un animal furieux.

— Alors c'est ça ? On doit rester là, s'enfermer dans nos chambres enfermées dans nos réserves ? En attendant d'être enfermées dans nos cercueils ? Et puis quoi, on va se tirer les cartes en espérant un avenir imaginaire ?

Elle se leva, s'avança vers moi. Son décolleté était

marbré de rougeurs, semblable à un tatouage psychédélique.

— Ne me parle pas comme ça ! Tu sais tout sur tout, tu te crois plus intelligente que tout le monde.

— J'ai juste d'autres objectifs dans la vie que de me trouver un mec en me faisant les ongles. Putain ! Je comprends que papa se soit tiré. Moi aussi, je voudrais me tirer, loin, loin, loin.

Ma mère leva une main vers moi, elle resta en suspens un instant, puis m'arracha le vernis et le balança contre la table. Il rebondit sans se briser. J'aurais voulu voir le liquide visqueux se répandre au sol, j'aurais voulu des éclats de verre, mais nous étions juste là, les bras ballants, à regarder le flacon finir sa course sur le lino.

Ce soir-là, le ciel était pâle. Je marchais le long de l'autoroute, et la forêt se dressait telle une paroi obscure, irisée de reflets violets. Des oiseaux s'étaient mis à chanter d'un seul coup, des trilles mélodieux, des cris aigus, des notes brèves ou roucoulantes surgissaient de toutes parts. Un monde bruissant, pépiant, qui m'évoquait un cortège de jeunes filles, une innocence lointaine.

Je marchais, les mains dans les poches, et mon cœur battait au creux de mon poignet. Ma queue-de-cheval chatouillait ma nuque au rythme de mes pas, mes baskets crissaient sur les graviers. Mes sensations se découpaient aussi nettement que l'univers.

Ils m'attendaient devant la station-service, assis en équilibre sur le dossier d'un banc, leurs jambes pendant dans le vide. Quand il me vit, Conrad se laissa glisser sur le sol. Awan et Scott ne bougeaient pas, leurs yeux dissimulés derrière des lunettes à verre miroir.

— T'es prête, Cœur-de-Glace ?

Je fis oui du menton, les mains toujours plongées dans mes poches. Awan alluma une cigarette avec un Zippo qui claqua dans le silence. Il cracha la fumée en relevant la tête, et s'approcha de moi.

— J'espère que tu t'es entraînée. Va falloir tenir la distance.

J'inspirai profondément ; l'air chargé de poussière, ou de sable, me raclait la gorge.

— Ouais, et puis réussir l'épreuve de passage, renchérit Scott sur un ton de défiance.

— Ferme-la, Scott, dit Conrad, avant d'ajouter à mon intention : T'inquiète pas.

Il repositionna son sac à dos sur ses épaules, sautilla sur place, et s'élança vers la forêt à petites foulées.

— On est partis ?

Scott échangea un regard avec Awan, puis se pencha et ramassa quelque chose.

— Tiens.

Je baissai les yeux : il tenait une pierre dans chacune de ses mains.

— On va voir si tu réussis à nous suivre avec ça dans tes poches.

Derrière lui, Awan ricanait.

Conrad continuait de courir, dans le lointain, sans se retourner. J'attrapai les pierres et les enfouis dans les poches de mon sweat-shirt, avant de me mettre à courir dans sa direction. Un rayon doré descendait droit sur lui.

Scott et Awan passèrent à côté de moi à toute vitesse. Je serrai les pierres entre mes doigts, et accélérai.

La nuit était tombée. Le ciel, devenu rose, puis fuchsia et enfin bleu sombre, était strié de longs filaments jaunes, qui se désagrégeaient juste au-dessus de l'horizon, pendant que nous courions sans nous arrêter. Je suivais les silhouettes des garçons, leurs maillots de sport qui brillaient au loin, leurs baskets foulant le sol à un rythme régulier. Parfois, Conrad trottinait quelques instants en marche arrière, remettait ses cheveux derrière les oreilles en me souriant, et repartait. Scott et Awan se suivaient et se dépassaient à tour de rôle, fonçant l'un sur l'autre en se donnant des coups d'épaule ou en se faisant des croche-pattes qui les projetaient vers l'avant de façon spectaculaire, mais ni l'un ni l'autre ne tombait jamais. J'entendais leurs cris de surprise et leurs rires sonores, un rugissement sauvage et enfantin, et je me sentais prise d'une sorte de tendresse, j'avais envie de me jeter contre eux, de sauter dans leur dos. Une ivresse montait dans nos corps, une force pure et obstinée.

Mécaniquement, je caressais les pierres dans mes poches, du bout des doigts, et soudain elles ressemblaient à une marque de respect, presque une preuve d'amitié. Conrad s'enfonça dans la forêt, et nous entrâmes derrière lui. J'entendais le souffle des garçons, des craquements, des bruits minuscules. Autour de nous, tout était humide et moelleux, comme si nous courions à l'intérieur d'une créature mythologique, dans le gosier d'un animal assoupi. Son souffle était chaud, paisible.

Nous avancions vers les ténèbres, là où les feuillages étaient plus denses, les arbres plus resserrés, un espace dans lequel nous nous glissions sans difficulté. La forêt nous traçait une voie, s'ouvrant délicatement à notre passage, se refermant derrière nous. Nous étions tout près les uns des autres, un seul corps en mouvement sous une voûte odorante. Il semblait impossible que quiconque nous retrouve. Nous progressions et la forêt tendait sur nous une cape d'humidité. Nous ne parlions pas, ni n'échangions aucun signe, aussi silencieux qu'une troupe de daims bondissant dans la nuit.

Soudain, nous émergeâmes des bois. En contrebas, le lac s'étendait, aussi profond que la nuit, mais dans une version luisante, semblable à une flaque de pétrole. Les garçons dévalèrent la pente escarpée à toute allure. Je les suivis, en dérapant sur les graviers.

— On se fait un bain de minuit ? lança Conrad en laissant tomber son sac à dos.

Sans même attendre une réponse, il remonta son teeshirt sur son torse et le balança au loin. Son buste était blanc et musclé. Je sentis mon cœur se remplir de sang.

Scott reprenait sa respiration, les mains sur ses hanches. Awan alluma une cigarette.

— Eh, deux secondes, mec.

— J'ai chaud ! lança Conrad, en se tortillant pour enlever son bermuda, puis ses baskets.

Il portait un slip blanc qui descendait sur ses fesses. Je détournai les yeux, affolée à l'idée qu'il le retire également.

Mais Conrad se mit à courir vers le lac, entra dans l'eau sans ralentir, et des gerbes d'écume jaillirent tout autour de lui. Il était grand et mince, avec des épaules larges, et il me parut soudain tout à fait inconnu, plus attirant et insaisissable que jamais. Enfin, il plongea, et se mit à nager le crawl vers le large. Ses bras apparaissaient puis disparaissaient sous la surface, déplaçant avec eux un halo de lumière. On aurait dit que son corps était éclairé depuis les profondeurs.

Nous l'observions depuis la berge. Awan projeta sa cigarette dans ma direction, son extrémité incandescente traça un arc de cercle dans l'obscurité – un mouvement gracieux qui parut durer une éternité – avant d'atterrir sur mes chaussures.

— On va se baigner ? dit-il.

Il fit mine de balancer une claque derrière l'oreille de Scott, qui plaqua une main sur sa figure pour le repousser. Ils échangèrent quelques gestes brusques, puis abandonnèrent, subitement désintéressés.

Scott eut un sourire condescendant.

— T'as peur ?

Je fis non de la tête. Il s'approcha et me tapota l'épaule.

— C'est bien, bébé.

Scott ricana. Je lui lançai un regard de défi, en déboutonnant mon short qui s'échoua au sol. Un courant d'air fila entre mes cuisses. Il tira vers le bas son pantalon de jogging en me fixant. Je gardai les yeux rivés aux siens, en essayant de ne pas battre des paupières – surtout ne pas dévier vers le reste, le bas de son survêtement sur ses chaussures, son long maillot de sport qui lui arrivait juste en haut des cuisses.

Nous restâmes ainsi figés un long instant, et j'imaginai un promeneur tombant sur nous, les yeux dans les yeux, nos vêtements aux chevilles.

Je finis par me détourner et me débarrassai de mes baskets, de mon sweat et de mon tee-shirt. J'étais là, en culotte et soutien-gorge, les mains posées sur mes seins. Scott et Awan, les bras le long du corps, en caleçon, le reste de leurs vêtements en tas à leurs pieds, semblaient soudain embarrassés, inoffensifs. Je remarquai un léger renflement au-dessus du caleçon d'Awan, un morceau de chair molle et enfantine. Son buste était plus rond que je ne l'aurais imaginé, ses cuisses plus épaisses. Il ressemblait à un gros ours timide. Le torse de Scott était plus dessiné, il paraissait découpé dans la pierre. Ses pectoraux étaient gonflés, compacts. Un anneau minuscule était accroché à son téton, et j'eus la sensation de poser les yeux sur un secret. Dans le lointain, j'aperçus la tête de Conrad, qui sortait de l'eau et regardait dans notre direction.

J'avançai prudemment vers le rivage, les cailloux étaient froids sous mes pieds. Scott passa à côté de moi en courant, puis le grand corps massif d'Awan. Ils sautèrent dans l'eau à pieds joints pour m'éclabousser, et je poussai un cri, aussitôt avalé par la nuit. Ils plongèrent et rejaillirent à la surface en rejetant leur tête en arrière. Leurs cheveux se déployaient sur l'eau tels de longues écharpes noires.

Je progressais, les mains toujours sur ma poitrine. L'eau était fraîche, un frisson parcourut mes jambes. Je me dressai sur la pointe des pieds, m'enfonçai jusqu'aux chevilles dans une matière onctueuse. Je finis par plier les genoux et glissai sous la surface. Une digue en moi lâcha, et l'eau se mit à circuler à l'intérieur de moi aussi, entraînant les tensions et la colère. Des bulles remontèrent au creux de ma poitrine. Je me laissai porter, j'étais un lac en apesanteur dans un autre lac.

Je nageai en direction des garçons. Il me semblait que nous continuions notre course, mais dans l'eau ; nous étions un courant que rien ne pouvait endiguer. Au-dessus de nous, les étoiles brillaient, certaines plus que d'autres, traînant derrière elles un nuage laiteux qui donnait l'impression qu'elles fécondaient le ciel.

— Hé, Nita, cria Scott, fais gaffe au monstre du lac ! Il attrape les filles pour les transformer en poissons !

Je sentis quelque chose chatouiller ma cheville. Je me retournai prestement en secouant la jambe, et une force puissante me tira vers le fond. L'eau entra dans ma bouche, et la chose remonta sur mes cuisses, jusqu'à ma taille, l'enserrant à me couper le souffle. Je donnais des coups de pied mais elle m'agrippait, m'entraînant vers les profondeurs. Au moment où je renonçai à me débattre, m'abandonnant à son emprise, vidée de mes forces, elle me remonta à l'air libre. L'étau se desserra, et je réalisai que c'était Conrad qui me tenait.

Il se laissa aller sur le dos, ses jambes enroulées autour de mes hanches. Son torse blanc se détachait dans l'ombre comme s'il était fait de brume.

— Ça va pas la tête ? protestai-je.

Conrad se redressa, et m'adressa un sourire. Je sentis la pression de ses cuisses sur ma taille. Ses mains ondulaient, formant des rides à la surface, une alternance d'ombres et de scintillements. J'enfonçai ma bouche dans l'eau, crachai un fin filet sur son visage. Il ferma les yeux puis les rouvrit en souriant plus largement encore et, alors que je reprenais ma respiration, il plaqua ses lèvres contre les miennes. Sa langue avait un goût de plantes aquatiques.

Nous restâmes ainsi à nous embrasser en battant des pieds, pendant un temps infini. Mon cœur était celui d'une créature marine dans son œuf, aux pulsations extraordinairement lentes, à peine un frémissement, dans une poche d'eau.

Soudain quelque chose de mouillé nous heurta. J'entendis le rire d'Awan, juste derrière moi.

— Ça va, mec ? cria Scott dans l'ombre, et un autre projectile atterrit entre Conrad et moi.

Conrad me lâcha et plongea, juste un instant, puis refit surface en balançant sur Scott une masse de sable et de boue. Tous les trois commencèrent à se jeter des poignées de vase avec violence. J'entendais le bruit sourd du choc sur leurs têtes. Ils accusaient le coup en bombant le torse. Je nageai vers le rivage, on aurait dit que l'univers s'était subitement glacé.

Sur la rive, nos vêtements formaient de petites montagnes, alignées dans la nuit. Je me penchai pour attraper mon short, et sentis qu'on tirait sur mon soutien-gorge, dans mon dos. Dégrafé, il flottait sur mes seins. Je fis volte-face et vis Scott et Awan qui m'avaient suivie sans un bruit.

Awan m'attrapa par la taille, me tenant fermement par-derrière, et Scott en profita pour agripper mon soutien-gorge. Je donnai des coups de pied dans le vide, inutiles, vidée de toute force, humiliée.

— Hé ho ! criai-je, mais ma voix était celle de la défaite.

Awan desserra son étreinte, et Scott partit en courant, faisant tournoyer mon soutien-gorge au-dessus de sa tête. Je me précipitai derrière lui, dissimulant maladroitement mes seins, ma culotte trempée glissant sur mes fesses. Des larmes me brûlaient les yeux. J'agitais un bras en l'air pour essayer d'attraper mon soutien-gorge qu'ils se lançaient en ricanant. Je trébuchai sur les cailloux, une douleur aiguë se propagea dans mon orteil, et tout d'un coup Conrad était là, lui aussi. Il courut derrière Awan, réussit à lui arracher son trophée de coton, puis se retourna vers moi. Alors que je tendais la main vers lui, reconnaissante, il sembla hésiter. Puis sa main se déploya très haut, très lentement et, décollant du sol tel un joueur de basket, il jeta le soutien-gorge en direction de Scott. Celui-ci poussa un cri de victoire, et mon cœur se déchira. Il avait maintenant mon sous-vêtement sur sa tête, les bretelles pendant de chaque côté, et, pour achever sa trahison, Conrad leva le pouce.

J'attrapai mes affaires et m'enfuis, serrant mes habits contre moi, remontant vers la route, pieds nus, des larmes se mêlant au sable dans ma bouche. Au loin résonnaient leurs cris de protestation – « Hé Nita, reviens ! Allez, on déconnait ! » –, mais ils me parvenaient du fond d'un abîme.

14

J'entendais ma mère glousser au téléphone, avec une voix de petite fille, en tripotant ses cheveux, et ses ongles mauves, sa blondeur nouvelle, prirent tout leur sens. Je la regardais monter dans une camionnette, garée devant chez nous – le conducteur demeurant hors de vue. Elle se hissait sur le siège passager avec des talons beaucoup trop hauts, une jupe beaucoup trop serrée. À la maison, je la surprenais inspectant son reflet dans la porte du réfrigérateur. Elle paraissait gonflée de désir et de terreur, et avec ses yeux maquillés, elle me faisait penser à ces poissons tropicaux qui enflent devant le danger, en faisant frétiller leurs nageoires.

L'été s'étendait devant moi, et jamais rien n'avait semblé aussi triste. Le mois d'août égrenait son cortège de vans et de berlines familiales, déversant tentes, kayaks, vélos, randonneurs aux mollets blêmes, adolescents pleins de morgue, venus de métropoles prospères, auxquelles nous étions reliés par un réseau souterrain d'oléoducs, un monde invisible de gaz et de métal, comme le sang d'un cœur pompant de toutes ses forces. Ils étendaient leurs serviettes sur les rives du lac, la peau luisante d'huile solaire, les filles dans des bikinis minuscules, allongées, immobiles telles des mortes, les garçons jouant au frisbee en roulant leurs muscles, s'interpellant bruyamment, occupant l'espace.

Je traînais, seule et furieuse. Près du lac, je regardais les filles qui se prenaient en photo avec leur téléphone portable, mimant des baisers devant l'écran au bout de leur bras tendu. Les garçons me suivaient du regard, ou me souriaient, et je tressaillais, surprise d'être vue. J'essayais de ne pas penser à Lucy, mais son père sortait tirer le matin, presque tous les jours à présent, et je cherchais sur son visage des nouvelles de sa fille, un signe, une réponse.

Il tirait de mieux en mieux. Les détonations me faisaient sursauter, je les entendais de la cuisine, où je buvais le café froid de ma mère. J'observais par la fenêtre sa silhouette au loin, ligne vert et jaune dans le bleu du ciel. Il braquait quelquefois le fusil dans ma direction, semblait me viser. Je reculais dans la pénombre, en retenant ma respiration.

Je pensais à Conrad, lui envoyais des messages télépathiques, *appelle-moi fais quelque chose est-ce que tu m'aimes ? Pauvre con.* Je me concentrais pour le faire apparaître, traînant les pieds le long de l'autoroute, je fermais les yeux en comptant, *un, deux, trois,* à dix, il se matérialiserait, il serait là, marchant vers moi. Mais il n'y avait rien, rien d'autre que l'air brûlant.

Je passais voir Kishi, qui évoluait dorénavant dans un périmètre compris entre sa chambre et l'orée du bois, juste devant chez elle. Elle semblait avoir adopté l'invisibilité pour résister à la violence du réel. Sa chouette était devenue superbe, d'une taille impressionnante. L'oiseau se tenait, impérial, sur le bras tendu de Kishi qui avançait à pas lents, telle une prêtresse de la nuit en jogging rose.

Désormais, Beyoncé chassait toute seule. « Tu comprends, me dit Kishi, je l'ai vue en rêve, elle planait dans le ciel, très haut, elle plongeait, piquait, remontait, elle avait l'air si heureuse, alors j'ai compris. Je devais le faire. »

Le lendemain, elle avait ouvert la fenêtre de sa chambre, et Beyoncé avait trottiné sur le rebord, en gonflant ses plumes. Kishi avait fait des gestes amples, mimant l'envol, mais l'oiseau s'était contenté de la fixer, imperturbable, et il avait fallu qu'elle le prenne dans ses mains et le lâche dans le vide pour qu'il retrouve son instinct et se déploie, à coups d'ailes majestueux, en direction de la forêt. Kishi avait ensuite passé la journée sur son lit, évaluant les kilos qu'elle devrait perdre et sa vie dénuée de sens. Elle s'était demandé avec terreur s'il fallait qu'elle suive la voie de sa chouette, qu'elle s'envole elle aussi dans le monde, si c'était le message que lui envoyait la vie. Elle était restée allongée de longues heures, les yeux sur le plafond morne et beige, telle une représentation de son existence, serrant contre elle la casquette dans laquelle Beyoncé dormait quand elle était petite.

Le matin suivant, la chouette était revenue : juchée sur le rebord de la fenêtre, plus flegmatique que jamais, ses yeux noirs cerclés d'un duvet sombre, comme si elle portait des lunettes de ski. Elle fit pivoter sa tête et recracha sur le sol de la chambre ce qui ressemblait à une boule de poussière. Kishi sauta de son lit et examina l'offrande : elle distingua un amalgame d'os et de poils agglutinés, et fut submergée de fierté.

Kishi retrouva ainsi son équilibre, abandonnant toute idée de retour à la société des hommes. Ce qui ne l'empêchait pas de toujours être au courant de tout, sans que j'aie la moindre idée de la façon dont lui parvenaient les informations – était-ce Beyoncé la messagère, survolant la terre dans l'obscurité, lisant les songes de l'humanité entière ? À moins qu'elles ne soient plus qu'une seule et même âme, Kishi et elle, connectée à l'autre monde, au fait de tous les secrets et de toutes les vérités.

Je lui racontai l'épisode du lac avec les garçons, en omettant quelques détails (l'image de Scott avec mon soutien-gorge sur la tête et celle du pouce levé de Conrad me poursuivaient), mais Kishi avait une théorie personnelle concernant l'attitude de Conrad à mon égard, chacune de ses agressions étant envisagée à travers un prisme romantique. Elle secouait la tête en répétant, attendrie : « C'est l'amour. »

Kishi était persuadée qu'il m'aimait depuis le jour où, l'année précédente, il avait tiré sur mon short d'un coup sec, dénudant mes fesses, ce qui avait provoqué l'hilarité générale dans la salle de sport, et, dans mon cœur, un sentiment de désespoir. Elle prétendait que, lorsqu'il pensait ne pas être vu, Conrad me regardait avec un air intense, presque douloureux. Lorsque j'avais battu le record du lycée au huit cents mètres, elle l'avait vu pousser une sorte de grognement victorieux, aussitôt maîtrisé. C'était difficile à croire, et semblait sortir d'un imaginaire rêveur, bataillant contre la brutalité du réel, cherchant à gommer ses contours décevants. Kishi affirmait que les garçons exprimaient leurs sentiments par l'agressivité, qu'ils n'avaient pas d'autres moyens, qu'il fallait les considérer comme des êtres inférieurs souffrant d'un handicap sensible. Elle avait développé cette conviction assez tôt, évoquant entre autres une « histoire compliquée » avec son cousin Bly : pendant toute leur enfance, celui-ci s'était évertué à l'enfermer dans des lieux obscurs, tels qu'un placard rempli de détergents ou une remise dénuée d'éclairage, dans laquelle s'entassaient des vieilleries rouillées. Il la faisait entrer dans la pièce prétextant un jeu, puis verrouillait la porte derrière elle, et la laissait là des heures durant, répondant à ceux qui la cherchaient qu'elle « faisait la sieste ». Avec le temps, et surtout depuis que Bly avait été envoyé dans un établissement pénitentiaire pour mineurs à la suite d'une affaire de drogue, cette manie de séquestration était devenue pour elle la preuve d'un amour silencieux.

— Conrad a disparu, dis-je, excédée.

— Avec ce qui se passe, c'est normal, non ?

Sa voix était chargée de reproches.

Elle me raconta que la police avançait dans l'enquête sur l'agression de Lucy, que des gens s'étaient mis à parler. Scott, Awan et Conrad avaient été interrogés, plus longtemps que n'importe qui. Il y avait eu des lettres anonymes, des mots chuchotés au téléphone, une voix lointaine prononçant des phrases définitives. On disait que

Scott avait pété les plombs, qu'il avait traité les flics de « merdes racistes », on disait qu'Awan était mal barré, lui aussi, qu'il avait bondi comme une bête sauvage quand le policier lui avait parlé de son « frère dégénéré », et qu'il s'était pris tellement de coups en retour qu'il avait fallu le porter jusque chez lui, le visage tuméfié. Mais quelqu'un avait vu Awan au même moment, et il n'avait aucune trace de rien, il achetait des cigarettes, il semblait parfaitement normal. Il était difficile de savoir ce qu'il se passait vraiment, et c'était pareil pour Conrad, quelquefois on disait que c'était lui qui avait été tabassé, mais tout était confus. On parlait aussi d'attaques sur des touristes, de garçons qui nageaient sous l'eau jusqu'au rivage, puis jaillissaient en poussant des hurlements, balançant des sachets pleins de boue sur la tête de types bodybuildés qui bronzaient sur la rive. On disait qu'ils avaient jeté les paires de chaussures de toute une famille dans le feu autour duquel elle s'était regroupée pour faire griller des saucisses. La police était sur les dents, avec l'affaire de Lucy, les attaques de l'ours ou quoi que cela puisse être, la volonté de préserver le tourisme et le commerce, la nécessité de prétendre que la région était une destination idyllique, sans danger.

Kishi parlait en regardant loin devant elle, comme si elle voyait défiler le film de la connaissance, ou que rien ne la concernait plus vraiment.

Mon cœur se serra, et je fus envahie d'un sentiment de honte et d'angoisse. Comment savoir ce que vivent les autres ? Nous sommes prisonniers de notre intériorité, de la même façon que l'était Kishi dans son placard, Bly dans sa cellule, Lucy dans son monde sans mémoire ; nous sommes détenus dans les ténèbres, et dehors, la vie continue.

J'avais peur qu'elle ne me juge, mais Kishi voyageait désormais ailleurs. Elle passait sa journée à lire des trucs sur les rapaces nocturnes, ou *Comment maigrir sans régime*, et quand je lui avais demandé de m'accompagner au Hollywood, elle avait fait non de la tête, avant d'ajouter : « Et je ne te conseille pas d'y retourner, c'est le territoire des esprits. » J'avais répondu : « Les esprits, mon cul. »

Un matin, elle me téléphona en pleurant. Je l'entendais renifler à l'autre bout du fil, son souffle dans l'écouteur semblable à des rafales de vent. Beyoncé n'était pas rentrée depuis deux jours.

Ce soir-là, quand je la retrouvai devant chez elle, Kishi portait des gants de chantier et avait passé une lampe frontale sur la capuche de son sweat-shirt. Elle avait l'air d'une spéléologue bizarre, ou juste d'une adolescente psychotique, mais son visage rayonnait d'une volonté mêlée de ferveur qui imposait l'obéissance.

Elle me fit signe de la suivre. Devant nous, la forêt ressemblait à une frontière opaque. La lumière paraissait sortir directement de ses yeux, éclairant le lointain, lui donnant vie. Je repensai à sa période batraciens ; elle avait élevé des têtards dans un aquarium recouvert de brouillard, qui dégageait une odeur de marécage. Les têtards s'étaient métamorphosés en crapauds noirs, qui demeuraient immobiles, des jours durant, collés aux parois, à la lisière du grillage recouvrant le bac.

— Tu vois, ils sont comme nous, avait dit Kishi le front posé sur la vitre. Leur milieu naturel est pourri. Ils essaient de se tirer, mais pour aller où ? Sur la route, pour se faire écraser comme des merdes ? Alors ils restent là. Il n'y a pas de place pour tout le monde sur cette terre.

— Mais n'importe quoi ! avais-je répondu avec emphase. Il faut juste réussir à traverser la route ! De l'autre côté, il y a un monde génial, pour les crapauds et pour nous. Un jour, on s'en ira, tu verras. Je viendrai te chercher en voiture, et on roulera sans s'arrêter.

Elle m'avait regardée, incrédule.

— Ouais, on mettra la radio à fond et les crapauds sur la banquette arrière.

Dans la forêt, Kishi progressait à pas pressés, évitant les branchages avec souplesse. Au bout d'un moment, elle ôta ses gants, éteignit sa lampe frontale, et nous restâmes là, le nez en l'air, à écouter les bruits. Il me semblait peu probable que nous puissions retrouver Beyoncé de cette façon, mais je ne dis rien, et regardai là-haut, essayant de distinguer quelque chose.

— Elle chasse par là.

Elle dessinait de grands cercles avec le bras, et je me demandais comment elle pouvait en avoir la moindre idée.

Kishi plaça les mains de chaque côté de sa bouche, émit un hululement, deux fois de suite, terminé par une sorte de miaulement rauque.

— Hoo hoo hoo hoo, hoo hoo hoo hoowaaahh.

Je la dévisageai, épatée.

— Wow.

— Quoi ?

— Tu parles hyper bien la chouette, dis-je en sortant une canette de bière de la poche de mon sweat-shirt.

Je la lui tendis, en sortis une deuxième.

— Mais t'en as combien, là-dedans ?

Elle gloussa. But une gorgée de bière, la posa à terre, ralluma sa lampe. Elle éclaira les branchages, balayant les alentours. Des nuages d'insectes traversèrent la lumière. On entendait le chant des grillons, puissant et continu, et, derrière, le bruit du vent se faufilant dans l'immensité des bois, l'écho de toutes les vies ayant précédé la nôtre.

Kishi éteignit à nouveau, et nous restâmes là, assises l'une contre l'autre dans l'obscurité, à siroter nos bières. De temps en temps, elle replaçait ses mains contre ses lèvres, et hululait.

— Hoo hoo hoo hoo, hoo hoo hoo hoowaaahh.

Au loin, un cri retentit. Une sorte d'aboiement.

— Hoo hoo hoo hoo hoo hoo hoo.

Puis un autre, venant d'une autre direction, évoquant un long sifflement, quelqu'un soufflant sur le goulot d'une bouteille.

— Pfoooooooou pfoooooooou.

Je lui donnai un coup dans les côtes.

— Elles te répondent !

Kishi me fit signe de me taire en posant un doigt sur sa bouche. Il y eut des bruissements, des craquements, puis encore une fois l'aboiement rauque. Vers notre droite, un autre cri, plus aigu, évoquait une scie ou un ricanement.

Elle secoua la tête.

— Attends, y a un truc qui ne va pas, dit-elle tout bas.
— Hein ?
— C'est pas des oiseaux.

Elle se leva en m'attrapant le bras, me tirant vers elle. Son cœur battait dans ses doigts, autour de mon poignet. Nous nous déplaçâmes en silence, cheminant à travers de hautes fougères, jusqu'à un pin géant, nous dissimulant dans ses branches.

Quelque chose se déplaçait dans les broussailles, de plus en plus près. On entendait des pas légers et rapides, comme une cavalcade, des bruits venant de toutes parts. Kishi serra ma main, je lui répondis par une pression. Autour de nous, la nuit était si dense qu'on avait la sensation de pouvoir la prendre entre nos mains, et s'en draper.

Une ombre passa, juste devant nous. Une silhouette noire filant dans le noir, si vite qu'un instant, seule la douleur de mes doigts broyés entre ceux de Kishi sembla réelle. La forêt était désormais plongée dans le silence. On n'entendait plus que nos respirations.

Une lueur rougeoyante apparut au loin. Elle s'éteignait, puis resurgissait, plus éblouissante encore, chaque fois plus proche. Kishi laissa échapper un gémissement. La lumière progressait : à présent elle était aveuglante, une boule de feu qui nimbait la nuit d'un brouillard orange.

Il y avait autre chose. Une forme qui bougeait dans notre direction. Je sentais l'air se déplacer, des particules qui s'écartaient et se resserraient. Il y avait une chaleur, une présence, et elle avançait, droit sur nous.

Soudain, entre les branches entremêlées qui tombaient

devant nos visages, je la vis : une créature de la taille d'un homme, à quelques pas de notre cachette. Elle venait vers nous, sans paraître faire le moindre effort, on aurait dit qu'elle glissait au-dessus du sol. Elle s'immobilisa, et je distinguai sa tête d'oiseau, un aigle ou un grand rapace, le bec busqué, les plumes blanches.

L'aboiement résonna dans le lointain, et la créature répondit.

— Hoo hoo hoo hoo.

Je clignai des yeux, éblouie. Son corps se fondait dans la nuit dont il semblait être le prolongement, et, au-dessus, étrangement figée, sa tête de plumes blanches regardait dans notre direction. Je posai une main sur ma poitrine. Elle me parut vide.

Seuls les doigts de Kishi dans les miens trahissaient sa présence. L'idée qu'elle s'était dématérialisée me traversa l'esprit, qu'au bout de ces doigts, il n'y avait rien.

La créature avança encore, elle était si proche que j'aurais pu la frôler en tendant le bras. Je fermai les yeux, enfonçant la tête dans mes épaules. Mon corps contracté attendait le coup, la douleur. La mort.

Mais rien ne se passa.

Je finis par rouvrir les yeux : elle n'était plus là. En un souffle, un infime mouvement de l'univers, elle s'était évaporée. L'intensité lumineuse avait baissé d'un coup : il semblait qu'une flamme mourante se déplaçait entre les arbres, dans le lointain. Elle finit par s'éteindre tout à fait, nous replongeant dans les ténèbres.

— Putain, dit Kishi.

Je la serrai contre moi.

Nous restâmes là, sous notre tente végétale, blotties dans les bras l'une de l'autre, en attendant d'avoir le courage de retourner là d'où nous venions, ou même simplement de relever la tête.

15

Le lendemain matin, je me réveillai, confuse et désorientée. J'avais rêvé de Lucy, assise sur un cerf dont les bois évoquaient des branchages majestueux. Elle se tenait très droite ; ses cheveux blonds, beaucoup plus longs que dans la réalité, flottaient derrière elle à la façon d'un drapeau, et sur son épaule se tenait Beyoncé. Elles avaient le même regard fier, intimidant. Le cerf était escorté d'hommes-rapaces, brandissant des torches. Derrière eux, la forêt n'était qu'un immense brasier. Je criais son nom, affolée, mais Lucy ne me voyait pas. La chouette ouvrit le bec, et il en sortit des notes mélodieuses, le chant d'une grive des bois.

À mon réveil, ma chambre était fraîche et claire, des oiseaux pépiaient près de la fenêtre. L'image de la créature à tête d'aigle me revint alors.

Ma mère prenait son café, debout devant l'évier, en écoutant la radio qui diffusait un morceau à la mode, remuant les fesses dans un short en satin. Je lui souris, réconfortée de la trouver là, mais elle s'immobilisa en m'apercevant.

Je me souvins qu'en rentrant, la nuit précédente, j'avais aperçu la camionnette blanche garée devant la maison.

J'entendis le grincement d'une porte, et ma mère pâlit. Elle recula contre l'évier et j'eus l'impression qu'elle voulait m'échapper. Je l'imaginai, légèrement ivre et saisie d'une soudaine audace, proposant au propriétaire de la camionnette de la suivre à l'intérieur, ou simplement le prendre par la main, faussement mystérieuse. Peut-être, à cet instant, avait-elle oublié mon existence, peut-être étais-je devenue aussi anecdotique que cette camionnette garée devant notre porte l'était pour moi hier soir. Nous voyagions alors, elle et moi, dans des univers étanches.

Un homme portant un tee-shirt, un jean trop large et un casque de chantier à la main fit irruption dans la cuisine. Il avait les cheveux courts et de petits yeux perçants.

— Bonjour, dit-il sans la moindre gêne.

Il s'approcha de ma mère, déposa un baiser sur ses lèvres.

Ma peau s'était glacée, comme si avec lui était entrée une rafale de vent. Je ne répondis pas, le contournai pour sortir de la pièce et, dans l'encadrement de la porte, lui lançai :

— Vous travaillez pour la société d'exploitation forestière ?

Il m'observa, la cafetière dans la main, debout à côté de ma mère, qui était de la couleur de l'évier.

— Oui, pourquoi ?

— Oh pour rien, dis-je avec désinvolture. Et ça ne te pose pas de problème ? demandai-je froidement à ma mère.

— Arrête ça, fit-elle.

Des plaques rouges étaient apparues sur son cou.

— C'est à cause de types comme vous que mon père est parti. Vous me direz, ça tombe bien, en même temps.

— Nita !

L'homme m'envisagea sans ciller, en se versant du café.

— Je te comprends.

— Ça m'étonnerait, dis-je.

— Qu'est-ce que t'en sais, pourquoi ton père est parti ? hurla ma mère. Arrête de rendre tout le monde responsable !

Je croisai les bras en haussant les sourcils.

— La vérité c'est qu'il m'a laissée tomber, et toi aussi, Nita ! Toi aussi ! Mais moi, je suis là, et je fais ce que je peux.

Les plaques semblaient se déplacer sur sa gorge.

— Et puis merde, dit-elle, en jetant sa tasse dans l'évier.

Elle passa à côté de moi, puis disparut dans l'escalier. L'homme regardait ses pieds. Le sang afflua sur mon visage et dans tout le haut de mon corps. J'avais la sensation d'être recouverte des mêmes plaques rouges que ma mère, et cela décuplait ma rage.

— Tu es injuste avec elle, dit-il. Ta mère est quelqu'un de bien.

Il était en chaussettes, un orteil s'échappait de la gauche, trouée. On aurait dit un gros vers.

— Mon travail, je l'aime pas, si tu veux savoir, mais j'ai pas vraiment le choix.

Ses yeux brillaient. J'allais répondre, mais il leva le doigt.

— Réfléchis, au lieu de l'ouvrir pour raconter n'importe quoi.

Je fis volte-face, montai l'escalier à toute allure – exactement comme ma mère quelques instants plus tôt, pensai-je, accablée –, et m'enfermai dans ma chambre.

J'enfilai un short et des baskets, puis redescendis sur la pointe des pieds. La cuisine était vide. Je me faufilai à l'extérieur.

Je me mis à courir, et le mouvement de mes jambes, régulier, solide, m'apaisa quelque peu. Le ciel était percé de trouées blanches qui semblaient mener à un autre monde, caché derrière. Dans ma tête défilaient des images chaotiques : une tête d'aigle, son œil rivé sur moi ; un orteil émergeant d'une chaussette ; un drap blanc posé sur le corps de Lucy ; Conrad, le visage tuméfié.

Un pick-up me dépassa en faisant des appels de phares. Le conducteur – barbu, la quarantaine – tourna la tête. Peut-être aurait-il suffi de lever le pouce pour le voir freiner, m'ouvrir la portière avec indolence et m'embarquer dans une autre vie. Peut-être serais-je passée d'une voiture à l'autre, traversant le pays sous un ciel mouvant, et plus personne n'aurait entendu parler de moi.

Je croisai un panneau affichant le portrait de Gloria Gem, quatorze ans, grands yeux doux, raie au milieu, sourire timide, et cette question innocente juste au-dessous : « L'avez-vous vue ? » Il était là depuis si longtemps qu'il appartenait au paysage, tel un rocher, un ruisseau.

Une nuée d'oies sauvages s'éleva, déployant avec elle un parfum d'algues. Un bruit d'ailes froufroutant emplit l'air, le bruissement de milliers de robes effleurant un parquet.

Toutes les jeunes filles disparues, passant au-dessus de nos têtes. J'accélérai, comme si je voulais les rejoindre. Elles formèrent bientôt une constellation de pointillés à l'horizon, avant de se fondre dans le néant. Je m'arrêtai net, à bout de souffle. Une douleur cognait contre ma tempe. Devant moi j'aperçus les lettres roses, illuminées. J'étais arrivée au Hollywood.

Mon cœur fit un bond quand je les vis sur le parking. Elles jouaient au foot. Ehawee et Baby étaient aux goals, et le reste des filles sur le terrain. Eli, avec des genouillères blanches et une brassière où l'on pouvait lire SEXY BITCH, jouait contre Grace et Diane. Elles se passaient la balle ou dribblaient avec une élégance décontractée, tandis que les deux autres, plantées devant leur but, jambes écartées, se penchaient en avant, concentrées.

Eli fonça, dépassa Diane, puis Grace, dont les cheveux ondoyaient à la façon d'une vague, avant d'envoyer un but qu'Ehawee ne put arrêter, en dépit d'un bond spectaculaire. Eli serra le poing en signe de victoire. Diane secouait la tête, contrariée. J'aimais bien leur manière de prendre tout ça très au sérieux.

— Salut, dis-je.

Elles se tournèrent vers moi. Le visage de Baby s'éclaira.

— Salut, Nita !

Son body et sa jupette en acrylique lui donnaient l'air bizarre d'une patineuse artistique.

— Tu veux jouer ? demanda Eli.

— O.K., répondis-je en essayant de paraître nonchalante.

— Cool, t'es dans mon équipe.

Diane et Grace nous rejoignirent, les joues rouges, et tapèrent dans ma main. Seule Ehawee resta en retrait. Les bras croisés, elle me fit un signe qui, de loin, ressemblait à un pistolet pointé sur moi.

C'est ainsi que cela commença. L'impression grisante d'être l'une d'entre elles.

Je jouai ce matin-là comme si ma vie en dépendait, me ruant sur le ballon, esquivant les croche-pieds vicieux de Diane et les coups d'épaule de Grace. Je finissais parfois à terre, massant mon bras douloureux, sidérée par sa puissance insoupçonnée. Baby sautillait au bout du parking, à la façon d'une pom-pom girl hystérique. Eli m'encourageait de hochements de tête, qui m'envoyaient des décharges en plein cœur.

Le monde avait rétréci, il s'arrêtait à la frontière du parking. Je trouvais les filles incroyablement gracieuses, la façon dont elles remontaient leurs cheveux, s'essuyaient le front du dos de la main, ou dont elles accéléraient d'un coup, buste en avant. Elles semblaient inconscientes de l'effet qu'elles pouvaient produire.

La plupart des attaques avaient eu lieu à cet endroit même : sur le parking, là où, après un but, je surjouais le triomphe en me jetant à terre, à cet endroit exact, des hommes avaient été roués de coups, leur peau lacérée, leurs vêtements déchiquetés. Peut-être n'était-ce qu'une légende de plus. Peut-être, ainsi qu'Eli l'avait dit avec sa moue désinvolte, que cela n'était jamais arrivé. Cet été-là coexistaient un nombre infini de réalités, et je les visitais l'une après l'autre, comme on franchit des portes dans un rêve.

Ce soir-là, je retournai au Hollywood. Les voitures fonçaient, leurs phares illuminaient la nuit, et j'avais l'impression d'appartenir à cette nuit qu'elles ne faisaient que traverser.

À l'intérieur du bar, il régnait une chaleur animale. Les lumières faisaient mal aux yeux, éclairant les filles, plus légèrement vêtues que jamais.

— T'es du genre collante, toi, fit Ehawee en m'apercevant.

— Je peux vous donner un coup de main. J'ai déjà été serveuse. Je ne veux même pas être payée.

J'avais parlé sans réfléchir, mais on aurait dit qu'une partie de moi avait préparé son coup. Ehawee était restée un instant pensive, avant de répondre :

— T'as qu'à ramasser les verres vides, si tu veux. Va chercher un plateau là-bas. Mais tu ne prends pas les commandes, tu ne sers pas à boire, tu ne parles pas aux clients. Compris ?

J'avais acquiescé, lèvres serrées, essayant de dissimuler mon euphorie.

Dès lors, je passai presque toutes mes soirées au Hollywood. Je me faufilais entre des groupes d'hommes ; ils me suivaient des yeux quand je débarrassais les tables, fouillant à l'intérieur de moi comme si je cachais quelque chose, un trésor, juste sous ma peau. L'énergie qui circulait formait une boule de feu au-dessus de ma tête, une couronne que je portais avec désinvolture, certaine de mon pouvoir.

Peut-être Lucy ressentait-elle la même chose quand elle enfilait ses vêtements interdits et devenait une autre. Quand les garçons se penchaient au-dessus d'elle et lui disaient des mots qu'on n'entendrait jamais, des mots qu'on essayait en vain de lire sur leurs lèvres, et l'on aurait cru que là, sous cet arbre où ils se succédaient, résidait le secret même de la vie.

Peut-être avait-elle le même sentiment stupide d'invincibilité. Peut-être que rien ne ressemble plus à la mort que l'instant où l'on s'apprête à naître.

Au Hollywood, c'étaient moins les hommes qui m'importaient que les filles, dont le regard me mettait au monde. Le soir, dans l'effervescence et le bruit, nous communiquions sans parler. De loin, Baby me tirait la langue, Diane ou Eli me touchait l'épaule en passant, et je me sentais plus protégée que n'importe où sur cette terre. Pourtant quelque chose grondait, une énergie enflait, remontant le long des murs.

Les employés de la société forestière étaient nerveux. Le jour, on entendait les tronçonneuses. Ils semblaient profiter de la journée pour gagner du terrain. Ils creusaient des tranchées méthodiques dans l'épaisseur de la forêt, et les troncs couchés les uns sur les autres évoquaient le triomphe de l'ordre et du profit. Mais la nuit était un rêve incontrôlable, tout pouvait arriver. On les entendait quelquefois évoquer les attaques, ils parlaient de Robert Da Silva, toujours à l'hôpital, et de David Kaminsky, qui n'était « plus du tout marrant » et « vous foutait les jetons ». Mais cela ne durait pas, il y en avait toujours un qui levait sa chope, entraînant les autres, puis quelqu'un se mettait à raconter une histoire de fille, facile ou amoureuse, et le réel se dissipait dans une brume bleutée. Leurs corps étaient si étrangers au mien, leurs cerveaux fonctionnaient si différemment, que j'avais la sensation, même si je les frôlais, d'être séparée d'eux par une paroi de verre.

Ils m'interpellaient parfois, je les ignorais. Je descendais en moi, comme on plonge sous l'eau. Cela fonctionnait : ils se détournaient, ou échangeaient des regards, désarçonnés, attendris peut-être, par ce qui devait ressembler à un problème – surdité, débilité.

Je ne parlais presque pas aux filles. Je ne les connaissais pas tellement mieux, je ne savais rien de leur histoire, mais je les observais en permanence. Muscles tendus, chewing-gum sexy, yeux noirs. Ehawee avait rasé la moitié de son crâne ; Baby se promenait en body échancré. Diane semblait encore plus maigre qu'auparavant, mais étrangement plus vigoureuse. Eli surveillait les troupes en mâchouillant sa longue chaîne en or. Grace nous regardait sans en avoir l'air. Elles étaient à moitié nues, à portée de main ; pourtant elles ne donnaient rien.

Un soir, j'aperçus le garçon au visage d'ange de la station-service. Il était debout, devant le bar, ses cheveux coiffés en arrière. Je me demandais s'il savait ce qui était arrivé à Lucy. Je pensai au bracelet « I <3 U ». J'avais l'impression que si je l'avais conservé, tout aurait été différent. Je l'aurais passé à mon poignet. J'aurais vu des choses invisibles, le passé ou l'avenir. Des garçons se seraient approchés de moi, silencieux, les yeux brillants. Je leur aurais souri.

Une autre fois, je débarrassais une table quand je vis Baby, appuyée contre le mur, le visage pâle. Un homme était penché sur elle. Le néon au-dessus de leurs têtes donnait un aspect doux et mélancolique à la scène, on aurait dit qu'ils dansaient, ou que l'homme pleurait dans son cou. Juste à côté, deux types regardaient. L'un souriait, une cigarette éteinte aux lèvres ; l'autre buvait une bière, sans quitter Baby des yeux. Il y eut des sifflements, des encouragements. L'homme se retourna un instant, sa main toujours plaquée sur elle : je reconnus le roux de la station-service. Ses cheveux étaient ébouriffés, son visage empourpré. Baby remuait mollement, elle semblait se débattre au ralenti.

Quand j'y repense, aujourd'hui encore, je ressens cette douleur, une pierre brûlante sur ma peau. Le plus difficile n'est pas de se souvenir des sourires des hommes, de l'étrange électricité qui émanait d'eux, le plus difficile n'est même pas de revoir cette main qui maintenait Baby, ni cette bouche, qui remuait dans son cou, semblable à celle d'un amoureux languide, ou d'un vampire la vidant de son sang ; le plus difficile est de se rappeler le visage de Baby. Ses cheveux nattés, enroulés en macarons, lui donnaient l'air d'une enfant, mais son expression était celle d'une femme, contemplant rêveusement quelque chose sur le côté. Après avoir résisté sans conviction, elle se laissait faire, inerte.

En vérité, ce qui se cache derrière ces images, là-bas,

tout au fond, c'est la honte, le souvenir de mon immobilité *à moi*.

Ce fut Grace qui intervint. Je ne la vis pas arriver, mais soudain elle était là, saisissant le type par les épaules.

— O.K., ça suffit.

Son ton était autoritaire, mais très calme. Il lâcha Baby presque aussitôt, puis recula en levant la main avec désinvolture – cette main qui avait fouillé entre les cuisses de Baby, comme si elle y cherchait un bijou clinquant et dénué de valeur.

— Oh ça va. On rigole.

Je m'approchai de Baby, mais elle s'échappa. Elle traversa la salle, se faufilant entre les hommes qui s'écartaient sur son passage sans cesser de discuter, puis se resserraient à nouveau derrière elle.

Je la retrouvai dans la pièce derrière le bar. Elle était assise sur un matelas posé à même le sol, les genoux contre la poitrine. Impassible, Grace lui caressait les cheveux.

— Alors c'est ça ? On lui dit d'arrêter et puis c'est tout, il repart boire sa bière ? On passe à autre chose, on ne fait rien ?

Ma voix était stridente.

— Arrête, dit Baby, en fixant ses pieds.

Ses orteils étaient vernis, chacun d'une couleur différente.

— Ça va, Baby ? demandai-je, radoucie.

Pour toute réponse, elle leva le pouce. Grace s'approcha tout près, si près que je vis les paillettes qui brillaient sur ses paupières. Elle posa une main sur mon bras.

— Non, on ne fait rien.

Je me demandais si, avant ce soir, j'avais déjà entendu le son de sa voix.

— Mais pourquoi ?

— Parce que c'est comme ça. Tu es une fille. Pire : tu es une fille de la réserve. Tu veux faire ce que tu veux, aller où tu veux ?

Je levai les yeux vers elle, son visage si lisse, si paisible qu'il dégageait une certaine dureté.

— Ces choses-là arrivent. À toi aussi, ça t'arrivera. Si tu n'es pas prête à prendre ce risque, t'as qu'à rentrer chez toi. Tu peux ne plus vivre, tu peux avoir peur, tu peux t'enfermer. C'est toi qui choisis.

— Alors on ne fait rien ? répétai-je. C'est pas juste.

— Bienvenue sur terre ! lança quelqu'un derrière moi.

Ehawee était entrée dans la pièce sans un bruit. Elle tendit une canette de Coca à Baby.

— Depuis quand la vie est juste ? fit-elle.

Je secouai la tête, les joues en feu.

— Alors on continue de leur servir leurs putains de bières en souriant ?

— Écoute, Nita, fit Ehawee, ici c'est notre endroit. On s'est rencontrées toutes les cinq, et c'est la meilleure chose qui nous soit jamais arrivée. On est une famille. On se soutient, on gagne de l'argent, on est fortes. Et vu d'où l'on vient, je peux te dire qu'aucune d'entre nous n'aurait osé en rêver. On t'avait prévenue. C'est dangereux, ici.

— Et la police ? lançai-je avec irritation.

Elle eut un petit rire sec.

— C'est ça ! Parles-en à Grace, ça va la faire marrer.

Les yeux fermés, Baby faisait rouler la canette de Coca sur ses joues.

— J'ai eu un problème il y a quelques mois, dit Grace. Je suis allée chez les flics. Ça ne s'est pas bien passé.

— Ça veut dire quoi ?

Grace ne répondit pas, elle semblait déjà ailleurs. Elle ôta une de ses barrettes, la mit dans sa bouche en replaçant ses cheveux derrière l'oreille.

— Ça veut dire que tu vas pas tout foutre en l'air parce que tu te sens coupable, dit Ehawee – ses doigts s'enfoncèrent dans mon bras. T'as pas bougé, tout à l'heure, quand Baby en avait besoin. Alors maintenant tu t'excites, mais écoute-moi bien : tu vas rien faire du tout.

Je me dégageai sèchement, et me dirigeai vers le matelas où était allongée Baby, pour m'asseoir auprès d'elle. Sa jupe en voile rose étalée en corolle, elle ressemblait à une beauté endormie attendant le baiser d'un prince.

Un éclat de lumière attira mon attention. J'attrapai son poignet, le soulevai vers moi.

— C'est quoi ça ?

Elle ouvrit les yeux et me dévisagea sans comprendre.

— Ce bracelet, insistai-je.

Son regard s'attarda sur le bijou, puis elle se redressa brusquement, le retira et le jeta à travers la pièce.

— C'est lui, le type, il me l'a donné un soir.

Elle renifla.

Je ramassai le bracelet qui avait roulé sous une chaise. Mes jambes étaient molles.

— C'est le bracelet de Lucy, dis-je faiblement.

— La Blanche qu'on a retrouvée dans la forêt ?

Je fis oui de la tête, avec l'espoir que quelqu'un allait enfin extraire cette chose de mon cœur, ce corps étranger qui avait poussé en moi, tel un nouvel organe. Je désignai la porte en agitant le bras, fébrile.

— Pourquoi il avait ce bracelet, ce gros porc ?

Ehawee me prit le bijou des mains, lut l'inscription et le laissa retomber dans ma paume.

— Tout le monde a ce genre de bracelet.

— Tu te fous de moi ?

— Ils en vendent à la station-service : y en a des tonnes, dans des bocaux en plastique.

Sa peau était humide, juste au-dessus de ses lèvres. J'avais envie de la frapper à cet endroit même.

— Donc on ne fait rien ?

— Non.

Je vis dans ses yeux le reflet en miniature de la pièce autour de nous. Rien d'autre, pas la moindre émotion. Grace ouvrit la bouche, comme pour dire quelque chose, mais se contenta de soupirer. Je regardai Baby : ses paupières étaient closes.

Alors je traversai la pièce, qui paraissait immense soudain, en retenant mes larmes, et claquai la porte derrière moi. J'avançai prudemment dans le couloir ; je me sentais faible. Tout était sombre, sans contours. Ma main remuait et ne rencontrait que du vide.

16

Le poste de police était climatisé. Des hommes en uniforme entraient et sortaient de salles dont les portes paraissaient faites de carton. Assise sur une chaise, je pensais à la chaleur brûlante au-dehors. J'avais froid. À côté de moi, la machine à café ronronnait à la façon d'un gros animal. La femme de l'accueil était plongée dans un magazine. Blonde, avec une ligne sombre, telle une blessure, à la racine des cheveux.

L'inspecteur Lipszyc surgit d'on ne sait où. Il portait une chemise blanche dont les manches étaient relevées sur des bras recouverts de poils noirs. Ses cheveux, plaqués vers l'arrière par une étrange substance mouillée, m'évoquaient les poils huileux d'un castor. Je le suivis dans son bureau, derrière l'une des portes en carton.

« Assieds-toi », dit-il en se laissant tomber sur sa chaise. Puis il rapprocha son visage du mien, ainsi qu'il l'avait fait la première fois, dans le bureau de madame Alberta. Avec ce regard qui semblait voir à l'intérieur de moi, comme si j'étais faite d'une matière transparente et que mes pensées passaient, complètement nues.

— Alors tu as des choses à me dire ? demanda-t-il en remuant son stylo-bille dans le vide.

On aurait cru qu'il écrivait des phrases invisibles, des choses qu'il avait sues avant que je les sache moi-même, avant que Lucy parte dans les bois, avant que nous soyons venues au monde, peut-être.

Il s'enfonça dans son fauteuil.

— Je savais que tu viendrais me voir.

— Pourquoi vous dites ça ? demandai-je, en me tortillant sur la chaise pour tirer discrètement sur mon short.

Le regard de l'inspecteur se posa un instant sur mes cuisses, avant de se détourner vers la fenêtre.

— T'es une petite maligne, toi.

Je secouai la tête, perplexe.

— Je suis sûr que tu es beaucoup moins naïve que tu en as l'air.

Il pointa le stylo vers moi, son sourire me mit mal à l'aise. Je me redressai en croisant les jambes.

— Je ne sais pas.

L'inspecteur Lipszyc me dévisagea avec intensité, je m'appliquai à ne pas baisser les yeux. Puis, comme si nous jouions à un jeu et qu'il avait perdu la partie, il souffla :

— Bon, je t'écoute.

Il semblait impatient, soudain.

— C'est au sujet de Lucy. Il y a un type, il travaille à l'exploitation forestière, il avait son bracelet. Le bracelet de Lucy. Et il a agressé une fille, une serveuse, devant moi, l'autre soir, dans un bar, le Hollywood. C'est à cette fille qu'il a donné le bracelet de Lucy.

— Au Hollywood ?

Il avait reposé le stylo-bille devant lui.

— Qu'est-ce que tu faisais au Hollywood ?

— C'est tout ce qui vous intéresse dans ce que je viens de vous dire ?

L'inspecteur m'observa, surpris par le ton de ma voix. Son visage était dur.

— Ce n'est pas le genre d'endroit pour une fille comme toi.

— Ah bon, pourquoi ? dis-je, de plus en plus tendue.

— À moins que tu ne veuilles devenir comme elles…

— Comme *elles* ?

— Les filles qui y travaillent…

Je frottai mes paumes l'une contre l'autre. La tension raidissait mes mains.

— Des prostituées. Des paumées. Des droguées aussi, sans doute.

— N'importe quoi !

— Tu me dis que tu as vu l'une d'elles se faire agresser. Explique-moi ça, tu veux bien ?

— C'est ce type, il l'a attrapée dans un coin du bar, il la tenait contre le mur, et il la touchait… Partout…

— Elle s'est débattue ?

— Elle ne pouvait pas, elle est trop petite. Lui il est très grand, avec des cheveux roux, longs dans le cou.

Je faisais des gestes pour décrire l'homme, m'agrippant désespérément à l'idée que l'inspecteur essaierait de le retrouver, qu'il le convoquerait. Qu'il ferait *quelque chose.*

— Tu sais ce que je pense ? Ces choses n'arrivent pas

quand on fait en sorte qu'elles n'arrivent pas. Ces filles sont des petites malignes, elles savent très bien ce qu'elles font.

Je remarquai qu'il les avait appelées « petites malignes », elles aussi : nous formions désormais, par un glissement étrange, une sorte d'entité.

Un souffle glacé arrivait droit sur ma nuque. On aurait dit qu'une porte venait de s'ouvrir sur la banquise, un espace blanc et infini voué à étouffer mes mots, des mots aussitôt recouverts par le givre, qui jamais ne parviendraient aux oreilles de l'inspecteur.

— Mais il avait le bracelet de Lucy ! Il le lui a offert !

— Ah, parce qu'elle accepte des cadeaux, en plus ?

Je pensai à Lucy. L'inspecteur n'avait pas prononcé une seule fois son nom.

— Mais il travaille à l'exploitation forestière ! Et Lucy s'est fait attaquer dans les bois !

Il sembla hésiter un instant, puis s'inclina vers moi.

— Tu te souviens de ce que je t'ai dit : les coupables finissent toujours par resurgir…

J'opinai faiblement. J'étais étonnée qu'il se rappelle ce qu'il m'avait dit, ce jour-là, dans le bureau de madame Alberta. Il se souvenait de moi. Comme on se souvient de quelqu'un qui ment, d'un suspect, me dis-je.

— Eh bien tu vois, dans cette affaire, la faute est en train de remonter à la surface, tranquillement, toute seule…

En parlant, il faisait remonter sa main à plat, juste sous mon nez.

— Ton amie Lucy, on l'a vue ce soir-là, le soir où c'est arrivé. Elle était accompagnée par un gars de ton lycée.

Mon cœur s'affolait.

— Tu le connais sûrement, il s'appelle Scott. On a voulu l'interroger, eh bien, tu sais quoi ? Il a disparu. Pffuit. Évaporé. Personne ne sait où il est passé.

— Mais c'est n'importe quoi ! Scott n'aurait jamais fait ça…

Je réalisai que j'avais presque crié. Je posai nerveusement mes doigts sur mon cou. Il resta impassible.

— Déterminer ce dont les autres sont capables est une chose complexe. Souvent, on ne peut même pas imaginer de quoi nous sommes capables nous-mêmes.

Je me levai, la tête me tournait.

L'inspecteur se cala contre son dossier. Tandis que je m'approchais de la porte, il me fixa, et fit à nouveau remonter sa main dans l'air.

Le soir, j'étais de retour au Hollywood. Ehawee avait souri en m'apercevant, un sourire narquois qui semblait dire « tu es si prévisible ». Baby portait un short en éponge orange, ses tresses retombaient sur ses seins. Elle m'ignorait. La salle était bondée. La lumière éclaboussait les hommes attablés et les bières dans leurs mains, comme s'ils étaient assis autour d'un feu. Je m'approchai de Diane, derrière le bar, qui remplissait une rangée de petits verres, concentrée.

— Tu m'en sers un ?

Ses joues étaient creuses, dessinant des ombres sur sa peau. Je la trouvais encore plus belle quand elle était fatiguée. Elle paraissait rongée par un mal secret.

— T'as pas l'air en forme, dit-elle.

— Toi non plus.

Elle poussa un verre devant moi et leva le sien.

— À la tienne, sexy !

Elle le but d'une traite, je l'imitai en grimaçant.

— C'est quoi ?

— Tequila, dit-elle en nous resservant.

Elle poussa une chope vers un homme qui tenait un billet roulé entre ses doigts, rangea celui-ci dans sa poche, puis se tourna vers moi en posant ses coudes sur le comptoir.

— Tu sais tout, toi, dit-elle subitement.

Au loin, Grace avançait, son plateau en équilibre sur ses doigts. Ses cheveux, attachés en queue-de-cheval, tombaient dans son dos tel un filet d'eau noire. Un homme tira dessus en poussant un hennissement. Elle secoua la tête pour se dégager. Rien ne bougea sur le plateau.

Diane nous servit une nouvelle fois, et continua sur sa lancée, sans laisser paraître la moindre émotion.

— Tu comprends ce qui se passe, non ?

Je secouai la tête.

— Pas vraiment, non.

— Je pense que tu es à ça…

Elle dessina un espace minuscule entre son pouce et son index.

— À ça de quoi ?

Elle but son shot, la tête en arrière. Puis, d'une façon mélodramatique, elle chuchota :

— … de la vérité, bébé.

Elle m'adressa un sourire, et s'éloigna en faisant rouler ses hanches.

Je me réveillai dans une pièce inconnue. Il y régnait une odeur de vieux tapis et de cendres, au-dessus de laquelle surnageaient des parfums plus organiques : sueur, humidité, crèmes de filles. La chambre était plongée dans le noir. J'étais allongée sur un matelas, je portais toujours mon short en jean. Ma tête était lourde. Je tendis le bras, touchai le sol du bout des doigts, et mes sandales, rangées l'une contre l'autre. J'entendais un souffle non loin.

Je me dressai sur un coude et distinguai un grand cadre, entourant une obscurité plus pâle. Il y avait une ombre, au milieu : quelqu'un était debout devant une fenêtre. Dehors la nuit scintillait doucement.

La silhouette devant la fenêtre se pencha vers l'avant. Je vis la blancheur de ses cuisses. Puis elle se releva, et je distinguai deux nattes. Son dos était nu, simplement traversé par les bretelles d'un soutien-gorge. Elle avait gardé son short en éponge.

J'appelai : « *Baby ?* »

Mais peut-être avais-je prononcé son prénom dans ma tête, car elle n'eut aucune réaction. Elle semblait happée par quelque chose, au-dehors.

Je me redressai, dos au mur. J'avais un goût d'alcool dans la bouche. Je fermai les yeux un instant, pour contenir une sensation de vertige, une oscillation qui m'aspirait vers le vide, et c'est alors que je l'entendis.

— Hoo hoo hoo.

Elle m'apparut soudain de façon parfaitement nette, éclairée par un rayon de lune : Baby, seulement vêtue de son short et d'un soutien-gorge, les mains en coupe autour de sa bouche. Son dos était fait de lumière. Une nouvelle fois, elle lança son cri.

— Hoo hoo hoo. Hoo hoo hoo hoo.

Ce cri, je le connaissais.

Je revis Kishi, dans son survêtement rose, sa lampe frontale sur la tête tel un diadème, avançant dans la forêt à la recherche de Beyoncé. Je perçus sa voix, aussi précise que si mon amie était à côté de moi, chuchotant dans l'obscurité : *Attends, y a un truc qui ne va pas.* Sa mine de détective de dessin animé, sous l'arche des branchages. À nouveau, les cris avaient résonné. Elle avait levé sa main, immense, disproportionnée dans le gant de chantier de son père. *C'est pas des oiseaux.*

Le plus silencieusement possible, je me mis debout. Je m'appuyai à la paroi pour lutter contre cette sensation de tangage, comme si le matelas flottait sur la mer, ou que les murs ondoyaient sous la houle. Je me hissai sur la pointe des pieds, et tendis le cou. Je reconnus le parking du Hollywood, le repère familier des réverbères. La lune blanche flottait très bas, à la façon d'un astre mystérieux s'approchant dangereusement de la Terre.

Au centre, dans l'ombre, je les vis : trois longues silhouettes, traversant le parking. Deux étaient dotées de grandes ailes, qui traînaient derrière elles. La dernière, plus petite, portait une cape en fourrure qui semblait lourde et soyeuse. Sa tête était celle d'un animal, avec un museau pointu et des bois de cerf, on aurait dit une créature fantastique, l'héroïne d'un songe primitif. L'un des oiseaux se déploya, soulevant lentement ses ailes, sur lesquelles ruisselait la lumière ; des plumes brillèrent dans l'obscurité, pareilles à des écailles, ou des rangées de miroirs. Il se tourna dans ma direction et poussa un long cri. Je reconnus la tête d'aigle qui nous avait approchées, Kishi et moi, dans la forêt.

L'oiseau souleva alors son masque, et le visage de Diane apparut. Une main s'agita, juste sous son aile, et elle envoya un baiser du bout des doigts, vers la fenêtre. Baby lui fit un signe en retour. Elle s'était penchée un peu plus, un pied gracieusement soulevé derrière elle, révélant une plante pâle.

Les filles traversèrent la route, aussi rapides que des biches, avant de s'enfoncer dans les bois. L'obscurité les avait avalées. Je m'avançai, pour voir encore plus loin : le cadre de la fenêtre s'emplit de feuillages, d'arbres serrés les uns contre les autres. Un trou noir, sans bruit ni lumière.

Adossée à la fenêtre, les bras entourant son buste, Baby me fixait. Elle écarta les lèvres, sembla hésiter, incertaine.

— Je ne dirai rien, Baby. À personne. Jamais.

Je levai la main à la manière de quelqu'un s'apprêtant à faire un serment.

— Où est-ce qu'elles vont ?

Baby me lança un coup d'œil anxieux, en refaisant une de ses tresses.

— Les attaques de ces types, c'était vous ?

Elle jeta un regard douloureux sur le côté, cherchant peut-être un moyen de s'échapper, de mettre fin à cette confrontation. Je posai une main sur son épaule.

— Je suis avec vous. Je veux faire ce que vous faites. Tout.

Elle fit un pas en arrière pour échapper à ma main.

— On en parlera demain, d'accord ? dit-elle d'une voix suppliante.

Elle paraissait lasse.

— Dis-moi seulement ce qu'elles sont allées faire, s'il te plaît.

Baby releva la tête, résignée.

— Du repérage. Eli t'expliquera.

Puis elle se laissa tomber sur le matelas. Je m'allongeai à côté d'elle. Baby s'endormit presque aussitôt, couchée sur le ventre, le visage posé sur un sweat-shirt roulé en boule. Je restai sur le dos, les yeux grands ouverts. Je pensais aux photographies dans le journal, les visages des hommes agressés, et puis je voyais ceux de Grace, Diane, Baby, Eli, Ehawee, leurs paupières maquillées, leurs bouches luisantes ; je les voyais, vêtues de plumes, de fourrure, armées de… *de quoi au juste ?*, je déposais des calques les uns sur les autres, puis tout se mélangeait. Baby respirait paisiblement. Une fine chaîne brillait à sa cheville. Je ne l'avais jamais remarquée.

C'est ainsi que je devins l'une d'entre elles. Les filles avaient dû parler durant mon sommeil, ou peut-être que nos vies se déroulent dans plusieurs univers, que l'on peut déplier à la façon d'une carte, et j'avais glissé dans l'un d'eux, laissant derrière moi ma vie d'avant, comme des vêtements trop petits.

Le lendemain matin, elles étaient toutes là, dans la chambre. Ehawee fumait, assise sur le rebord de la fenêtre, une canette vide en guise de cendrier sur ses cuisses, Eli et Diane feuilletaient des magazines, allongées sur un matelas de l'autre côté de la pièce. À côté de moi, Baby, toujours en short orange et soutien-gorge, inspectait ses orteils. La lumière du matin faisait des taches roses sur les murs, éclairant une nuque, une brosse à cheveux, des baskets renversées, et j'eus l'impression de m'éveiller dans un lieu aussi irréel que la chambre d'un pensionnat, ou un camp d'été de pom-pom girls.

Je me redressai contre le mur.

— Ce soir, on célèbre ton entrée dans le groupe, me dit Eli. On va faire une petite fête.

Et ce fut tout. Les autres acquiescèrent, complices. Je fus submergée de joie. Rien ne m'avait jamais paru aussi excitant, aussi juste. Quelque chose s'apaisait en moi, c'était un soulagement, des pierres qu'elles m'auraient prises des mains, avec un sourire confiant.

J'enfilai mes chaussures, et lançai « à ce soir » avant de filer, le plus vite possible, de peur que l'une d'elles ne change d'avis, mais aussi pour repenser à cette nuit fabuleuse, à ma vie qui commençait enfin.

La route était déjà brûlante. Sur le côté, la forêt s'étirait tel un serpent émeraude. Je courais de plus en plus vite, rien n'aurait pu m'arrêter. Je passai près du lac, sa surface brillante semblait renfermer un secret.

Sans ralentir, je gravis la colline, en direction de la

caserne de pompiers. Je frappai à la porte. Le père de Lucy ouvrit presque aussitôt, on aurait cru qu'il attendait juste derrière. Il m'examina sans un mot, mais je lus la désapprobation dans son regard. Je baissai la tête : la sueur avait trempé mon tee-shirt, et j'avais deux taches sombres, juste sous les seins, à la manière de ces filles qui portent un bikini mouillé sous leurs vêtements.

Il finit par s'écarter, toujours silencieux, en me laissant un espace minuscule pour entrer. En passant, je le frôlai. Sa veste dégageait un parfum d'eau croupie, comme s'il vivait au fond d'une grotte, ou d'un carton oublié dans un garage. Il recula prestement quand je l'effleurai.

Je montai l'escalier en direction de la chambre, sans me retourner.

Lucy m'observa sans la moindre expression. Adossée à son oreiller, elle portait un tee-shirt GOD IS LOVE – d'où sortait-il ? J'imaginais son père le lui enfiler, peut-être pensait-il que les lettres finiraient par imprimer son cœur et le purifieraient. Elle mâchonnait des crackers, paisible.

Je m'assis sur le lit, attrapai sa main. Son tee-shirt était constellé de miettes. Je pressai ses doigts. Le fantôme de la vie y frémissait, quelque part, au loin.

— Lucy, je sais qui t'a fait ça. Je l'ai vu au Hollywood. Il travaille pour l'exploitation forestière.

Je chuchotai dans son oreille comme dans un coquillage – un souffle se faufilant dans un tunnel s'enroulant sur lui-même, dont on ne connaissait pas l'issue.

— Je vais faire quelque chose, je te le jure. Avec les filles du Hollywood, on va lui faire payer.

Je parlais tout bas, sans lâcher sa main.

— C'est elles, Lucy, qui ont attaqué tous ces mecs. C'est les filles du Hollywood ! C'est dingue, non ?

Elle fixait le plafond, sa tête calée dans l'oreiller. Ses yeux étaient si clairs qu'elle semblait avoir quitté son corps.

— Je suis avec elles, maintenant. Et on va te venger. Tu comprends, Lucy ? On va s'en occuper.

Elle ne bougeait pas. On avait l'impression qu'elle attendait quelque chose qui viendrait du ciel, une réponse, des anges qui l'emporteraient, enlaçant doucement son buste, juste là où était inscrit GOD IS LOVE. Ses cheveux étaient posés sur ses épaules, séparés par une raie impeccable. Je me demandais qui prenait soin de les coiffer. Je restai là, un long moment, sans rien ajouter. J'écoutais nos respirations en scrutant le carrelage.

Je finis par me lever. L'exaltation était passée, je me sentais épuisée. Je caressai son front lisse, puis me dirigeai vers la porte.

C'est à ce moment-là que je l'entendis.

Je me retournai, la main sur la poignée. La chambre était immobile, figée dans sa blancheur, semblable à une tasse de lait.

Je regardai Lucy, et je l'entendis à nouveau. Un son rauque, profond, qui s'échappait de ses lèvres.

Lucy toussa, tourna la tête vers moi et prononça distinctement : « Ne fais pas ça. »

— Lucy !

— Ne t'approche pas des oiseaux.

— Hein ?

— Le feu attire le feu, et ce sera la fin de tout.

Je m'approchai du lit, fébrile.

— Oh Lucy, tu es là !

— Ne fais pas ça, répéta-t-elle.

— Que je ne fasse pas quoi ?

Elle me regarda avec intensité, elle semblait contrariée. Puis elle roula sur le côté, son oreiller entre les bras.

— Lucy ! Explique-moi !

Je pressai sa main, elle n'eut aucune réaction. Elle scrutait désormais le ciel, par la fenêtre.

Dans l'entrée, je retombai sur son père, debout, toujours au même endroit, comme le portier d'un étrange club privé. Je remarquai les cernes sous ses yeux, on aurait dit un masque recouvrant peu à peu son ancien visage. Je lui adressai un sourire poli, cherchant désespérément mes mots quand, soudain, il attrapa mes joues entre ses paumes et plaqua ses lèvres – *une limace morte* – sur mon front. Puis il dessina un signe de croix à la lisière de mes cheveux, les yeux clos. Ses paupières étaient parcourues de vaisseaux violacés. Un instant, j'eus l'impression qu'il allait m'embrasser sur la bouche, mais il me relâcha, et s'effaça dans l'ombre de l'entrée pour me laisser passer, aussi irréel qu'un spectre.

17

Elles avaient fourré dans leurs sacs de sport plein de bouteilles qui s'entrechoquaient dans un bruit de verre festif, des sachets de chips, des couvertures, et d'autres choses mystérieuses enroulées dans des sacs plastique, comme si nous partions pour un pique-nique, une veillée de camp d'été. Sauf peut-être qu'elles étaient trop maquillées, qu'elles avaient transpiré, ce qui leur donnait une allure un peu sauvage, et qu'il était deux heures du matin.

Au Hollywood, la soirée s'était déroulée sans que rien ne la distingue des autres : les filles se faufilaient entre les clients ou surveillaient la salle, l'air distant. Baby, les cils bleu électrique, séchait des verres avec un chiffon qu'elle rejetait ensuite sur son épaule. Diane lui faisait des grimaces, avant de reprendre un visage impassible.

Quant à moi, j'étais en proie à une inquiétude qui me tordait l'estomac. La nuit précédente – les filles-oiseaux, la créature à tête de cerf, leurs silhouettes furtives – semblait soudain aussi intangible que la queue étincelante d'étoiles chutant dans le noir. De même que les mots prononcés par Lucy, ou les lèvres de son père, humides, écœurantes, sur mon front. Ou encore le baiser de Conrad, sa langue mouillée dans mon cou. Plus rien n'était réel, tout s'évanouissait entre mes doigts.

Mais les sacs de sport étaient là, à leurs pieds, elles avaient enfilé des sweat-shirts, des baskets, et elles me regardaient, amusées. La salle du Hollywood était désormais plongée dans la pénombre, une seule ampoule, derrière le bar, éclairait les bouteilles d'une lueur fantomatique. Les tables étaient nues, le sol balayé. Même le parfum des hommes, cet air lourd et poisseux qui avait la consistance d'un organe, semblait avoir été épousseté avec le reste.

Eli avait tapoté mon épaule, pleine d'entrain.

— *On est parties.*

Le ciel ressemblait au fond d'un vase, dans lequel on aurait déversé de la poussière d'or. Les filles marchaient devant moi. Diane tenait Baby par le cou. Ehawee racontait quelque chose à Eli et Grace, dont j'entendais les rires. La terre dégageait un parfum humide, j'imaginais des plantes se dépliant dans l'ombre ; une brume odorante pénétrait nos cheveux. En entrant dans la forêt, elles se turent, et se placèrent naturellement en file indienne. Je les suivis, guidée par le faisceau de la torche d'Ehawee.

Nous arrivâmes dans une prairie, recouverte d'herbes hautes. Les filles se regardèrent, les mains sur les hanches. Ehawee brandit sa torche vers le lointain, dévoilant la surface d'un étang. Puis elles sortirent des sacs de grands tissus bariolés qu'elles étendirent sur le sol, et se mirent à ramasser des morceaux de bois sec, qu'elles rassemblaient en bouquets entre leurs bras ; elles semblaient avoir accompli ces gestes une infinité de fois.

Grace s'agenouilla, plaça des brindilles en équilibre les unes contre les autres, une construction minutieuse et fragile. Baby avait amassé des pierres dans le creux de son tee-shirt. Elle s'accroupit et dessina un cercle autour du petit édifice de bois, disposant les pierres une à une, aussi cérémonieusement que si elle déposait des œufs peints de paysages minuscules.

Eli alluma une cigarette. Elle rougeoya dans le noir, éclairant son visage un instant – ses paupières pailletées d'argent. En relevant la tête, elle vit que je l'observais.

— Fais pas cette tête, dit-elle en me tendant le paquet, la cigarette aux lèvres.

Elle fit claquer son briquet, une main en coupe autour de la flamme, puis me fixa, crachant voluptueusement de longues volutes.

— Alors, t'as tout compris, hein ?

Je haussai les épaules.

— On fait ça pour qu'il y ait une justice, tu comprends ?

— Mais qu'est-ce que vous faites, exactement ?

— On fait ce que le monde devrait faire. On essaie de donner du sens à ce qui n'en a pas. On se soutient. On essaie de ne pas devenir dingues. Tu vois ce que je veux dire ?

J'acquiesçai. Elle posa une main sur ma nuque.

— Assieds-toi, prends une bière.

Cette nuit-là, les filles m'apparurent comme je ne les avais jamais vues, et comme, ensuite, plus jamais je ne les verrais. Assises en cercle, une bouteille à la main, elles étaient tour à tour joyeuses et solennelles, avec une énergie presque enfantine, et tout ce qu'elles me dirent ce soir-là, aussi étrange et glaçant que cela puisse paraître, me sembla plus clairvoyant que tout ce que j'avais pu entendre dans mon existence. Parfois, je songe à ce que l'on a raconté sur elles, aux surnoms qu'on a pu leur donner, à ces articles racoleurs qui parlèrent d'un « gang maléfique » s'adonnant à des « cérémonies macabres ». Personne n'a la moindre idée de la beauté de leur lien, de la force et de la foi dont elles rayonnaient, ni de l'espoir qu'elles faisaient naître en moi, le sentiment d'appartenir enfin à ce monde. Cette nuit-là, leurs mots tissèrent un filet, une broderie soyeuse, à l'intérieur de moi.

Grace avait allumé le feu et les flammes se reflétaient sur nos visages. Les gestes des filles étaient lents et gracieux, on aurait dit qu'elles bougeaient sous l'eau. Diane attira Baby contre elle, et colla ses lèvres aux siennes dans un long baiser dont je ne pouvais détacher le regard. Ehawee m'observait avec un sourire moqueur. Un afflux de sang empourpra mon visage. Je baissai les yeux en avalant une gorgée de bière.

Le feu diffusait une chaleur orangée, nous plongeant dans un monde à l'intérieur du monde. Tout autour, des milliers d'insectes frottaient leurs élytres, emplissant la nuit de leurs stridulations.

Eli prit la parole. Sa voix, grave, sentencieuse, se mêlait aux crépitements du feu.

— Nous sommes là, ce soir, pour accueillir une nouvelle sœur. Nita, tu es prête ?

J'acquiesçai avec conviction.

— T'engages-tu à garder notre secret, à ne jamais répéter un mot de ce que tu vas entendre ce soir ?

— Oui.

Je la dévisageai, sans ciller.

— Plus rien ne sera comme avant, tu en es consciente ?

— J'en suis consciente.

— Bien, dit-elle, satisfaite.

Les filles souriaient, même Ehawee, qui hochait la tête. Eli reprit la parole, à voix basse, pour m'expliquer ce qu'elles faisaient, le sens de leurs actions.

C'était une histoire de justice, la nécessité de punir les coupables, puisque personne ne le faisait. Quand elles s'étaient rencontrées au Hollywood, toutes les cinq, leur vie avait changé. Pour la première fois, elles n'étaient plus seules. Elles se comprenaient, elles se sentaient fortes.

— Je crois qu'on peut dire qu'on était heureuses, ajouta Eli, tandis que Baby attrapait la main de Diane et la serrait contre son cœur.

Et puis, un soir, à la fermeture, deux types avaient attrapé Diane. Elles les connaissaient, c'étaient des employés de l'exploitation forestière. Ils étaient un peu lourds, ils buvaient trop, mais plutôt moins que d'autres, elles avaient l'habitude. Ce jour-là cependant, quelque chose dérapa, l'un d'entre eux se mit à déboutonner son jean, à se frotter contre Diane. Eli avait essayé de le calmer, le ton était monté, il avait sorti un couteau.

Eli me regarda avec un sourire triste.

— Ils ont emmené Diane sur le parking. On n'a rien pu faire.

Elle se tut. Je jetai un regard en biais à Diane, qui se tenait immobile, perdue dans ses rêves, les yeux rivés sur le feu. Ses cernes d'un bleu profond dessinaient des demi-lunes dans lesquelles s'engouffrait l'ombre de la nuit. Avec ses cheveux tirés, elle était d'une beauté de statue.

— Je t'entendais pleurer, dit Grace à Diane, en lui tendant la main. Diane tendit la sienne en retour, et leurs doigts s'effleurèrent. Elles restèrent ainsi un long moment, leurs bras rougissant à la chaleur des flammes, et tout ce qui ne pouvait être formulé semblait circuler délicatement, à l'extrémité de leurs doigts.

Les filles avaient soigné Diane, ce soir-là, elles avaient nettoyé ses blessures, délicatement, avant de la veiller, chacune leur tour, en lui caressant le visage, mais le sang qui se déversait d'elle, son air perdu, avaient ouvert une plaie en elles toutes.

Ensuite, il avait fallu continuer. Travailler, faire semblant. Elles avaient décidé de ne pas aller voir les flics, elles savaient comment ils traitaient les filles, par ici.

Et puis, ils étaient revenus. Un soir, ils étaient là, accoudés au bar, comme si de rien n'était. Elles avaient été submergées par le désespoir, et la rage.

— Il souriait, ce gros porc, fit Diane.

Ehawee renchérit, sans relever la tête :

— Je l'aurais buté, s'il y avait pas eu ce flic.

Elle s'affairait à quelque chose sur ses cuisses, je réalisai qu'elle était en train de rouler un joint.

Eli m'expliqua qu'il y avait un policier, au Hollywood, cette fois-là. Elle le connaissait, il venait de temps en temps, il était poli, discret. Sans réfléchir, elle avait fait un signe à Grace, et elles étaient allées lui parler. Le policier avait écouté sans rien dire, puis s'était levé et dirigé vers le bar. Elles avaient vu sa silhouette massive se pencher sur les types, elles ne savaient pas quels mots avaient été prononcés, mais ils étaient partis, presque aussitôt.

— On a cru qu'on pouvait lui faire confiance, poursuivit Eli, contrite. Il a demandé à Grace de venir avec lui, pour faire une déposition contre les types, au poste. Il disait que ce serait moins traumatisant pour elle que pour Diane. Qu'il ferait venir Diane plus tard.

Elle recracha de la fumée, qui recouvrit un instant tout son visage.

— Sur le moment, je me suis dit que c'était la chose à faire. Je comprends même pas comment j'ai pu être aussi conne, dit-elle.

— Tu ne pouvais pas savoir. Personne ne pouvait, répondit Grace.

Elle enroula ses cheveux au-dessus de sa tête, et prit le relais, d'une voix neutre. Je la voyais à travers les flammes qui montaient de plus en plus haut.

Grace avait tout de suite senti que quelque chose n'allait pas. Le policier sentait l'alcool, il transpirait. Ils roulaient dans l'obscurité, lentement, beaucoup trop lentement. Il semblait nerveux. D'un coup, il s'était garé sur le côté et tourné vers elle.

— Il m'a dit qu'il méritait bien un petit remerciement, ajouta-t-elle avec détachement. Que ce n'était pas facile de défendre des filles comme nous, qu'il fallait le convaincre…

Son visage ne trahissait aucune émotion, on aurait dit qu'elle racontait l'histoire de quelqu'un d'autre.

Grace avait fait mine de ne pas comprendre, mais il l'avait alors attrapée par la nuque, essayant de plaquer son visage contre son pantalon. Elle s'était débattue et, sans savoir comment, avait réussi à s'échapper de la voiture, à courir dans les bois où elle s'était cachée, accroupie dans un taillis. Il l'avait suivie, en l'insultant. Elle l'avait entendu marcher, elle avait entendu son souffle, elle avait cru qu'elle allait mourir. Mais la voiture avait finalement redémarré, s'éloignant dans la nuit.

— Yeah, la police ! fit Ehawee, soufflant la fumée du joint qu'elle venait d'allumer, et une odeur d'herbe monta jusqu'à nous.

Ensuite, ce fut l'enfer, me dirent-elles. Elles ne cessaient de se disputer, elles avaient la haine. Grace partait de plus en plus souvent dans la forêt, pour s'adonner à d'étranges cérémonies cathartiques, les autres devenaient folles.

— On ne pouvait plus vivre comme ça, continua Eli. Tu sais ce qu'on s'est dit, quand on t'a rencontrée ?

Je fis non de la tête.

— Que tu nous faisais penser à nous, à cette période. T'avais l'air en colère, et complètement paumée. T'en voulais à la terre entière. Quand tu nous as parlé de ta copine, la blonde qui s'est fait violer dans la forêt, on a compris.

Ehawee me passa le joint. Je n'avais jamais fumé, mais j'aspirai aussi naturellement que possible. J'eus une sensation de brûlure dans la gorge. Les mots d'Eli résonnaient dans ma tête. Je me demandais si j'en voulais à qui que ce soit. Je n'avais pas l'impression de connaître la fille dont elles parlaient. Pourtant, elles jetaient un pont entre elles et moi ; je les voyais, de l'autre côté, serrées les unes contre les autres, agitant leurs doigts pour me faire signe de les rejoindre.

J'encourageai Eli à poursuivre. La fumée réchauffait mes poumons, elle s'enroulait autour de mon cœur, en nuage d'espoir et de gratitude.

Elles avaient fini par suivre Grace dans les bois, s'étaient mises « à faire des trucs ». Elles chantaient, elles buvaient, elles appelaient les esprits. Elles accomplissaient des rituels, des gestes vengeurs, ou réconfortants. Elles s'apaisaient, se retrouvaient.

Des images resurgirent : Lucy, le bras tendu, sous un arbre géant. Les figurines suspendues aux branches, telles des décorations macabres. Le cimetière miniature, dans une étendue blanche.

— C'est vous qui avez planté des croix dans la neige ?

Eli me regarda en souriant.

— Ouais.

Grace m'expliqua qu'une croix symbolisait un deuil dans leur existence, chaque fois qu'elles avaient perdu quelque chose d'essentiel.

— Et les bonshommes, dans les arbres, c'était vous aussi ?

— Ça, c'était pour faire flipper les mecs de l'exploitation ! ricana Ehawee.

Après un certain temps, elles avaient réveillé quelque chose, m'expliqua Eli sans lui prêter attention. Il leur semblait que la forêt leur parlait. Elle leur transmettait sa force, leur montrait la voie. Elle aussi était une fille blessée. Alors, elles étaient devenues des esprits de la forêt. Elles étaient devenues sauvages.

— Ils veulent tuer la même chose en elle et en nous, tu comprends ?

Je hochai la tête.

— En tout cas, ils ont morflé, ces grosses merdes, dit Diane, exaltée. On avait une force surhumaine !

Ehawee plaça les mains autour de sa bouche et poussa un hululement, imitant à la perfection un rapace nocturne. Je me sentais à l'orée d'un bonheur inédit, et éternel. Les photos des visages tuméfiés dans le journal me revinrent un instant à l'esprit. Le lien entre les filles et ces images était vague, un long ruban qui se déroulait sans mener nulle part. Je me laissais dériver dans une agréable torpeur. Mes pensées cheminaient avec difficulté, mais j'en ressentais une certaine joie, comme si j'avais atteint un niveau supérieur de perception.

— Hé, n'oublie pas tes sœurs, rigola Baby en se penchant pour attraper le joint entre mes doigts.

Je tendis le bras vers elle, il semblait détaché de mon corps. J'étais groggy, en parfaite harmonie avec chacune d'entre elles. Eli se redressa en tirant sur son tee-shirt. Elle ne portait pas de soutien-gorge, on voyait le bout de ses seins.

— On devait le faire. Il le fallait. Tu comprends ça, Nita ?

La tête me tournait. Je m'appuyai sur mes bras.

Elles s'étaient aussi « occupées » du flic. Au départ, elles avaient agi pour survivre, ne pas devenir folles. Mais, peu à peu, leur vision s'était modifiée : elles avaient réalisé qu'elles devaient accomplir quelque chose, une chose qui les dépassait, une sorte de mission. Avec le flic, elles avaient redouté que ce soit plus compliqué, mais en réalité ce fut encore plus simple que les deux premières fois. C'est alors qu'elles surent : elles étaient aidées.

— Il y a des forces avec nous, des forces invisibles, ajouta Diane, en tirant sur le joint.

Puis elle s'inclina vers Baby, et souffla longuement dans sa bouche. Ehawee posa une main sur mon épaule.

— Tu verras.

Toutes me regardaient. Un flot de bienveillance se déversait sur moi, électrisant ma peau. Nous restâmes ensuite silencieuses, songeant à ces forces, à ces grands projets qui nous attendaient, et je n'éprouvais pas la moindre inquiétude, seulement de la fébrilité, une impatience. Le feu grossissait, des flammes tournoyaient sur elles-mêmes, s'étirant dans le noir, tandis que nous nous passions le joint.

On n'entendait plus que le souffle du vent, tout en haut des arbres. Des étoiles apparaissaient entre les feuilles, qui semblaient faites de métal. Baby se mit à chanter d'une voix fluette un air qui parlait d'amour et de jardins qui ne fleuriraient plus. Les autres fredonnèrent avec elle, même Ehawee battait discrètement la mesure. De loin, on aurait pu les prendre pour des campeuses, d'inoffensives jeunes filles dont les rêves s'élevaient en volutes au-dessus du feu.

Engourdie, je me laissai aller contre l'épaule d'Ehawee, tandis que la voix de Baby s'éloignait, emportée par le vent.

Je me réveillai en sursaut, le visage d'Ehawee penché juste au-dessus du mien.

— *C'est l'heure, bébé.*

Je me frottai les paupières. Le monde était rouge, aveuglant. Les filles se tenaient debout, leurs sacs de sport à l'épaule. Eli et Diane brandissaient chacune une branche enflammée, qui dessinait des ombres sur leur peau. J'aurais été incapable de dire si je m'étais assoupie quelques minutes ou plusieurs heures, mais quelque chose s'était déplacé dans l'univers. L'aiguille d'une horloge ensorcelée, un rayon de lune s'alignant parfaitement pour traverser un anneau d'acier.

Eli m'aida à me relever.

— Tu es prête ?

Je la regardai, sans comprendre.

— Pour ton baptême.

Grace me tendit sa bière, j'avalai une gorgée.

— Viens.

Je les suivis, dans un état cotonneux. Les torches se déployaient derrière elles, on aurait cru que leurs chevelures étaient en feu. Je plissai les yeux mais je ne distinguais rien, rien d'autre que leurs dos.

Bientôt, elles s'arrêtèrent.

Eli tendit la torche devant elle, illuminant le paysage. Nous nous étions simplement déplacées de quelques pas, et nous tenions au bord de l'étang. Elle s'agenouilla, approcha la flamme de l'eau. On y voyait briller nos silhouettes, parfaitement dessinées, comme dans un mystérieux miroir. À la surface dérivaient des feuilles et des débris d'écorce. Les filles restaient là, immobiles, elles semblaient attendre.

— Je vais pas me baigner, quand même ?

Elles se tenaient en demi-cercle autour de moi. Baby tripotait ses cheveux, en remuant le menton pour m'encourager.

Je soupirai. J'ôtai mes baskets, puis mon tee-shirt et mon short. Le sol était boueux sous mes pieds. Mal à l'aise, je croisai les bras.

— Enlève tout, dit Eli.

— Sérieux ?

Elle me fixa sans ciller.

J'ôtai mes sous-vêtements en soufflant, les tendis dans le vide. Grace les saisit doucement. En relevant la tête, je vis qu'elle les tenait serrés contre elle, à la façon d'un bien précieux. Mon corps était pâle, diffusant une faible lueur. Le corps d'une inconnue.

Diane et Eli levèrent leurs flambeaux, auréolant leurs figures d'un halo cuivré. Le ciel était d'un noir profond, constellé d'une infinité de points lumineux qui se reflétaient dans l'eau, comme un autre ciel. Je fis un pas, touchai l'eau de mes orteils. Elle était plus chaude que je ne l'aurais cru. La surface rougeoyait sous les flammes, et je me souvins d'un jour où mon père s'était coupé, sa main plongée dans l'évier, mon effroi en imaginant la blessure sous l'eau sombre.

J'avançai encore, m'enfonçant dans une matière molle. Des brassées de longues herbes serpentaient à la surface, pareilles à la chevelure d'une noyée. Je sentais le bout de mes seins dressé dans mes mains. Je marchai sur des cailloux visqueux. J'eus l'impression que quelque chose remuait, dans les profondeurs.

Derrière moi, les filles se tenaient côte à côte, figées. Je fermai les yeux, inspirai profondément, et plongeai dans l'eau noire.

Je fis quelques mouvements de brasse, sans rencontrer d'obstacle : un instant, il me sembla qu'il n'y avait plus de fond, que l'étang était en réalité un passage, une porte d'entrée vers un autre monde, dissimulé dans le nôtre. L'eau glissait sur moi, j'avançais dans ses bras doux et frais. Mon cœur ralentissait, tandis que montait une sensation de bien-être, l'impression de voler dans un ciel immense. Je rouvris les yeux : la surface était traversée de reflets verdâtres. Elle paraissait très loin, inaccessible. Je sentis une présence, une longue plume soyeuse dans mon dos, ou la caresse d'une main. Affolée, je me tortillai dans le noir, et, à ma surprise, crevai aussitôt la surface. Alors que je reprenais ma respiration, le cœur battant, agitant les bras et les jambes pour me maintenir en équilibre, je sentis le sol boueux sous mes pieds. On aurait dit qu'il était réapparu par enchantement, refermant la porte sur une réalité plus profonde et plus pure.

Les filles étaient là, dans la lumière orange des flambeaux, à l'endroit exact où je les avais laissées. Je sortis de l'étang en frissonnant. Ehawee jeta sur mes épaules une couverture sombre.

— Bienvenue parmi nous, petit chevreuil ! lança-t-elle avec une pointe d'ironie.

Ce que j'avais pris pour une couverture était en réalité une peau de chevreuil. Son pelage était doux, ses yeux en verre noir. Je déposai délicatement sa tête sur mon crâne : elle s'emboîta parfaitement, comme si j'entrais à l'intérieur de son âme.

18

Je trouvai ma mère assise dans la cuisine, devant une tasse vide. Elle faisait rêveusement tourner la soucoupe de porcelaine, et portait une sorte de déshabillé trop moulant d'où débordaient de petits amas de chair sous ses aisselles. Ses cheveux semblaient avoir encore éclairci. Elle ne m'entendit pas entrer, et je la contemplais, le cœur serré, telle une image surgie du passé.

Elle finit par lever les yeux, et fronça les sourcils.

— Où t'étais ?

J'ouvris le frigidaire. Il était presque vide, des légumes flétris, des yaourts blancs et sans saveur qui m'évoquèrent une vie étrangère, à laquelle je n'appartenais plus.

— J'ai dormi chez Kishi.

— Tu te fous de moi ? Kishi ne t'a pas vue depuis des jours. Elle non plus n'a aucune idée de ce que tu fabriques. Je pense que ça lui fait beaucoup de peine, d'ailleurs.

Je détournai la tête en serrant les lèvres, fixant un point sur le mur.

— T'étais avec un garçon, c'est ça ?

J'eus un petit rire méchant.

— Tu sais, toute la vie ne tourne pas autour des garçons. Tout le monde n'est pas comme toi.

Son visage s'affaissa. Elle prit une cigarette écrasée dans le cendrier plein, retira le bout calciné, la ralluma nerveusement. Je voyais l'énergie qu'elle déployait pour maîtriser son émotion, et sentis monter une bouffée de culpabilité.

— Qu'est-ce qui se passe, Nita ?

Je m'approchai et l'enlaçai un instant avec maladresse. Elle dégageait un nouveau parfum, le genre qu'on vend dans des flacons alambiqués aux noms torrides.

— On m'a dit que tu traînais au Hollywood. Avec ces filles…

— Quoi, ces filles ?

— Je n'aime pas te savoir avec elles, c'est tout. Elles ne me plaisent pas. Elles sont vulgaires.

— Vulgaires ? Non mais tu te crois à la préhistoire ou quoi ?

— Ne me parle pas comme ça, Nita. Ne me la joue pas *féministe*.

Elle traça des guillemets en l'air avec les doigts, et j'eus envie de la frapper.

— Elles sont agressives avec tout le monde. Je sais pas pour qui elles se prennent.

Je la coupai.

— Peut-être qu'elles ont leurs raisons ? Peut-être que *tout le monde* – je traçai à mon tour des guillemets avec les doigts en grimaçant – l'a bien cherché. Tu crois pas que le vrai problème, c'est plutôt ce qui arrive aux filles, ici ?

Je tendis la main, désignant quelque chose dans le lointain.

— Tu crois pas que le problème, c'est celle qui vit juste là, en pyjama, et qui se rappelle même plus comment elle s'appelle ?

Je réalisai que j'étais en train de crier.

— Mais j'y pense tout le temps, figure-toi ! Et son père qui tire sur des bouteilles comme un malade mental. Ça me fait mal, là.

Elle cogna un poing contre sa poitrine, ce qui fit trembler ses seins. Puis elle se leva d'un coup, ouvrit la porte du frigidaire, en sortit deux bières.

— Tiens, dit-elle en me collant une bouteille dans la main.

— Qu'est-ce que tu fais ?

Il n'était même pas midi.

— Prends ça et assieds-toi.

— Mais j'en veux pas !

Elle tira la chaise d'un geste autoritaire, je me laissai tomber à contrecœur. Elle ouvrit sa bouteille, me tendit le décapsuleur, s'assit en face de moi. Je reposai la bière, intacte, loin sur la table.

— Tu es en colère contre moi, et je me demande pourquoi tu n'es pas plutôt en colère contre ton père. Toi qui es devenue féministe, comme ça – elle fit claquer ses doigts –, tu trouves pas que c'est injuste ? C'est lui qui est parti.

Une veine cognait contre ma tempe.

— Moi, je suis là, je ne t'ai jamais abandonnée.

— On ne sait pas s'il est parti. Il lui est peut-être arrivé quelque chose, dis-je d'une voix faible.

— Oui, c'est ça. Il a *disparu*.

Elle reposa la bouteille devant elle, et son visage se relâcha.

— Tu n'es plus une petite fille, Nita.

Je la dévisageai, sans rien dire. À travers la fenêtre, le ciel était d'un blanc nébuleux. Au loin, on entendait le cri solitaire d'un oiseau, aigu et déchirant.

— Ça veut dire quoi ?

— Ça veut dire qu'au fond de toi tu le sais.

Elle inspira profondément, en inspectant ses ongles.

— Au fond de toi, tu sais très bien qu'il a *décidé* de disparaître.

Ces dernières années, j'avais entendu des choses, des histoires qu'on racontait derrière notre dos. On disait que mon père vivait désormais dans la capitale, avec une autre femme. Des gens prétendaient l'avoir vu, ils étaient tombés sur lui, par hasard, dans la rue ou au volant d'une voiture, « du genre familiale ».

Elle ajouta, d'une toute petite voix :

— Tu veux que je te dise la vérité ? Moi, je pense qu'il est mort.

— Mais n'importe quoi !

Je posai les doigts sur mon cou, une veine battait sous ma peau.

— C'est le genre de truc que t'as vu dans tes cartes ? ricanai-je.

Elle ne releva pas, examinant à nouveau ses ongles, plus brillants que du plastique.

— Non. C'est lui qui me l'a dit.

Elle passa la main sur son front, soucieuse, puis posa ses yeux sombres sur moi.

— Dans mes rêves.

Je répétai, narquoise : « Dans tes *rêves* ? »

— Il est venu nous demander pardon. À toi et à moi.

— Sans blague.

— Il pensait que les forces invisibles s'étaient détournées de nous.

Je me levai.

— Bon, j'en ai marre de ces conneries.

J'attrapai la bouteille de bière, la reposai bruyamment dans le frigo, et sortis de la cuisine.

Dehors, le ciel éblouissant s'abattit sur moi, m'enveloppant de sa chaleur bienveillante, et l'échange avec ma mère s'effaça aussitôt. J'avais le sentiment de rebondir sur le réel comme sur un trampoline, j'envisageais avec détachement celle que j'étais la veille, ses peines, ses préoccupations dérisoires. Je courus jusque chez Kishi. Ces derniers temps, je n'avais presque pas pensé à elle. Je l'imaginais en train de feuilleter un magazine, ou de chercher sa chouette, en jogging rose, et ma poitrine se serra.

J'accélérai, avec la peur soudaine de ne pas la trouver. Puis je ris de mon inquiétude. Les seuls déplacements de Kishi consistaient à rejoindre son lit depuis le fauteuil de son bureau, et vice versa, dans un long soupir exprimant son mépris pour l'effort, la supériorité d'un penseur nihiliste.

J'avais terriblement envie de la voir, même si je portais

désormais en moi un secret et une destinée nouvelle. Une pierre précieuse dans ma poche, lançant des éclats dans l'ombre, et que je caresserais tandis que Kishi me raconterait ses histoires, en direct de son univers exigu. Je me sentais plus forte que jamais, comme si je m'étais mariée en secret, ou que j'étais devenue immortelle.

Je la trouvai juste devant chez elle, en train d'observer la forêt à travers ses jumelles, avec un large tee-shirt qui descendait sur ses cuisses, un sac banane à la taille et des bottes en caoutchouc jaune. Le soleil tombait sur les arbres en colonnes dorées. Filtrée par les branchages, la lumière se diffractait en une infinité de rayons diaphanes.

Soudain, Kishi baissa ses jumelles, et leva le bras devant elle – elle portait encore son gant de chantier. Une forme traversa l'air à toute vitesse et fondit sur nous ; on aurait dit qu'on l'avait jetée du ciel. Je fermai les yeux et rentrai la tête dans mon cou ; quelque chose me frôla dans un bruissement d'étoffe.

Beyoncé vint se poser sur le gant de Kishi, battant des ailes avec élégance. On sentait que cet atterrissage, parfaitement maîtrisé, avait été répété un nombre incalculable de fois. La chouette sautilla sur le cuir, déplaçant ses serres avec précaution. Elle déploya ses ailes au-dessus du crâne de mon amie, faisant voleter une mèche de ses cheveux. Elle avait désormais la taille d'un petit enfant.

Immobile et superbe dans la clarté de la mi-journée, son tee-shirt trop grand évoquant la toge d'une vestale, Kishi se tourna vers moi. La tête de l'oiseau, toute proche, était aussi large que la sienne.

— Ah te voilà, toi !

Elle sortit de sa banane une chose molle et rose, et la jeta à la chouette qui l'avala, en secouant le bec avec un air féroce. Puis Kishi leva le bras, et Beyoncé, répondant à un signal secret, s'envola. Elle avançait par à-coups, ses ailes fendant le ciel à la façon de pagaies, puis se laissait dériver, une succession d'impulsions suivies de glissades. Le monde était silencieux, le temps ralenti, semblable à une longue expiration. Je la suivais du regard, fascinée. Elle progressait d'un mouvement gracieux qui enflait et désenflait à la façon d'une vague.

Enfin, l'oiseau disparut entre les arbres. Kishi frotta ses mains l'une contre l'autre, et ce fut un autre signal, relançant la course du temps.

— Tu l'as retrouvée, dis-je, émue.

— Elle est comme toi, répondit Kishi d'un ton neutre, en ôtant son gant. Elle disparaît pour aller faire ses trucs dans la forêt, et puis elle revient.

Je m'essuyai le front en baissant les yeux. *Est-ce qu'elle sait ?* chuchotait en moi une voix lointaine, coupable.

— Fais pas cette tête, reprit-elle. Je suis pas fâchée.

Je m'approchai et la serrai contre moi.

— Pardon, dis-je dans son cou.

Elle me repoussa doucement.

— Je suis contente de te voir.

Son regard était limpide, et je compris qu'elle ignorait tout. Nous étions désormais, que je le veuille ou non, séparées par une membrane invisible.

Kishi ôta ses bottes devant la porte d'entrée et enfila des chaussons à têtes de panda.

— Tu veux un chocolat froid ?

Elle plongea une paille dans son verre, la fit tournoyer en me racontant ses retrouvailles avec Beyoncé. Dépassant sa peur de retomber sur une créature-oiseau (à ces mots, je demeurai impassible), Kishi avait continué de la chercher dans la forêt, presque tous les jours, s'aventurant de plus en plus loin, poussant son cri de chouette rayée (espèce à laquelle appartenait Beyoncé, elle l'avait formellement identifiée), un cri qu'elle avait peaufiné en écoutant en boucle des enregistrements réalisés par des ornithologues aussi tarés qu'elle. Mais il n'y avait aucune réponse, dans les bois opaques, juste le bruit de sa respiration. Elle avait presque accepté l'idée de l'avoir perdue pour toujours, quand la chouette était réapparue, un matin, juchée sur le bord de la fenêtre. Elle était là, la tête enfoncée dans ses plumes gonflées, immobile et hautaine, indifférente aux remous du monde.

Depuis ce jour, Kishi et Beyoncé vivaient leur histoire d'amour dans une euphorie aveugle, jouant à cache-cache dans les bois, se débusquant au simple cri de l'une ou de l'autre.

— Et toi, t'as fait quoi ? me demanda-t-elle, après une pause rêveuse durant laquelle elle avait fixé le mur derrière moi, plongée dans le souvenir de son idylle.

— Pas grand-chose.

— Il paraît que tu travailles au Hollywood ?

Kishi se leva et se mit à remplir un sac à dos, y rangeant des céréales, du pain de mie et du jus d'orange.

— Je file un coup de main, de temps en temps, dis-je d'un ton désinvolte. Qui t'a raconté ça ?

Elle se tourna vers moi en refermant le sac.

— Je sais beaucoup de choses.

Elle remua la main, imitant le mouvement d'une aile.

— Les chouettes voient des choses que les autres ne voient pas.

Elle s'approcha si près que je pouvais sentir son haleine sucrée.

— Beyoncé me parle. C'est un messager de l'invisible. Je vois à travers ses yeux.

— Oui, bon, je retourne quelquefois au Hollywood. C'est pas non plus le scoop du siècle ! dis-je en haussant les épaules, tandis qu'une boule durcissait dans mon ventre.

— Ah non ? fit-elle en souriant.

À ses pieds, les pandas m'observaient, accusateurs.

— Tu veux bien m'accompagner dans la forêt ? demanda-t-elle soudain, après un instant de silence.

— Pour chercher Beyoncé ?

Elle replaça une mèche derrière ses oreilles, en faisant la moue.

— Attends-moi là, je vais enfiler un bas.

Elle s'éloigna en faisant monter et descendre son tee-shirt sur sa culotte en coton fleuri.

Kishi progressait entre les arbres d'un pas assuré, repoussant les branches du bras. Sur son épaule, le sac à dos rebondissait en cadence. Ses bottes, dans lesquelles elle avait rentré son pantalon de jogging, adhéraient au sol avec un bruit de succion.

Des effluves montaient de la terre, tapissant nos poumons à la façon d'un philtre. Le soleil traversait les feuillages, çà et là, éclairant le chemin et les troncs recouverts de lichen. Des moucherons tournoyaient autour de Kishi, telle une auréole vivante. Elle marchait, déterminée, s'enfonçant dans les bois de plus en plus denses. Sans ralentir, elle me demanda :

— Tu te souviens des arbres fantômes ?

— Encore un truc mystique ?

Elle s'arrêta net.

— Pourquoi t'es comme ça ?

— Comment, comme ça ? dis-je, surprise par son ton offensif.

— Le monde invisible existe, tu sais. Il faut juste être un peu humble.

Kishi se remit en marche sans me laisser le temps de répondre. Son dos était un reproche muet.

— Nan mais vas-y, explique-moi ! Je serai humble !

Elle me fit signe d'avancer, sans se retourner.

Nous marchâmes un temps infini. Les arbres se resserraient, jetant leurs ombres sur nous, rafraîchissant l'atmosphère. Les cris des oiseaux se faisaient plus rares, et plus lointains. Des grappes de champignons s'agglutinaient dans les racines, d'autres ressemblant à des seins surmontés d'un mamelon rose surgissaient dans les clairières, comme si nous traversions des champs de jeunes filles enterrées.

Kishi ne ralentissait pas. Elle semblait devenue quelqu'un d'autre, une athlète ou une adepte du survivalisme. Elle arrachait parfois une herbe sur le bord du chemin, pour la mâchouiller distraitement.

Je me souvenais des arbres fantômes. On disait qu'il existait une forêt invisible, constituée par la mémoire des arbres disparus. À leur mort, les spécimens les plus anciens, les plus majestueux, demeuraient vivants dans l'autre monde. Leurs racines continuaient de pousser, créant un réseau secret et sinueux qui s'étendait sous la surface de la terre à la façon d'un filet de cordes noires. Là où s'était dressé leur tronc s'ouvrait une faille dans l'espace et le temps, où l'on pouvait s'insinuer, comme par une trappe, et pénétrer le territoire des esprits. On pouvait aussi se tenir là, à la frontière entre le visible et l'invisible, et disparaître aux yeux de toute créature vivante. On disait encore que c'était par les portes des arbres fantômes que les esprits des morts s'introduisaient dans notre monde, sous une forme animale.

Kishi marchait toujours, sans faiblir. La forêt s'ouvrit sur un champ de trèfles, d'un vert si clair qu'il réfléchissait la lumière. Elle se dirigea vers un tronc couché, plus large que nos deux corps réunis, dont les branches épaisses se dressaient vers le ciel, formant une architecture complexe. Kishi jeta un regard par-dessus son épaule, m'adressa un sourire, puis se glissa dans l'entrelacs d'écorces et de feuillages. En un instant, elle disparut complètement : on aurait dit qu'elle avait été avalée par un nid. Je m'engouffrai à sa suite, enjambant l'écorce, avançant avec précaution entre les rameaux. Les branches étaient de plus en plus touffues, de plus en plus nombreuses, s'accrochant à mes cheveux, à mon tee-shirt. Le cylindre dans lequel je progressais devint si étroit que je fus plongée dans l'obscurité. J'avançai en tâtonnant, à quatre pattes, avant de revoir le jour, de l'autre côté.

Kishi était là, debout, la tête recouverte de brindilles. Elle fit un pas sur le côté : derrière elle se tenait Scott. Il avait le visage creusé, et les cheveux sales. Sa peau blême paraissait faite de papier. Il sortit un paquet de cigarettes de la poche de son jean.

— Qu'est-ce qu'elle fait là ? lui demanda-t-il d'une voix sèche.

— Tiens, c'est pour toi, dit-elle, en lui tendant le sac à dos.

Une cigarette coincée entre les lèvres, il attrapa le jus d'orange.

— Merci, Kishi, fit-il, radouci. T'es trop forte.

Ils s'échangèrent un regard. Je les fixais, stupéfaite, avec la sensation d'avoir manqué quelque chose.

Scott avait installé une sorte de campement : une couverture à carreaux, des draps roulés en boule, un sac de sport, des bouteilles vides formant une frontière dérisoire entre lui et la nature sauvage. Kishi et Scott se laissèrent tomber sur la couverture.

— Comment ça va ?

Il haussa les épaules. Elle s'appuya contre lui, posa une main consolatrice sur son bras. Il attrapa une mèche de ses cheveux, elle se dégagea en riant. J'allumai nerveusement une cigarette.

— Vous allez m'expliquer ce qui se passe ?

Kishi prétendait que c'était Beyoncé qui l'avait menée jusqu'ici. La chouette s'était enfoncée dans les bois et, perchée sur une branche haute, elle avait attendu que sa maîtresse la rejoigne, avant de s'envoler à nouveau, et de disparaître, toujours plus loin, vers le cœur de la forêt. Elle avait fini par se poser sur l'arbre mort du champ de trèfles et, alors que Kishi arrivait, essoufflée, Beyoncé s'était mise à pousser de longs cris rauques, en faisant pivoter sa tête.

C'est ainsi que Kishi avait trouvé Scott, en fuite depuis trois jours, pâle dans son blouson, essayant de rallumer des mégots calcinés, avec l'allure d'un type au bout du rouleau. Elle le trouva, et avec lui, sa mission sur cette terre ; elle avait la conviction que des forces supérieures – dont Beyoncé était la commissionnaire – l'avaient menée là où le monde tangible rencontrait l'autre, et qu'elle était désormais chargée, par ces forces supérieures, de prendre soin du fugitif. Depuis lors, elle venait presque tous les jours apporter à Scott des nouvelles et des paquets de céréales, qu'elle faisait passer de l'autre côté de l'arbre, telle une mule intrépide traversant la frontière, lestée de sa marchandise de contrebande. Le reste du temps, elle essayait de se renseigner sur l'avancée de l'enquête, mais il semblait que la police ne pensait qu'à retrouver Scott, aucun autre suspect n'étant envisagé.

J'écoutais Kishi, je sentais les yeux de Scott rivés sur moi, insistants. Je chassai du bout des doigts un taon qui se posait et se reposait sur ma cuisse.

— Moi, j'ai peut-être une piste, dis-je en rallumant une cigarette.

— Ah ouais ? grommela Scott.

Son ton était railleur et las à la fois. Kishi lui fit signe de se taire.

Je leur parlai du type au Hollywood, du bracelet.

Scott se redressa sur ses bras.

— Il ressemblait à quoi ?

— Il est grand, et assez gros. Avec des cheveux roux un peu longs dans le cou, répondis-je en accompagnant ma description de grands gestes.

J'ajoutai que j'étais allée voir l'inspecteur qui nous avait interrogés au lycée, qu'il n'en avait rien à foutre.

Scott me fixait et son visage semblait plus creusé, plus pâle encore, comme si mes mots le vidaient de son sang. Puis il se détourna, regarda un instant au loin. Kishi et moi respirions en silence ; le vent faisait bruisser les feuilles au-dessus de nos têtes. Brusquement, il me lança avec provocation :

— Tu sais que j'étais avec elle dans la forêt, ce soir-là ?

J'ouvris la bouche mais il ne me laissa pas le temps de répondre.

— Mais je ne lui ai rien fait. Jamais je ne lui aurais fait de mal.

J'eus l'impression qu'il allait se mettre à pleurer. Je ne le reconnaissais plus. On aurait dit qu'un garçon inconnu, sombre et fragile, s'était glissé à l'intérieur de sa peau. Kishi mâchouillait le coin d'une tranche de pain de mie ; sans lever les yeux, elle murmura :

— Arrête avec ça, Scott, tu ne pouvais rien faire.

Le ton de sa voix indiquait qu'ils avaient déjà eu cette conversation un certain nombre de fois, et j'eus à nouveau la sensation d'avoir manqué quelque chose, de rentrer d'un pays étranger sans savoir que j'y avais si longtemps vécu.

— J'aurais dû la protéger, dit-il en se grattant la tête nerveusement.

Kishi attrapa les doigts de Scott, les éloigna de son crâne.

— Elle voulait voir des animaux, précisa-t-il à mon intention. Je savais où trouver des renards.

Il n'y avait pas la moindre trace d'ironie dans sa voix.

— Tu voulais surtout lui rouler des pelles, fit Kishi, en époussetant les miettes sur son torse.

— Oh ta gueule !

Sa peau était luisante. Je me demandai s'il avait de la fièvre.

— Tout ce qu'on racontait sur elle, c'étaient des conneries, ajouta-t-il. C'était pas ce genre de fille.

— Je sais, répondit Kishi. On aurait tous dû l'aider.

Elle eut soudain l'air très triste.

— Qu'est-ce qui s'est passé ? demandai-je, fébrile.

Scott se remit à scruter le vide, en pressant ses mains l'une contre l'autre.

— J'en sais rien. On était assis, avec Lucy, contre cet arbre, près de l'exploitation forestière. On buvait des bières, on rigolait. Et puis d'un coup, quelque chose a explosé dans ma tête.

Il ouvrit sa main, dépliant ses doigts délicatement, mimant l'éclosion d'une fleur.

Scott était revenu à lui (*quelques secondes plus tard ? plusieurs heures ?*) avec une douleur aiguë, l'effet d'un éclat d'acier dans le crâne. Il était couché sur le côté. Il voyait des formes bouger, il lui semblait que tout se déroulait très lentement, ou qu'il n'était pas vraiment là, c'était presque un rêve.

— J'entendais ce bruit... On aurait dit un animal, un chien qui pleurait, dit-il en tendant le bras, comme si lui parvenait encore un gémissement fantôme, dont il indiquait la provenance, ou qu'il essayait de repousser vers le lointain.

— Je sais maintenant que c'était elle. Le pire, c'est de penser qu'on lui a fait ça là, juste à côté de moi.

— Il va le payer, dis-je. Je te le jure.

Il m'adressa un regard vide, en secouant la tête.

Cette nuit-là, Scott avait ensuite sombré dans un sommeil semblable à une traversée dans le brouillard. À son réveil, la forêt était baignée de lumière, les feuillages brillants de rosée, le monde venait de naître. Il était seul, avec cette douleur derrière la nuque, et un goût âcre, de boue ou de sang, dans la bouche. Autour de lui, tout était d'une beauté insoutenable. Et nulle part la moindre trace de Lucy.

— Il va le payer, répétai-je, mais Scott ne paraissait pas m'entendre.

Il ricana avec amertume.

— Et tu sais qui s'est pointé ? J'étais là, tout seul, appuyé contre cet arbre, à rien comprendre, et qu'est-ce que je vois ? Cet enfoiré de renard. Il est passé devant moi, tranquille.

Scott releva la tête vers moi, l'air sidéré.

— Je l'ai plus jamais revue. Elle était à côté de moi, nos jambes se touchaient. Et une seconde plus tard, c'était fini. Pffuit.

Kishi le prit maladroitement dans ses bras, et ils restèrent un instant immobiles, l'un contre l'autre. Leurs cheveux formaient une masse douce et noire. Puis elle l'embrassa sur le front, avant de se lever, en jetant le sac à dos sur son épaule.

— Bon, faut qu'on y aille.

Elle lançait autour d'elle des coups d'œil suspicieux, telle une professionnelle de la planque. Je fis un signe d'au revoir à Scott, qui leva mollement les doigts dans ma direction.

Alors que je suivais Kishi, qui avait déjà disparu dans le magma des branches de l'arbre mort, je sentis qu'on agrippait mon bras. Je me retournai, et Scott était là, si proche que je distinguais les gerçures de ses lèvres.

— T'as des nouvelles de Conrad ?

— Non.

Son regard s'alluma un instant.

— Tu le vois plus ?

Je secouai la tête.

— Et toi ? demandai-je, le cœur battant.

— C'est trop risqué. On s'est dit qu'on se retrouverait après, après tout ça, lança-t-il avec une sorte de morgue virile, comme si prononcer le nom de Conrad lui redonnait de la puissance, et la jalousie me déchira la poitrine.

— Si tu le vois…

Il s'interrompit. Sous la voûte des feuillages, sa voix résonnait d'une tonalité mystérieuse.

— Quoi ?

— Rien. Dis-lui que ça va.

Dans ses mots transparaissait une émotion, fragile. Il semblait sur le point d'ajouter quelque chose, mais se ravisa et lâcha mon bras. Il disparut presque aussitôt, laissant la place à un trou de lumière, qui, tandis que je m'éloignais, se rétrécit jusqu'à s'effacer, à la façon d'un œil qui se ferme.

Au retour, nous marchions en silence, slalomant entre les taillis, écoutant le vent qui gémissait doucement dans la canopée.

— Kishi ?

— Oui ? dit-elle sans se retourner.

— Toi aussi tu penses qu'il est parti avec une autre femme, mon père ?

Elle s'arrêta net. Son expression était impénétrable.

— Pourquoi tu me demandes ça ?

Mes yeux se mirent à brûler, et les contours du monde devinrent flous.

— Toi aussi, tu le penses ? Tout le monde raconte qu'il nous a abandonnées, ma mère et moi, qu'il a une nouvelle famille, c'est ça ?

Kishi me regarda un instant avec son visage de statue, puis, d'un coup, elle se jeta sur moi, avec beaucoup trop d'énergie, à la façon de quelqu'un qui veut vous protéger d'une attaque ou d'une voiture qui fonce droit sur vous. Je basculai vers l'arrière, mais elle me rattrapa et me serra contre elle. Je fondis en larmes.

— On s'en fout de ce que les gens racontent.

Elle chuchotait, si proche que ses lèvres frôlaient mon oreille.

— Ton père est là, quelque part, caché derrière un arbre fantôme. Avec le mien. Je le sais.

Elle inspira.

— Je sais beaucoup de choses.

Ces mots décuplèrent mes pleurs. Je me sentais désespérée et terriblement coupable, mais alors que j'aurais pu tout lui raconter – j'aurais allumé une cigarette, elle me l'aurait prise des doigts, et elle m'aurait écoutée attentivement en crapotant, comme elle le faisait dans les moments graves –, alors que j'aurais pu tout balancer, sur les filles, leurs actions, et me sentir moins seule, je n'ai rien dit. Je suis restée là, à me moucher dans son tee-shirt tandis qu'elle caressait mes cheveux ; je pleurais sans discontinuer, des torrents de larmes charriant un chagrin fossile, et un désir de vengeance si grand que rien, pas même le cœur de Kishi, n'aurait pu le contenir.

19

Quelque chose avait changé. C'était peut-être dû à ma rage, ou à ma fébrilité, ou simplement à mon maquillage – rouge laqué, paupières bleues, mascara allongeant mes cils telles des antennes –, mais ce soir-là, au Hollywood, le regard des hommes était différent. Je sentais le poids de leurs yeux sur moi, comme si j'étais une fleur luisante, démesurément ouverte. Je traversais la salle en sécrétant des messages chimiques qui me suivaient à la façon d'un voile, attaché à mes cheveux. Les conversations se mêlaient en ondes bourdonnantes, un grésillement qui sortait de la bouche des hommes, mais qui aurait pu tout aussi bien monter des tréfonds de la terre.

Derrière les vitres, le ciel était menaçant. Les voitures s'accumulaient sur le parking ; d'autres s'approchaient à faible allure, leurs phares braqués dans la nuit.

Ehawee m'avait accueillie en haussant les sourcils.

— Wow, le make-up.

Je la poussai de l'épaule pour passer derrière le bar.

— Qu'est-ce que t'as ? fit-elle.

— Tu l'as vu ?

Je désignai du menton le fond de la salle : attablé, les jambes écartées, le roux de l'exploitation forestière dessinait des cercles dans l'air, mimant des cibles, ou une paire de seins. En face de lui, renversé dans sa chaise, un grand blond lui souriait.

Puis notre vue fut obstruée par des hommes accoudés au comptoir. Ehawee s'éloigna pour attraper une bouteille sur l'étagère, je la suivis.

— Quand est-ce qu'on va faire quelque chose ?

Elle repartit en ondulant dans l'autre sens, sans répondre, versa un liquide bleu-vert dans un verre, auquel elle ajouta de la vodka et un sirop visqueux, qui ressemblait à du sperme.

— Il peut pas s'en sortir comme ça.

Son tee-shirt évasé tombait, dévoilant son épaule ; elle le remit en place. La bretelle du soutien-gorge avait laissé une marque rouge sur sa peau.

— Je pense à Lucy, à ce qu'il lui a fait, ça me rend dingue, dis-je en attrapant un quartier de citron, que je me mis à mordiller. Et je pense à Scott.

Un jeune type en jean troué me dévisagea en passant sa langue sur ses lèvres. Une chaîne, chargée de clés et d'objets en acier, brillait à sa ceinture.

— On en parle plus tard, O.K. ?

Le type me fit signe d'approcher et, sans réfléchir, je lui fis un doigt d'honneur. J'attrapai une bière ouverte sur le comptoir, tournai le dos à la salle, et bus au goulot.

Eli apparut. Elle sortit du frigidaire des bouteilles qu'elle colla contre sa poitrine, entre ses bras croisés. Elle s'avança, j'étais sur son chemin mais je ne bougeai pas.

— Tu me laisses passer, s'il te plaît ? Et puis pose cette bière.

Je la vidai d'un trait, faisant mine de n'avoir pas entendu.

— Qu'est-ce qui se passe, Nita ?

— Je supporte pas de le voir là. Je ne peux pas.

Eli hocha la tête, les lèvres pincées – je me demandais si elle comprenait, ou si elle cherchait juste à dissimuler son agacement. Au même moment, quelqu'un m'agrippa les cheveux, les tira vers l'arrière.

— Pour qui tu te prends ? me dit le type en jean troué, en s'approchant tout près de mon visage.

— On se calme, fit Eli avec douceur.

Elle dégagea délicatement les mèches d'entre ses doigts, comme si elles s'étaient emmêlées dans un grillage, ou une roue de vélo.

— Elle se prend pour qui, ta copine ? répéta-t-il.

Eli lui adressa un sourire paisible, tout en décapsulant une bière, puis déposa la bouteille devant lui.

— Elle est désolée. Elle s'excuse.

Eli se tourna vers moi.

— N'est-ce pas, Nita ?

Je l'observai un instant sans rien dire, avant d'acquiescer – un mouvement infime, à peine un souffle. Je me penchai au-dessus de l'évier, le visage en feu.

— Nita, tu dois te maîtriser, chuchota Eli. Tu nous mets en danger, tu comprends ?

Sa voix était toujours aussi douce, mais je crus y percevoir de l'exaspération, peut-être de la déception. Je sentis le chagrin me submerger. Retenant mes larmes, je me dégageai et traversai la salle sans jeter un seul regard autour de moi.

Dans les toilettes, le miroir sale me renvoya l'image d'une petite fille furieuse et trop maquillée. Le bleu de mes yeux avait coulé, et mon reflet décomposé semblait venu d'un monde brumeux, caché derrière le mur.

Je frappai le lavabo du plat de la main. *Pauvre conne*, dis-je à haute voix.

La porte s'ouvrit dans mon dos, et quelqu'un entra, s'immobilisant presque aussitôt, juste derrière moi. Je me déplaçai un peu, de manière à le voir dans la glace. Le robinet gouttait, avec un léger écho. Dans l'ombre, un garçon me fixait. Il passa une main sur son crâne, rasé sur les côtés. Sa boucle d'oreille brillait.

— Conrad !

Je sentis mon cœur battre contre mes côtes.

— Qu'est-ce que tu fais là ?

— Non, la bonne question, c'est : *toi*, qu'est-ce que tu fais là ? répondit-il en souriant.

— T'as changé de coiffure ?

— Et toi, de style, fit-il, narquois, en s'approchant encore. Je voulais te voir.

— Tu avais disparu, dis-je, faiblement.

— *Toi*, tu avais disparu.

Je reculai et m'appuyai contre le lavabo. Je me souvenais du sentiment de perte, semblable à une chute dans le vide, ou même à la mort, le jour où il était entré dans les toilettes du lycée et avait plaqué ses lèvres dans mon cou. Il avait tout aspiré, mon sang, mon corps, les murs carrelés, l'univers entier.

— J'étais assez facile à localiser, dis-je en me redressant.

— Sérieusement, qu'est-ce que tu fous dans cet endroit ?

À ce moment-là, un homme entra, et la porte projeta Conrad vers l'avant. Ses bras vinrent s'écraser sur mes seins. Au-dessus de l'épaule de Conrad, je vis passer un type avec une casquette où l'on pouvait lire FUCK YEAH.

— Non mais qu'est-ce qui t'arrive ? demanda-t-il, presque en chuchotant.

— Qu'est-ce que ça peut te foutre ?

— Tu es très agressive, rétorqua-t-il avec douceur.

Sans un mot, je lui donnai un léger coup d'épaule, et sortis des toilettes. Je traversai la salle, sans respirer, jusqu'à l'entrée du bar, et m'engouffrai dans la nuit.

L'air était moite. Sur le parking, les voitures ressemblaient à de gros animaux endormis. Je m'adossai au mur en soufflant. À cet instant, Conrad apparut dans l'encadrement de la porte ; je reculai dans la pénombre, mais il fonça droit sur moi.

— Tu vas me dire ce qui se passe ? fit-il en sortant un paquet de cigarettes.

Je haussai les épaules. Il tapota le paquet sur le dos de sa main, et m'en tendit une. Il fit craquer une allumette. La flamme chauffa mon visage.

— C'est quoi ce nouveau genre ? demanda-t-il en m'observant des pieds à la tête.

— Tu m'as rapporté mon soutien-gorge ? demandai-je d'un ton aigre, en soufflant une volute sophistiquée.

— Je crois qu'Awan l'a enterré dans la forêt, répondit-il en ricanant. Sous un autel à ta gloire.

Je levai les yeux au ciel. J'imaginais un temple miniature, fait de cailloux et de coquillages, blanc et tarabiscoté.

— J'ai vu Scott, tu sais. Dans la forêt.

Il sembla stupéfait.

— C'est Kishi qui m'a emmenée.

Il s'adossa à la paroi, en rejetant la tête en arrière.

— Comment il va ?

— Ça va. Elle lui apporte de la nourriture presque tous les jours. Elle est très douée en trafic : imagine une mule qui traverse les frontières avec un petit air innocent et des corn flakes dans son sac à dos.

Conrad rit, mais sa voix était faible, étranglée.

— Tu as eu des problèmes avec les flics, toi ? demandai-je, radoucie.

— Ce type, l'inspecteur Lipszyc, il m'a déjà convoqué deux fois. Ils me tournent autour. S'ils n'attrapent pas Scott, je sais que ce sera moi.

— Et Awan ?

Il secoua la tête.

— Ça fait un moment que je ne l'ai pas vu, il flippe à cause de cette histoire. Je sais que les flics l'ont emmerdé, lui aussi. On m'a dit qu'il bougeait plus de chez lui.

Nous replongeâmes dans le silence. Une odeur de vase montait du sol, comme si le cœur d'une rivière battait là, juste sous le bitume. Je lançai un coup d'œil à Conrad : la nuit avait posé un halo rose autour de lui. Sa chemisette collée à son torse, ses mains dans les poches, ses baskets blanches.

— Il va pleuvoir, murmurai-je.

— Tu m'emmèneras voir Scott ?

Je sentis le pincement de la jalousie.

— Bien sûr.

— Vendredi soir ? fit-il, les yeux perdus dans le vague, et on avait l'impression qu'il se parlait à lui-même.

— O.K., vendredi soir.

— Faut que je lui dise.

— Que tu lui dises quoi ?

Conrad balaya la question d'un geste, la repoussant dans le lointain.

— Allez, on bouge, Cœur-de-Glace ! enchaîna-t-il.

Il trottina sur place, à reculons, et me prit par la main. Mon souffle s'accéléra. Une pluie fine se mit à tomber, dans un chuchotement argenté. Derrière nous, le Hollywood se dilua dans l'obscurité.

Conrad m'entraîna vers l'avant, me fit traverser l'autoroute. Sous nos pieds, elle brillait comme une feuille d'aluminium. Puis nous entrâmes dans les bois, où l'air était chargé de parfums de pin, de mousse, de fleurs délicates défroissant leurs pétales dans l'ombre, mais aussi de quelque chose de mort, une odeur d'algues pourrissantes. Des rameaux griffaient ma peau. J'entendais la respiration de Conrad, et, au loin, le murmure de la pluie. Il ne lâchait pas ma main. Il me tenait aussi par un fil invisible, une épingle arrimée à mon cœur, cousue d'un long ruban qui filait entre ses doigts, et sur lequel il tirait, par intermittence, sans même s'en apercevoir.

Nous émergeâmes sur une plaine, tapissée de fougères resserrées les unes contre les autres à la façon d'une immense couverture brodée. Conrad dévala la pente, en me traînant derrière lui, et je faillis m'étaler de tout mon long. Je pédalai un instant dans le vide, seulement reliée au monde par son bras qui me tenait avec fermeté. Dans cet instant d'apesanteur, il se mit à neiger des flocons phosphorescents. Tout autour de moi voletaient de minuscules étoiles. Portées par le vent, elles dessinaient des courbes gracieuses, mouchetant l'obscurité de particules d'or. Il me sembla que mon âme s'était échappée de moi pour diffuser sa pâle lueur céleste.

Je finis par sentir le sol, il se répercuta dans mes os. Conrad, immobile, me tenait toujours. Des points lumineux surgissaient entre les arbres, suspendus aux branches, aussi fugaces qu'une idée, aussitôt disparue. Peu à peu, ils parurent se synchroniser, dessinant des constellations éphémères, et ce fut comme un chant silencieux, des mots inscrits dans la nuit, une mystérieuse langue codée.

Conrad se laissa tomber sur le sol, m'entraînant avec lui.

— C'est des lucioles, dit-il. Les mâles volent, les femelles restent sur les feuilles, sans bouger.

Je serrai mes genoux entre mes bras. Pendant quelques minutes, la forêt continua de s'allumer et de s'éteindre devant nos yeux. Puis, d'un seul coup, elle replongea dans le noir. Quelques points lumineux égarés voltigèrent un instant encore autour de nous, et tout fut terminé.

— Waouh, dis-je, en étirant les bras.

Conrad me sourit, et je vis son regard descendre sur mes cuisses. Je baissai la tête : j'étais couverte de boue et de griffures. Je me mis à frotter mes jambes, embarrassée, mais il s'était déjà détourné.

— Je vais partir, dit-il.

Je sentis mon cœur se recroqueviller.

— Comment ça, partir ?

— Je vais vivre chez mon oncle. Là-bas, le lycée a une équipe d'athlétisme, ils ont un bon niveau. Ils sont prêts à me prendre.

— Où ça, là-bas ?

— La capitale.

— Tu ne vas pas faire ça, protestai-je, d'une voix faible.

Il haussa les épaules.

— Pourquoi pas ?

— Et Scott ?

— Il fera pareil, quand ce sera fini.

— Quand ce sera fini ? répétai-je, fielleusement. Tu penses que ces choses se finissent toutes seules ?

— Qu'est-ce qu'on y peut, de toute façon ?

Il se tourna vers moi, vibrant de colère.

— Tu sais ce que ça fait, d'avoir les flics derrière toi en permanence ? Quoi que tu dises, quoi que tu fasses, t'es coupable. Ils ont décidé une fois pour toutes que t'étais une merde, un loser. Que le monde irait beaucoup mieux sans toi.

— Alors quoi, on laisse tomber ? Le monde est injuste et violent, et on attend juste que « ça soit fini » ?

— Ben non, j'attends pas, justement.

Conrad alluma une cigarette en fermant les yeux, et ses longs cils se rejoignirent.

— Un jour, les esprits se réveilleront, ils reprendront nos terres, et la forêt recouvrira tout. Elle reviendra, elle sera là après nous. Mais le rythme des esprits n'est pas le nôtre. Et moi, je ne peux pas rester là, je vais devenir dingue.

Le regard de Conrad était perdu à l'horizon.

— J'ai une théorie. Ça t'intéresse ? demanda-t-il sur un ton plein d'ironie, comme si on savait bien où menaient les théories.

Une toile d'araignée brillait au-dessus de ses cheveux, elle semblait faite d'eau et de lumière.

— Pour la plupart des Blancs, notre existence est insupportable. Nous sommes leur miroir, ils ne peuvent pas nous regarder. Cela voudrait dire regarder en face les atrocités qu'ils ont commises, ils s'autodétruiraient.

Je l'observais, troublée. Jamais je ne l'avais entendu prononcer autant de mots.

— Ça fait des siècles et des siècles que leurs crimes s'accumulent. Ils circulent dans leurs gènes, en passagers clandestins, et ils ne le savent même pas. Par une espèce de mécanisme tordu, ou simplement pour qu'ils puissent continuer à vivre, à s'enrichir, et à dormir tranquilles, nous sommes devenus la faute, le crime lui-même. Si on disparaît, la faute disparaîtra. Ils veulent nous anéantir, tu comprends ?

J'étais envahie d'un flot d'émotions où se mêlaient la

tristesse, la rage et le désir. Sa nouvelle coupe de cheveux dessinait les angles de son visage, lui donnant l'air dur, mais la peau au-dessus de ses oreilles paraissait terriblement vulnérable. Je me retenais d'y passer le doigt.

— Je peux plus supporter les tronçonneuses. Je les entends tout le temps, même quand elles s'arrêtent, même la nuit. Je suis en train de devenir taré.

Dans l'échancrure de sa chemise luisait sa fine chaîne en métal doré. Sans même m'en apercevoir, dans un mouvement imperceptible, je me penchai vers lui, progressant très lentement, aimantée par son parfum, un mélange de lessive et de sueur, les effluves d'une virilité provenant de recoins secrets de son anatomie.

Je m'étais tant approchée que son visage apparut, immense, quasiment collé au mien. Je lus la surprise dans son regard, ce qui me plongea dans la panique, mais je poursuivis mon avancée, impassible. Pour terminer ce que mon corps semblait avoir décidé par lui-même, je baissai les paupières, et posai mes lèvres sur les siennes.

Il émit un long soupir. Je m'abandonnai encore un peu plus, me laissant glisser contre son torse. Ses bras m'enserrèrent, et, doucement, nous basculâmes sur le sol. Les fougères se recourbèrent, suivant le mouvement de nos corps, se refermant sur nous à la façon d'un nid.

J'observais Conrad, allongé sur moi. Les poils noirs au-dessus de sa lèvre. Ses cils, aussi longs que ceux d'une fille. Sa boucle d'oreille, et la peau tout autour qui paraissait enflammée. Les boutons de sa chemise appuyaient sur mon cœur, proche de l'affolement. Derrière lui, les frondaisons se découpaient dans la nuit, filtrant la lumière de la lune.

La pluie avait cessé, mais un parfum de rosée s'élevait du sol, me donnant l'impression de dériver sur un étang. Ses mains effleuraient mon ventre, sous mon tee-shirt, et je me pressais contre lui sans même en avoir conscience. Il posa ses paumes sur mes seins, avec une douceur qui me coupa le souffle. Conrad me recouvrit comme un couvercle. Je tournai la tête : mes bras reposaient le long de mon corps, inertes. Je sentais son poids sur mon bassin, et son jean qui frottait contre mon short. C'était une pulsation, une vague, j'étais une plage sur laquelle déferlait une marée. Son collier se balançait au-dessus de sa poitrine. J'avais toujours aimé le contraste entre la finesse de la chaîne et la largeur de son torse, on aurait dit qu'il portait un bijou d'enfant, une babiole qu'on pouvait arracher en tirant un peu trop fort, et c'est exactement ce que j'étais alors : un objet qu'on pouvait briser rien qu'en jouant avec, par inattention.

Conrad avait retrouvé son assurance, et avec elle toute sa puissance, ses mouvements souples et dangereux à la fois, cette façon qu'il avait de vous attraper sans que vous sachiez si c'était pour vous jeter à terre ou vous chuchoter un secret. Il bougeait sur moi, son souffle devint rauque, et j'eus la sensation que ces mouvements et ce souffle étaient ceux des garçons depuis la naissance du monde. Il me sembla que le sol s'ouvrait sous moi, et que les racines de la forêt, emmêlées, sans fin, commençaient à bouger, se nouant et se dénouant, se coulant les unes sous les autres telles des murènes. Elles remontaient jusqu'à moi et m'enserraient de leurs bras innombrables, se faufilant sous mon tee-shirt, le retirant, rampant le long de mes jambes, descendant la fermeture éclair de mon short, le faisant glisser vers le bas. Les arbres se rapprochaient, leurs branches, de plus en plus lourdes, se courbaient au-dessus de moi. Conrad gardait les yeux fermés, la peau de ses paupières était sombre. Je sentis qu'on tirait sur ma culotte. Des images incongrues me traversaient l'esprit. Ma mère devant un miroir, passant du rouge à lèvres sur sa bouche en O. Un maillot de bain abandonné sur une chaise. Des boules de pollen vaporeuses, voyageant dans le vent.

Je ne respirais plus, j'avais atteint un autre état ; je flottais dans les limbes, entre l'avant et l'après. Mon cœur battait à un rythme aussi lent que celui de la création de la terre, les mouvements d'un glacier, l'érosion d'une montagne. Conrad se redressa pour déboutonner son jean. Ses yeux étaient opaques. Il me sourit, mais son sourire ressemblait à une grimace. Je me répétais « c'est en train d'arriver », mais tout était insaisissable, prévisible autant qu'inattendu, brûlant et glacé.

Il y avait cette chose, un muscle, un animal nerveux, qui se pressait contre mon bas-ventre, cherchant la lutte, ou un terrier. Mon bassin se levait, pour le repousser ou l'encourager, je n'aurais su dire. J'étais désormais de l'énergie pure, appelée à se fondre dans une énergie plus vaste encore, une comète fonçant dans le cosmos, happée par le champ magnétique d'un trou noir.

Je laissai ma main descendre, pour appréhender cette bête qui bougeait là, dans l'ombre, frottant ma peau jusqu'à l'irritation. Je l'effleurai timidement, et à cet instant même quelque chose se relâcha. La force s'échappait entre mes doigts, j'avais rompu un charme : ce que j'effleurais évoquait désormais la chair d'un coquillage, épaisse et dénuée de tonicité.

Conrad remua en grognant, donnant des coups de reins, *comme on essaie de redémarrer une voiture*, me dis-je, avec l'impression que la force vitale me quittait à mon tour, qu'on me vidait de mon sang. Je retirai ma main le plus délicatement possible, mais cela ne fit qu'accroître la contrariété de Conrad, qui mordit mon cou en poussant un râle, ou peut-être espérait-il juste dissimuler ce qui se passait au niveau inférieur en surjouant l'enthousiasme. Il fit onduler ses hanches, on aurait dit qu'il était secoué de spasmes, tandis que je demeurais immobile. Toute mon attention était absorbée par la chose dénuée de vie que nous maintenions prisonnière entre nos deux bassins, à la façon d'une dépouille dans son sarcophage.

Après un combat solitaire qui me parut interminable, Conrad finit par rouler sur le côté, dans un soupir qui résonna dans le silence, comme un reproche. J'étais tétanisée, sur le dos et à moitié nue, je respirais sans faire de bruit. Sans vraiment savoir ce que je cherchais, je baissai la tête : s'échappant du jean déboutonné de Conrad, un morceau de chair pâle reposait là, atrocement relâché.

Conrad ouvrit les yeux à cet instant même.

— Je suis désolée.

Il rajusta son jean sans me répondre, sauta sur ses pieds, remit les pans de sa chemise à l'intérieur de son pantalon.

J'enfilai mon tee-shirt, implorant en silence son pardon pour la faute, insaisissable et terrible, que j'avais commise.

— J'ai fait un truc qu'il fallait pas ? lançai-je, en retenant mon souffle.

Son regard se posa sur moi un instant, puis se perdit dans le lointain.

— Faut que j'y aille, dit-il, d'une voix atone.

Une bouffée de colère, ou de désespoir, m'envahit.

— T'as rendez-vous ? ricanai-je.

Il me dévisagea. Je pouvais sentir la tension que dégageait son corps.

— C'est ça, ouais, j'ai rendez-vous, répondit-il, consterné. Laisse tomber.

Une décharge remonta le long de ma colonne vertébrale, à toute vitesse.

— T'inquiète, je vais laisser tomber, oui.

Je me mis debout, remontai mon short d'un coup sec, époussetai mes fesses, avec de grands gestes. Il ne bougea pas. La honte se déversait sur moi, recouvrant tout, une flaque noire et poisseuse à la surface d'un lac. Je cherchais son regard mais il continuait de fixer la nuit au loin, son beau visage aussi inexpressif qu'un masque mortuaire.

Il se mit en marche, ses pieds adhéraient au sol qui semblait désormais spongieux, comme si la forêt accompagnait la débâcle générale, que la magie avait quitté toute chose en ce monde. Il s'arrêta, parut hésiter, puis, alors que je reprenais espoir, il se retourna et lança d'une voix plate :

— T'es pareille que les autres. J'ai jamais le droit à l'erreur. Tu comprends rien, tu penses qu'à toi.

J'ouvris la bouche, incapable de prononcer un mot, tandis qu'il s'éloignait déjà. Mon sang battait dans ma tête. Je le vis disparaître dans l'obscurité, chancelante.

Je finis par me mettre en route à mon tour. Mes larmes laissaient des traînées d'eau sale sur le dos de mes mains. Je progressais sans avoir la moindre idée de la direction que j'empruntais. Je rebroussais chemin, ou je m'enfonçais dans les bois, je m'en foutais complètement. Mes baskets faisaient un bruit de ventouse, un drap mouillé, un cœur qu'on arrache. L'odeur des cèdres et des pins se posait tel un baume sur ma poitrine brûlante.

Je suivis ce qui ressemblait à un sentier : la nuit était si pâle qu'il se dessinait à mes pieds, ouvrant une voie entre les arbres.

Au bout d'un moment, j'aperçus des lumières dans le lointain, des faisceaux orangés. La nuit s'éclaircit encore, j'émergeai sur la route. L'immensité du ciel tomba sur moi. J'avais la sensation qu'on avait ôté mon manteau de feuilles, dévoilant ma peau, et la plaie juste en dessous. C'était comme sortir brutalement d'un rêve.

Les phares d'une voiture apparurent. Aveuglée, je plissai les yeux en croisant les bras ; j'étais nauséeuse, hébétée, aussi vulnérable que si je me promenais entièrement nue.

La voiture freina, presque sans bruit, s'arrêtant juste à mon niveau. La portière s'ouvrit, et je vis le conducteur, incliné sur le siège passager, qui tendait la tête vers moi.

— Monte.

Je m'approchai et reconnus l'inspecteur Lipszyc. Son visage paraissait contrarié dans la pénombre.

Je montai, docile. Une odeur écœurante de friture et de cendre planait dans l'habitacle. Un papier gras froissé reposait à ses pieds.

— Qu'est-ce que tu fais dehors à cette heure ?

Je scrutais la route, la lumière rassurante des phares, loin devant.

— J'étais avec une copine.

— Avec une copine. Au milieu de la nuit dans la forêt.

Je sentis qu'il m'examinait.

— Tu me prends pour un con ? demanda-t-il d'une voix neutre.

Je ne répondis rien. Les mains de l'inspecteur Lipszyc glissaient sur le volant. Du coin de l'œil, je remarquai les poils, longs et sombres, sur ses phalanges.

— Je te dépose chez toi ?

— D'accord, merci.

Je levai le regard vers lui.

— Vous savez où j'habite ?

— Tu habites du côté de la caserne de pompiers, là où vit la petite Lucy.

Il s'arc-bouta légèrement pour sortir un mouchoir en papier chiffonné de sa poche, et le déposa entre nous. Ses doigts effleurèrent mes cuisses. Ils restèrent là, un peu trop longtemps. Je crus sentir ses poils frôler ma peau.

— Essuie-toi le visage.

Je baissai le pare-soleil. Couverte de traînées noires, je passai lentement le mouchoir sur mes yeux.

— Bon Dieu, à quoi tu joues ? Tu sais ce qui arrive aux filles, ici. Tu veux finir comme ta copine Lucy ?

— Si la police cherchait les vrais coupables, déjà, ça aiderait, sifflai-je.

Il tourna la tête. Il me sembla qu'il souriait.

— Oh si, on cherche.

Je remontai le pare-soleil en le faisant claquer, et un instant j'eus l'impression d'être le genre de fille, nerveuse, qui se remaquille les lèvres à une fréquence déraisonnable.

— Ah oui, et comment ça se passe ? Parce que ça m'intéresse, vos méthodes. Je sais ce qu'il a fait, moi, votre collègue, celui qui a fini par se faire attaquer par un ours.

L'inspecteur Lipszyc me jeta un coup d'œil de biais.

— Qu'est-ce que tu insinues ?

Je me redressai, tendue, et fis mine d'observer le paysage.

— C'est pratique, hein : on fait des trucs aux filles, on s'amuse un peu, et ensuite, on accuse les garçons du coin d'être les coupables. Qui les écoutera de toute façon ?

— Ne confonds pas tout.

Je perçus son agacement, la dureté sous son air flegmatique. Je poursuivis, en fixant mes mains, posées sur mes cuisses.

— Des filles se font violer. Des filles disparaissent. C'est comme ça. Tout le monde s'en fout.

— Non, tout le monde ne s'en fout pas. Mais le monde est violent. Le monde est injuste, c'est vrai.

— Il est plus injuste pour certains que pour d'autres, on dirait.

Je me sentais lasse. Je prononçais des mots sur un ton

virulent, révolté, mais c'était comme jouer une scène de théâtre, dire des phrases que j'aurais répétées des dizaines et des dizaines de fois, sans qu'elles signifient plus rien.

— Scott est innocent.

Il posa sa main sur mon genou.

— Calme-toi, fillette.

Sa voix me parut plus rauque, soudain. Je plaquai mon dos contre le siège, cherchant à y disparaître. L'inspecteur Lipszyc reposa sa main sur le volant. À travers le pare-brise, la route s'étendait, déserte. Le ciel indigo semblait prêt à nous engloutir.

— Tu sais quelle est la chose fondamentale que j'ai comprise, après toutes ces années dans la police ?

Je secouai la tête.

— La justice, la loi, tout ce cirque, ça ne sert pas à grand-chose. Je ne te parle même pas des types qui s'en sortent, des crimes jamais résolus, et pourtant il y en a un paquet. Non, le pire, c'est quand tu attrapes le coupable, et que, bizarrement, ça ne va pas mieux. Enfin, tu te sens un peu mieux, au début, mais ça ne dure pas. Au bout d'un moment, t'es obligé de voir les choses en face : rien ne répare le mal. Rien. Parce que rien n'est à sa hauteur, tu comprends ? La vérité, c'est que le monde est un putain d'endroit insensé, et croire que tu y peux quelque chose, c'est à peu près aussi con que de croire que tu es Dieu tout-puissant.

La caserne des pompiers apparut à l'horizon, derrière un virage. Elle surplombait le paysage, sous les étoiles disparates.

— Ouais, ça vous arrange bien de penser ça.

La voiture ralentit. Les mouvements de l'inspecteur étaient si souples qu'on aurait dit qu'elle fonctionnait toute seule. Il monta sur le bas-côté, coupa le moteur. Il me dévisagea si longuement que je sentis ma gorge se contracter. Je me demandais s'il portait une arme.

— Rien ne m'arrange, tu peux me croire.

Il posa son bras sur le dossier de mon siège, ses poils me chatouillaient, sans même qu'il me touche. Sous la lumière du plafonnier, ses traits creusés semblaient appartenir à quelqu'un d'autre, quelqu'un que je n'avais jamais vu.

— Il faut trouver le moyen de vivre avec ça. C'est notre seule mission, à chacun de nous sur cette terre.

Il se pencha encore, j'ouvris la portière brusquement. Je me précipitai à l'extérieur avec une agilité qui me surprit moi-même, tandis que sa main balayait l'air pour me faire signe, ou m'attraper. Je fis claquer la porte, et courus sans me retourner.

20

Le lendemain, j'avais appelé Kishi, pour lui demander de m'accompagner chez Lucy. Elle avait accepté d'un ton impassible, tel un agent dormant à qui l'on chuchote un nom de code. Elle m'avait rejointe au bord de la route, en traînant les pieds, le front ceint d'un bandeau en éponge qui lui donnait l'allure d'une joueuse de tennis au bout du rouleau.

— Ça va ? demandai-je.

Elle soupira.

— Fait trop chaud.

— Allez, dis-je en la tirant par la main, tandis qu'elle poussait un râle, mimant l'agonie.

— Je suis une créature de l'ombre, proféra-t-elle d'une voix gutturale, en remontant son tee-shirt sur sa tête, révélant la peau dodue de son ventre.

Un peu plus haut, la caserne des pompiers se découpait dans le ciel pâle. On entendait des claquements, des décharges d'électricité statique, près des lignes à haute tension.

— Je pouvais pas y aller toute seule. C'était au-dessus de mes forces.

Kishi se remit en marche.

— Je suis là, souffla-t-elle.

Lucy était installée sur une chaise longue, au milieu des cailloux. Nous aperçûmes, de loin, sa silhouette blanche, et nos cœurs s'emballèrent. C'était comme sortir en pleine lumière un objet fait pour l'ombre, exposer un nouveau-né, une femme seins nus sur une esplanade en béton.

Elle portait son tee-shirt GOD IS LOVE et des lunettes noires. Nous nous plantâmes devant elle : elle semblait plongée dans la contemplation du néant.

— Salut, Lucy ! lança Kishi, faussement enjouée. C'est Kishi et Nita, ajouta-t-elle, à la façon de quelqu'un qui s'adresse à un aveugle.

Lucy ôta ses lunettes de soleil, et se frotta énergiquement les paupières. Elle avait l'air d'une enfant ensommeillée, ou polie, qui dissimule sa contrariété d'avoir été sortie de sa rêverie. Kishi déposa un baiser sur ses cheveux – ce qui n'entraîna aucune réaction – avant de s'asseoir à ses pieds.

— Je suis contente de te voir, dit-elle en lui adressant un sourire radieux.

Elle paraissait si sincère que mon cœur se serra. Kishi se mit à caresser la main de Lucy. Je réalisai qu'elle était aussi étrangère à nos yeux que nous devions l'être aux siens. Tout en elle était mystérieux. Ses cheveux avaient poussé, ils tombaient jusque sous ses seins, avec leurs pointes fourchues décolorées. Ses pieds nus, sur les cailloux, révélaient des ongles pâles, trop longs. Je ne pouvais détacher le regard de ses pieds, qu'elle frottait l'un contre l'autre ; on aurait dit que ses émotions étaient concentrées dans ses extrémités.

— On a vu Scott, fit Kishi, en levant la tête.

Lucy posa sur elle un regard dénué d'expression. Son front était plissé ; peut-être Kishi lui rappelait-elle quelqu'un qu'elle avait connu autrefois, ou qu'elle essayait d'attraper une chose, perdue depuis longtemps, qui voyageait à l'intérieur d'elle-même.

— Il ne t'a pas fait de mal, tu le sais, hein ? ajouta Kishi.

J'avalai ma salive, j'avais l'impression d'avoir du gravier dans la gorge. Lucy leva une main, et se mit à tirer délicatement sur le bandeau en éponge.

— Il ne peut pas venir te voir, mais s'il le pouvait, il viendrait. Je sais qu'il voudrait être là, avec toi.

Kishi parlait avec une douceur déchirante à Lucy, dont la main demeura un instant suspendue, avant de venir se poser sur sa joue. Ce fut une caresse furtive, aérienne, qui nous coupa le souffle et nous transforma en statues. Aussitôt après, Lucy était à nouveau enfoncée dans sa chaise longue, tripotant ses lunettes noires.

Nous restâmes ensuite silencieuses, perdues dans nos pensées. La chaleur faisait vibrer le ciel au-dessus de nos têtes, ou peut-être étaient-ce nos pensées qui se rejoignaient dans les airs, et que des répliques de nous-mêmes, pures et immatérielles, conversaient entre elles, que nos moi évanescents se comprenaient.

Soudain, Lucy se redressa, et commença à marmonner. Elle parlait vite, prononçant des mots incompréhensibles, puis, peu à peu, se mit à articuler des phrases distinctes, insensées :

— Tu les rendras tels qu'une fournaise ardente.

Elle frottait toujours ses pieds l'un contre l'autre.

— Le jour où tu te montreras, l'Éternel les anéantira dans sa colère. Et le feu les dévorera.

Kishi leva un sourcil en me regardant. Lucy pencha la tête sur le côté, et pointa l'index vers moi :

— Voici le feu et le bois, mais où est l'agneau pour l'holocauste ?

Kishi attrapa le doigt de Lucy.

— T'inquiète pas, on le trouvera l'agneau pour l'holocauste.

Kishi haussa les épaules en m'adressant une grimace comique. Elle luttait manifestement pour se contenir, sans lâcher le doigt de Lucy, alors quelque chose céda en moi, et je me mis à rire. Lucy nous examina l'une après l'autre puis, d'un coup, elle attrapa la main de Kishi et, avec une autorité qui coupa net mon hilarité, la tira vers elle.

Elle pointa à nouveau sur moi son index accusateur.

— Je suis l'agneau ! Elle est le feu et le bois !

Sa voix était différente, profonde et solennelle, comme si une jeune fille morte avait pris possession de son corps.

— Tiens-la éloignée des bêtes ! Les flammes de leur colère sont celles de la destruction !

Elle prit le visage de Kishi entre ses mains, se rapprochant encore, et, l'espace d'un instant, j'eus l'impression qu'elle allait l'embrasser sur les lèvres. Mais Lucy se mit à murmurer, et j'imaginai, sans savoir pourquoi, toute l'ombre de mon âme révélée, des secrets innommables déversés à l'oreille de Kishi, qui hochait la tête, avec un air entendu.

Kishi finit par se redresser, fixa Lucy droit dans les yeux, et murmura « fais-moi confiance », avant de se jeter sur elle, dans un mélange de brusquerie et de bonté. Elle la serra dans ses bras durant de longues secondes, puis me fit signe qu'il était temps d'y aller, d'un geste autoritaire. Lucy avait maintenant les paupières closes. Je passai une main sur son bras, mais elle ne bougea pas.

Je rejoignis Kishi, qui s'éloignait déjà, avançant à grandes enjambées, et criai dans son dos :

— T'as vu comme c'était bizarre ?

Elle se retourna et se planta devant moi. Son bandeau en éponge remontait sur son front.

— Qu'est-ce qu'elle t'a dit ? demandai-je, en essayant de rester naturelle, mais ma voix me parut anormalement haut perchée.

— À ton avis ?

— Comment veux-tu que je le sache ?

Kishi m'observait sans ciller.

— J'en sais rien, dis-je en baissant les yeux sur son tee-shirt couvert de bardanes. Elle avait l'air énervée contre moi, ajoutai-je en retirant les petites boules, l'une après l'autre.

— Je dirais plutôt qu'elle s'inquiète pour toi. Ou plus

exactement : la force qui parle à travers elle s'inquiète pour toi.

— N'importe quoi.

— Regarde-toi : ça a pas l'air d'aller.

Je jetai une boule au loin, mais elle retomba sur moi.

— Ça va très bien, dis-je, désinvolte.

— Te fous pas de ma gueule.

— Lucy ne fait que répéter ce qu'elle a entendu.

— Ce que lui ont dit les esprits, oui, acquiesça Kishi.

Je levai les yeux au ciel.

— Mais non, ce que son père lui répète depuis des années. La fin du monde, la Bible, tout ça…

Kishi secoua la tête et, en se remettant en marche, elle pointa sur moi un V formé avec ses doigts.

— Je te vois. Je te surveille, le feu et le bois.

Les jours suivants, Kishi me téléphona sans cesse, me racontant tout et n'importe quoi – Beyoncé avait trouvé les morceaux de viande qu'elle avait cachés sous sa casquette, Beyoncé avait atterri sur sa tête. « Tu fais quoi ? » demandait-elle, d'un ton dégagé, et je répondais « rien », persuadée qu'elle voulait simplement contrôler mon emploi du temps.

Il est étrange de réaliser qu'avant que nos vies basculent pour toujours, rien ne l'annonce – ou peut-être que tout l'annonce, mais depuis si longtemps, et de façon si continue, que cela revient au même, le message est devenu inaudible.

Il m'arrive de me demander, allongée dans le noir, les

yeux grands ouverts, ou en pleine journée, quand soudain, sans aucune raison apparente, resurgissent les images de cette nuit-là, éblouissantes, mouvantes sur fond rouge, il m'arrive de me demander si quelque chose dans les jours précédents annonça le drame, si une intuition oppressait ma poitrine, ou si les oiseaux dans le ciel suivirent une trajectoire inédite, si quelque chose, un signe, n'importe quoi, pouvait laisser présager ce qui eut lieu et nous donner la moindre chance d'influer sur le destin, de prendre un autre chemin, un chemin qui nous aurait laissés, tous et toutes, vivants.

Mais, bien entendu, rien de palpable n'apparaît.

Je traînais, couchée sur mon lit, ou assise sur le bord de la fenêtre de ma chambre, scrutant la route où défilaient des voitures avec un canoë ou des vélos sur le toit. J'attendais un signe de Conrad. Peut-être voudrait-il aller voir Scott le vendredi, comme il me l'avait demandé avant le fiasco de la forêt. Je me coupai les cheveux. Je fumais. Je mettais du vernis sur mes ongles. C'était à peu près tout.

Par la fenêtre, j'apercevais chaque jour le père de Lucy, transportant sa fille dans ses bras jusqu'à la chaise longue, au milieu des cailloux blancs. Elle était toujours pieds nus et, de loin, on avait l'impression qu'ils traversaient une étendue de neige. Je pensais parfois aux mots chuchotés par Lucy à l'oreille de Kishi, à son doigt accusateur pointé sur moi, mais ils n'éveillaient qu'un malaise lointain, mêlé à la compassion que l'on ressent face à ces gens sortis d'un autre monde, qui vous annoncent l'apocalypse, avec un sourire éclatant.

La vérité, c'est que je passais mes journées à fixer mon

portable, posé sur mon lit, mon bureau, dans ma main. Nous restions là, immobiles, lui et moi. À force de le regarder, il devenait flou, ou se mettait à ressembler à un objet bizarre, énigmatique.

Le vendredi matin, ma mère partit pour le week-end camper avec Mike, son petit ami de l'exploitation forestière. J'assistai au chargement de la camionnette, en mâchonnant une tartine, sur le pas de la porte. Il fit démarrer le moteur, ma mère m'adressa un petit signe, et je rentrai, refermant la porte négligemment avec le pied, en faisant mine de ne pas l'avoir vue.

Je retournai m'asseoir à la table de la cuisine, allumai une des cigarettes qu'elle avait laissées. Je revis son visage, enflammé par l'excitation, derrière le pare-brise. Je l'imaginai, au bord du lac, en train de se débattre avec une tente. Je savais que j'étais injuste, elle était du genre à savoir faire du feu, à connaître toutes les plantes. Lui s'appliquait à être aussi gentil et discret qu'il était possible avec moi, tandis que je m'obstinais à l'ignorer, quittant toutes les pièces où il se trouvait. J'étais animée d'une colère qui demandait à être nourrie, un animal affamé et méchant.

Peut-être aurais-je voulu, moi aussi, grimper dans une camionnette avec un air extatique et un haut en dentelle ? Peut-être ne sommes-nous que cela, des créatures rêvant de s'asseoir sur un siège passager, attendant d'être conduites ailleurs, n'importe où.

Je sortis un paquet de corn flakes. Par la fenêtre, le ciel était bleu et vide, semblable à un verre d'eau. Je me sentais plus seule que je ne l'avais jamais été. Je n'avais plus mis les pieds au Hollywood depuis la soirée avec Conrad. Le souvenir surgissait, et la douleur était immédiate, la honte, l'humiliation, et autre chose de plus profond, une haine informe, qui englobait aussi bien ma mère, Conrad, que tous les types qu'on pouvait croiser là-bas. Il me suffisait de penser à l'agresseur de Lucy pour qu'une bouffée de chaleur me monte à la tête, et avec elle une envie de frapper, de tuer peut-être. Quant aux filles du Hollywood, elles me semblaient également coupables et inconsistantes, d'autant plus coupables peut-être qu'elles avaient prétendu me comprendre. Elles soutenaient que nous étions pareilles, elles et moi. Rien n'était plus faux.

Après le départ de ma mère, je passai l'après-midi dans une torpeur cotonneuse, plongeant par moments dans un sommeil peuplé de rêves si réels que je me réveillais, transportée de joie, avant de réaliser que Conrad n'était pas à côté de moi, qu'il ne m'embrassait pas sous un arbre dont les longues branches nous recouvraient comme un rideau. Je me redressais sur mon lit, les images s'élevaient dans les airs, à la façon d'un mouchoir qu'on soulève.

En fin de journée, je me traînai jusqu'à la salle de bains. Je me maquillai, une bière et une cigarette allumée posées sur le bord du lavabo. La fumée s'enroulait sur elle-même, recouvrant mon visage dans la glace, et une autre moi-même apparaissait, derrière un nuage. J'enfilai un haut de ma mère, en satin, échancré. Puis je sortis et me mis à courir, très vite, sans réfléchir.

21

Grace était assise en tailleur, les yeux fermés, sur le parking du Hollywood. Elle tendait les mains, paumes ouvertes, comme si elle attendait d'y recevoir quelque chose, de la pluie, un trésor tombé du ciel. Ses cheveux étaient relevés sur sa tête en un chignon volumineux. Elle paraissait si paisible, à l'ombre, qu'on aurait dit qu'elle méditait non pas sur le bord d'une autoroute, mais au fond d'une grotte fraîche.

Je montai la côte, dans sa direction. Reprenant mon souffle, je sortis mon téléphone, qui vibrait dans ma poche.

Le message s'afficha, en petites lettres noires, irréel.

On se voit ce soir ?

Mon cœur se mit à palpiter, léger, sans mémoire. Je me remis en marche, un sourire irrépressible, stupide, au coin des lèvres.

— Salut, Grace !

Elle sursauta, émergeant des profondeurs de son être.

— Nita…

Je m'approchai, entrant dans l'ombre qui l'entourait.

— C'est le grand jour ! lança-t-elle avec enthousiasme.

— Comment ça ?

Elle réajusta son chignon, en désignant l'entrée du Hollywood.

— Va voir Eli, elle t'expliquera.

Elle semblait aussi heureuse et sûre de son effet que si elles m'avaient préparé une surprise.

La salle était déjà éclairée ; les filles, regroupées autour du bar, se détachaient sous la lumière artificielle. J'approchai, vacillante. Quelque chose de dur et de chaud frappait dans mon crâne.

— Hey, dit Eli, en m'apercevant.

Elle était accoudée au comptoir. Les trois autres levèrent les yeux vers moi.

J'agitai la main faiblement.

— Tu tombes bien. Juste à temps pour l'action, fit Ehawee en m'adressant un sourire carnassier.

Baby soulevait ses pieds nus l'un après l'autre, dévoilant leur plante sale. Diane, qui la tenait par l'épaule, se redressa avec nonchalance.

— On se demandait où t'étais passée.

Sa main effleurait le sein de Baby.

— Toi, un mec rapplique, et hop, tu disparais, ajouta-t-elle en faisant claquer ses doigts.

— N'importe quoi, dis-je en levant les yeux au ciel.

Je sentais leurs regards, inquisiteurs. Il me sembla qu'elles essayaient de lire sur mes traits les traces d'une métamorphose, d'une trahison.

— T'es toujours avec nous ? demanda Eli.

Je tripotais mon bras, en essayant de sourire.

— Bien sûr.

— Ce soir, on passe aux choses sérieuses ! dit Ehawee en levant le poing.

Eli me colla une feuille de papier sous le nez, que j'avisai avec une mine concernée.

— On va attaquer le camp de base de l'exploitation forestière.

Elles me fixaient, les yeux brillants, on aurait dit qu'elles s'étaient cotisées pour m'offrir une babiole dont je rêvais, une pierre enchâssée dans un anneau, un éventail en papier. Des rectangles figuraient les baraquements, des flèches numérotées le plan d'action. Un dessin enfantin, terrifiant de simplicité.

— Super, dis-je en relevant le menton.

— T'as pas l'air convaincue, fit Baby, avec une petite moue.

— Bien sûr que si.

— Je croyais que tu voulais venger ta copine Lucy, ajouta Diane.

— Nita, c'est le genre de fille qu'aime bien parler mais pas trop se mouiller. On s'en serait doutées, répondit Ehawee.

Eli contourna le bar, attrapa mon visage entre ses mains.

— Tu veux le faire ou pas ? Nita, c'est comme tu le sens. Personne ne t'en voudra si tu ne viens pas. On pensait que ça te ferait plaisir. On s'est trompées, c'est pas grave.

Je secouai la tête.

— Non, non, je veux le faire. Évidemment.

Elle tapota mes joues.

— Génial.

Eli se retourna et leva le pouce, et les filles sifflèrent entre leurs doigts. Puis elle mit le feu au papier avec son briquet, qui se consuma dans le cendrier, de façon mélodramatique. Diane alluma une cigarette en se penchant sur les flammes, son bras toujours posé sur l'épaule de Baby, qui m'adressa un baiser silencieux.

Ce fut aussi simple que cela, et tout s'enchaîna ensuite avec la même facilité. Les semaines qui suivirent, et bien plus tard encore, quand je me repasserais les souvenirs de la nuit, cette nuit où nos vies furent changées pour toujours, rien ne surgirait, juste une succession d'images floues, l'impression d'un courant, doux et irrésistible, dans lequel on se laisse porter, engourdi par une drogue.

Nos vies se déroulent, en apparence hasardeuses, chaotiques ou monotones, nous sommes penchés sur un ouvrage, nous brodons un coussin blanc, des jours, des semaines, une existence entière, une répétition morne et dénuée de sens, mais soudain, alors que nous n'en avons aucune conscience, absorbés par le point de croix, apparaît un motif à celui qui regarde, une tête de cheval, un village sous la neige, une femme nue.

La soirée au Hollywood fut semblable à toutes les autres, juste un peu plus festive. Les filles dégageaient une énergie rayonnante. Elles s'accroupissaient derrière le comptoir pour se passer une bouteille de gin, buvaient au goulot, puis se redressaient l'air innocent, et s'inclinaient vers les clients, en se frottant les lèvres du dos de la main.

J'écrivis à Conrad, pianotant sur mon téléphone à toute vitesse : *Peux pas ce soir. Désolée.*

Ehawee tira sur mon bras pour que je me baisse à mon tour. Je bus longuement, la bouteille au-dessus de mon visage, et le gin dégoulina dans mon décolleté. Grace se déplaçait à quatre pattes, à la façon d'un chat, pour nous rejoindre. Quant à Baby, elle resta pieds nus toute la soirée. C'est le seul détail qui me reste, étrange et déplacé, en gros plan : ses petits pieds sales, trottinant sur le sol, roses et vulnérables.

Il m'arrive de penser qu'elles me poussèrent à boire, ce soir-là, un peu plus qu'elles, du moins. Peut-être qu'elles ne me faisaient pas vraiment confiance, qu'elles imaginaient que je pouvais les lâcher, ou peut-être n'y pensaient-elles pas, peut-être étaient-elles seulement plus prudentes, plus concentrées que moi.

À l'heure de la fermeture, elles raccompagnèrent les derniers clients, les prenant par la taille, telles des hôtesses escortant gentiment leurs invités, leur faisant des signes d'au revoir tandis qu'ils s'éloignaient dans la nuit.

Quand le parking fut vide, elles passèrent dans le bureau. Ehawee et Diane sortirent des sacs de sport et les alignèrent sur le lit – à l'endroit même où, quelques semaines plus tôt, était allongée Baby, juste après l'agression. Grace et Eli jetèrent à travers la pièce ce qui ressemblait à des couvertures ; elles atterrirent, en paquets souples, aux pieds des unes et des autres. Je les regardais sans bouger, émerveillée.

Si l'on m'avait demandé, par la suite, est-ce que vous auriez pu prévoir, y avait-il un signe, quelque chose qui s'allumait, là-bas, dans l'obscurité, une alerte, j'aurais répondu non, rien, et de toute façon personne ne me l'a jamais demandé ni ne me le demandera jamais, et c'est peut-être le plus effroyable. Tout ce qu'il me reste, c'est le souvenir d'un cérémonial radieux. Des filles qui se déguisent pour une fête. La joie brute d'être ensemble, l'excitation de la soirée. Baby, en culotte, qui se tortille pour enfiler un collant. Diane, maquillant le visage de Grace, enroulée dans une cape de plumes. La tête d'aigle peinte qui trône à leurs pieds, le regard figé. Eli coiffée de magnifiques bois clairs, presque blancs. Ehawee déployant autour d'elle la fourrure d'un coyote, faisant mine de mordre.

Elles m'avaient habillée de la façon dont on déguise une enfant. Me passant une fine combinaison, aussi légère que les doigts d'une inconnue. Me badigeonnant le visage de noir, attachant la peau de chevreuil à mes cheveux, avec des épingles et des gestes sophistiqués.

Nous nous glissâmes dans la nuit, et ce fut comme entrer dans un nuage. L'air était moite et doux. Le ciel, d'un bleu sombre, nous dissimulait aux yeux du monde. Les filles se mirent à courir, gracieuses, rapides. Pas un mot ne fut prononcé. Je jetai un œil à la route déserte, et m'élançai derrière elles, ajustant mes foulées aux leurs.

Nous entrâmes dans la forêt, en file indienne ; les hautes branches remuaient sous la brise. Eli se retournait à intervalles réguliers pour vérifier que nous étions toutes là, ses bois attrapaient la lumière de la lune. Au bout d'un moment, je fus capable de distinguer leurs souffles, la respiration hachée de Baby, l'inspiration sifflante de Diane, le toussotement d'Eli. Par instants, l'une ou l'autre me frôlait, la douceur d'un plumage, l'éclat d'une fourrure. Les arbres s'écartaient pour nous ouvrir la voie. Le vent s'engouffrait dans les feuillages, faisant monter l'excitation, accélérer nos cœurs et nos foulées. Nos yeux voyaient dans l'obscurité, mais nous étions invisibles. Nous étions une harde sauvage, nous étions la nuit et le vent, nous étions la forêt.

Nous étions la permanence de toute chose en mouvement, nous étions sans fin ni commencement, le souffle et la pulsation de la terre. À travers nos yeux s'ouvraient ceux de la forêt. Nous battions des paupières et, dans l'ombre, les animaux battaient des paupières, et voyaient ce que nous nous voyions.

Brusquement, les baraquements de l'exploitation forestière surgirent devant nous, ou plutôt ce fut le vide qui surgit : l'espace désert où s'élevaient les cabanons, le ciel qui descendait jusque sur la terre, la faible lumière sur les troncs couchés, amoncelés les uns sur les autres, gris et morts. On aurait dit un paysage lunaire, minéral et fantomatique. Dans le lointain, on distinguait, menaçants, les treuils et les grues, leurs bras articulés pendus dans les airs, ployant sous le poids de leurs gueules métalliques, telles de gigantesques fleurs carnivores.

À l'arrêt, le dos courbé, Eli nous fit signe d'approcher. Je vis la tête d'aigle de Diane ralentir, disparaître dans les feuillages, puis réapparaître, son œil noir au milieu des plumes blanches. Baby arriva, puis Diane, et Grace. Il me semblait percevoir les battements de leurs cœurs.

La terre émettait une vibration, à peine un murmure. Elle propageait en nous un sanglot, une supplication. Nous l'entendions, de plus en plus ample, de plus en plus profonde. Puis la plainte devint lumière, un rayonnement, aveuglant, qui lui-même devint volonté. Et nous nous mîmes en mouvement.

Par la suite, ils parleraient d'une « nuit de cauchemar ». Les récits des journaux évoqueraient la violence et la sauvagerie, le chaos et la terreur mais, même si personne ne le dira jamais, même si jamais ces mots ne pourront être prononcés ni entendus, rien n'est plus éloigné de la vérité, du rêve étrange et silencieux que nous fîmes cette nuit-là.

Eli avança à pas légers, dans l'ombre, lança quelque chose, du gravier, ou du sable, contre la vitre du baraquement le plus proche. Il y eut un bruit de pluie légère, puis plus rien. Elle demeura un instant immobile, sur une jambe ; de loin, elle ressemblait à un animal aux aguets. Enfin, elle agita le bras, et les filles s'éparpillèrent dans la nuit.

Il n'y aurait personne sur place, m'avaient-elles assuré, le chantier étant fermé pendant près de deux semaines ; mais quand j'y pense, il me semble évident qu'elles n'en avaient aucune idée, peut-être avaient-elles juste prononcé les mots que j'attendais, lisant en moi aussi simplement que si j'étais faite de verre, sachant ce que j'allais faire, ayant prévu le moindre de mes gestes.

J'essayai de rattraper Baby enveloppée dans une fourrure rousse surmontée d'oreilles pointues, l'air aussi élégant qu'inoffensif. Mais elle disparut derrière un cabanon, et quand je passai derrière à mon tour, je vis sa silhouette filer beaucoup plus loin, à la lisière des arbres. La tête me tournait, mon sang y circulait à toute vitesse. Je restai là, pendant un temps qui me parut infini, regardant autour de moi, et d'une certaine façon, j'ai parfois l'impression que je suis toujours là-bas, immobile sur cette plaine, baignée par la lueur pâle de la lune, tandis qu'au loin, une ombre me fait signe.

Il y eut ensuite une succession d'actions, à la fois rapides, précises, et extrêmement lentes, le temps et l'espace se dilatant et se contractant tour à tour. Ehawee et Diane ouvrirent les sacs de sport pour en extraire des objets qui tintèrent les uns contre les autres – et qui se révéleraient être des bouteilles de bière pleines de sable et d'essence, selon ce qu'expliqueraient des experts à la télévision, d'une voix pleine d'assurance, comme s'ils avaient été là, une voix aussi irréelle que les termes qu'ils prononçaient (« engins explosifs improvisés sans détonateur », « matériel de commando »). Eli et Grace se passaient des choses sombres et lourdes, Baby me tendit un bâton diffusant une colonne de fumée, qu'elle s'était procuré on ne sait où. Puis les filles se dispersèrent, balançant des objets dans le lointain, et bientôt quelque chose flamba à l'horizon, projetant des langues rougeoyantes qui s'élevèrent vers le ciel.

Ce fut bien plus tard que je retraçai les événements, les gestes accomplis cette nuit-là, qui semblaient distants, flottants. Ce qui s'était déroulé n'avait rien à voir avec tout ce qui serait évoqué ensuite. Il ne s'agissait ni d'aliéner ni de détruire, il n'était pas question de pouvoir ni même de vengeance, tous ces élans qui caractérisent si bien les hommes, ceux qui mutilent la forêt comme on troue une étoffe, qui humilient nos pères, et les pères de nos pères, ceux qui tiennent les jeunes filles entre leurs mains, déchirent leurs cœurs, jettent leurs os dans la terre, ceux qui assèchent le monde, créant le vide, détruisant la mémoire, caressant l'illusion morbide que l'appropriation et la domination les préserveront de la perte. Rien ne concernait les lois humaines. Il s'agissait d'autre chose, une force qui nous traversait ainsi qu'elle traverse le cosmos, venue d'un autre monde ayant engendré notre monde. La forêt chuchotait nos noms dans une langue sans mots, et une présence insaisissable, une énergie sans limite parcourait nos veines, déliant nos gestes, réchauffant nos muscles, elle nous lançait dans la nuit, dans un élan irrépressible. Nous n'étions qu'impulsion. Nous étions indestructibles.

Nous étions des cerfs, galopant flanc contre flanc, et lorsque nous secouions nos têtes, nos bois dispersaient de la lumière, comme pris dans un voile. Nous étions des aigles tournoyant sur eux-mêmes, et nos ailes déployées déformaient la nuit, ouvrant un passage vers un ailleurs. Nous étions des coyotes, hurlant et ricanant, nous étions des loups, nous étions des ours.

Il y a un homme, là-bas, un homme qui court vers nous. La pensée surgit des ténèbres, détachée, dénuée d'émotion.

Il était sorti du baraquement le plus proche du bois, celui sur lequel Eli avait jeté sa poignée de cailloux, et fonçait dans notre direction, criant des mots incompréhensibles, aussitôt avalés par le vent, emportés par la fumée qui s'élevait maintenant de toutes parts. Ce fut Diane, d'abord, qui s'immobilisa. Elle fit de grands gestes à l'intention d'une silhouette derrière elle, puis Baby attrapa mon bras, m'entraînant dans leur direction.

Qu'est-ce qu'il fait là ? demandait la voix dans ma tête, étrangement décalée, pendant que l'homme continuait de courir en levant un bras pour se protéger. La scène se déroulait au ralenti, les mouvements de l'homme se décomposaient en une infinité de plans, tandis qu'avec une lenteur égale, une ombre approchait dans son dos, silencieuse, et abattait un objet sur son crâne – de loin, le geste me parut d'une extrême douceur. L'homme demeura un instant figé, avant de tomber à genoux, délicatement. Puis il s'allongea sur le sol, les bras sous lui, la tête sur le côté.

Baby se tourna vers moi, affolée. Sous la fourrure, son visage semblait fait de craie. Elle me prit par la main, et nous nous rapprochâmes encore.

L'ombre penchée sur le corps se redressa ; sous la coiffe de plumes qui lui arrivait au bas du dos, je reconnus Grace. Son expression était hermétique. Elle lâcha la pierre avec laquelle elle avait frappé l'homme, me regarda sans me voir, et soudain, comme si j'émergeais d'une eau profonde, j'entendis sa respiration saccadée, et les sons du monde tout autour : le vent dans les branchages, le crépitement d'un feu, les voix tendues des filles. Subitement, elles étaient toutes là, encerclant le corps. Diane, repoussant une mèche de cheveux devant ses yeux, la replaçant sous sa coiffe, le regard égaré, Eli, impassible, une main sur l'épaule de Grace, Ehawee, sautillant d'un pied sur l'autre, dégageant une sorte d'excitation maniaque, Baby, tenant ma main inerte dans la sienne, contemplant le visage de l'homme.

— T'as vu ça, cette bonne surprise ? me lança Ehawee, en poussant la cuisse de l'homme de la pointe du pied.

Je la fixai, sans comprendre, puis je baissai les yeux. Ses cheveux étaient poisseux, plus sombres que d'ordinaire, et sa peau bizarrement marbrée, mais je le reconnus aussitôt : l'agresseur de Lucy.

Il essaya de rouler sur le côté, émit un gémissement.

— Ta gueule, lança Ehawee, en balançant un coup de pied dans son flanc.

Il geignit encore, puis toussa, en s'étranglant. Elle se tourna vers moi. La tête du coyote qui recouvrait son front paraissait sourire. À la place des yeux, la fourrure était fendue, lui donnant un air inquiétant.

— C'est ce que tu voulais, non ?

J'avais du mal à respirer. Il me semblait qu'une main serrait ma poitrine, comprimant mon cœur, me faisant monter le sang à la tête. Puis nous entendîmes un craquement, le bruit d'un effondrement au loin, suivi d'une explosion étouffée. La nuit devint orange, tandis qu'un nuage de fumée noire montait du sol, enroulé sur lui-même, déferlant sur nous, pareil à une vague.

Les filles contemplaient les flammes qui s'élevaient autour d'une grue. Elles étaient ailleurs, elles semblaient engourdies devant un écran diffusant les images d'un cataclysme.

L'homme marmonna une plainte presque inaudible. Il se coucha sur le dos en respirant bruyamment. Son teeshirt était remonté sur son ventre. Des poils ondulés, partant du nombril, traçaient une ligne sur sa peau blême, parfaitement dessinée. Je ne pouvais m'en détacher, elle m'évoquait quelque chose d'obscène, ou de douloureux, une cicatrice.

Je ne ressentais rien. Juste une vague nausée. Un bourdonnement enflait sous mon crâne. Ehawee et Eli me souriaient, prononçant des mots que je n'entendais pas. Diane embrassait Baby, l'attirant à elle, dans un geste protecteur. Mais Baby semblait perdue dans ses pensées, elle s'abandonnait dans ses bras. Grace levait les mains devant elle, dans une sorte d'exhortation. J'essayais de retrouver la haine qui m'animait quelques heures plus tôt, cette force impérieuse qui m'avait guidée jusque-là, cette autre peau dans laquelle je m'étais glissée, aussi naturellement que dans celle du chevreuil, mais c'était impossible : elle avait disparu.

Je convoquais des images ; Lucy, son regard absent, ses ongles trop longs, mon père marchant dans le bois, son sac sur l'épaule, ou au volant d'une berline familiale, la main posée sur la cuisse d'une femme, la main du roux sous la jupe rose de Baby, Baby livide contre le mur, leurs rires à tous, grossiers, sous la lumière artificielle, les arbres coupés, empilés tels des cadavres, les portraits des filles le long des routes, mais c'était comme agiter des draps blancs dans le vide.

J'avais vécu une année entière, emportée par un torrent, tendue vers un objectif qui brillait, au loin, m'envoyant des signaux. D'un seul coup, tout s'était éteint. Il ne restait rien. Rien que de la nuit sur la nuit.

Ehawee me tendit une chose blanche et effilée. Je regardais les filles, mais leurs visages étaient dissimulés par le maquillage, les plumes et les fourrures qui retombaient sur leurs yeux. La tête d'aigle de Diane dominait les autres, fixant l'horizon, pleine de défiance.

Il y eut une autre explosion et les flammes formèrent un large cercle autour de la grue, émergeant désormais d'une mare de feu.

Je fixais la main d'Ehawee, l'objet coupant qu'elle me tendait.

— Je ne peux pas faire ça, lui dis-je.

J'inspirai profondément, secouai la tête.

— Je vous demande pardon.

Sans réfléchir, je me mis à courir, en direction de l'incendie. Je me débarrassai de ma peau de chevreuil et la jetai au-dessus des plus petites flammes qui mangeaient les pieds de la grue. Dans un élan désespéré, je sautai à pieds joints sur la peau, pour tenter d'étouffer le feu. La gorge me brûlait, je pleurais sans même m'en apercevoir. Les flammes disparaissaient sous la fourrure, puis resurgissaient sur les côtés, dans un combat désespéré. C'est alors que je vis dans le lointain, à travers l'épaisse fumée, l'homme se lever.

Il s'appuyait sur ses bras, se redressant avec difficulté. Autour de lui, aucune des filles ne bougeait. Il se mit debout, très lentement, et marcha en slalomant dans le ciel orangé. Il avançait vers moi, quand Baby le rattrapa, à toute allure, une main en l'air, prête à frapper. Il me sembla qu'elle brandissait la chose blanche et scintillante qu'Ehawee tenait quelques secondes auparavant. Ensuite, tout se passa à une vitesse insensée : Baby le frappa dans le dos, et, de loin, elle paraissait dotée d'une force surréelle. Elle levait sa main, très haut, et l'on voyait luire son arme au bout de ses doigts, avant qu'elle ne l'abatte encore, et encore. L'homme s'immobilisa un instant avant de tomber, face contre terre, tandis que les autres, Eli en tête, puis Diane et Grace, arrivaient en courant, et se jetaient sur lui tour à tour, dans un ballet muet, tendant leurs bras pour l'enlacer, remuant dans le ciel des doigts immenses, courbes et effilés telles des griffes.

Je les observais comme si j'étais ailleurs. Je m'étais élevée au-dessus du sol, au-dessus de ma propre silhouette, seule au milieu des flammes, et j'assistais, flottante, vaguement sidérée, à une scène de chasse pure. Des bêtes qui jouaient avec leur proie, la faisant rouler sur le sol, la tirant d'un côté puis de l'autre, se couchant sur elle, relevant parfois la tête, avant de reprendre la lutte sauvage. Il y avait des grognements, des bruits inhumains, et, derrière, autre chose, une longue plainte mélodieuse, un chant profond, lugubre. Je tirai à moi la peau de chevreuil et la jetai sur mes épaules, sans trop savoir pourquoi – elle était brûlante, dégageait une odeur de viande cuite –, avant de m'élancer en hurlant, d'une voix que je ne connaissais pas :

— Arrêtez ! pitié, arrêtez !

Elles s'immobilisèrent un instant, et les yeux d'Eli se

posèrent sur moi, vides, vitreux, les yeux d'une étrangère. Ehawee et Diane se tenaient à quatre pattes, dos courbé, tels des animaux prêts à bondir, et me toisaient, méfiantes. Je lançai un regard implorant à Baby, mais elle était partie, elle aussi, disparue au fond d'elle-même. Elle avait une main posée sur le torse de l'homme, comme pour signifier sa propriété. À genoux, Grace chantonnait, hallucinée ; dans ses paumes, j'aperçus une rangée de pointes acérées.

(Ensuite, on montrerait les dents de coyote, griffes de loup et d'ours, serres de rapaces, marron, grises, ivoire, certaines percées et reliées entre elles par un lien de cuir, on verrait leurs photographies en une, sous des titres sensationnels, mais jamais je ne les reconnaîtrais, elles m'apparaîtraient factices, grotesques, n'évoquant en rien ce que les filles avaient brandi cette nuit-là, des appendices naturels, faits pour tuer, le prolongement d'elles-mêmes.)

Je les regardai à tour de rôle, suppliante, prononçant des phrases dont je n'ai aucun souvenir, des mots inutiles, répétés encore et encore, une prière vide de sens ; la poitrine de l'homme se soulevait, il respirait paisiblement, et je m'agrippai à cette respiration, évitant de poser mes yeux sur le reste de son corps, le tissu déchiré sur le haut d'une cuisse, l'étrange magma sur le buste, les bras zébrés d'écorchures, mais elles paraissaient superficielles, elles ressemblaient – *elles ressemblaient à quoi ?* – à un dessin tracé au crayon, la griffure d'un chat, d'une branche de mûrier.

Je posai ma main sur l'épaule de Baby, et me mis à la secouer, avec douceur et fermeté, ainsi qu'on essaie de sortir quelqu'un d'un rêve, une somnambule qui s'en va, errant, pieds nus dans la rue. Je n'arrêtais pas de parler, dévastée, les implorant d'arrêter ce qu'elles étaient en train de faire – *mais que faisaient-elles ?* Soudain, Baby leva un bras menaçant. Je reculai, et les autres se redressèrent à leur tour, leurs yeux dénués de tout éclat, luisant d'autre chose, une chose que l'on ne pouvait nommer, braqués sur moi.

22

Je courais, vers la forêt, le trou noir des arbres, là-bas, son ombre protectrice. Mes pensées cheminaient difficilement, perdues dans des circuits qui ne menaient nulle part. J'entendais les pas des filles derrière moi, et leurs souffles, toujours à la même distance. Les sons me parvenaient en écho, infiniment répétés, mais au bout d'un certain temps – *quelques minutes ? plusieurs heures ?* – je réalisai que c'étaient mes pas, et mon souffle, qui résonnaient dans mon crâne. Je traversai une plaine immense, désertique, couverte d'une fumée qui avançait, elle aussi, à toute vitesse. On aurait dit que la forêt avait reculé, qu'elle s'était rétractée, à la façon d'une mer descendante. Elle continuait de s'éloigner, tandis que je courais vers elle, le cœur au bord de l'explosion, avec cette lumière rougeoyante qui infusait le ciel derrière moi, prête à m'engloutir.

Je finis par atteindre les arbres. Je traversai des broussailles épineuses, et pénétrai dans l'obscurité. Un parfum humide m'enveloppa, les sons se modifièrent, la texture de l'air, du sol ; j'avais passé une frontière. Mes muscles se décontractèrent, je respirai plus librement. La fatigue brouillait mon regard, ou toute tentative de raisonnement. Je luttais, juste pour avancer, concentrant mes forces sur chaque pas. Des images apparaissaient soudain devant mes yeux, les filles, leurs regards avides, leurs griffes incisant la chair, précises, presque chirurgicales, puis s'évanouissaient aussitôt, comme si elles n'appartenaient pas à ce monde, mais à celui des rêves.

Tout cela n'est pas réel. Je peux le toucher du doigt, mais bientôt je m'éveillerai, et tout se dissipera.

Je courais sans m'arrêter, avec la sensation de m'enfoncer sous terre, ou dans les couloirs du temps. Il me semblait remonter les jours, les mois, les années, de plus en plus loin du cauchemar. La nature respirait, paisible. La forêt paraissait sans limites, recouvrant le monde. Au-dessus de moi, le ciel avait disparu.

Soudain, j'entendis quelque chose bouger dans les fourrés. Je ralentis, retenant mon souffle, m'immobilisai en silence. Puis il y eut un craquement, beaucoup plus près. Un flot de sang me monta à la tête. Le vent soufflait toujours. Les feuilles frémissaient tout autour, des oiseaux invisibles se posaient sur des branches, sautaient de l'une à l'autre. Au loin, un animal lança son cri à trois reprises, semblable à une question sans réponse.

À cet instant, un rayon de lune transperça les frondaisons, juste devant moi. Une plante au large feuillage s'illumina, surgissant d'un tapis de lichen argenté. J'avançai avec précaution, en tendant l'oreille. Une petite bête fourrageait dans les fourrés. Je soupirai, soulagée. Dans la lumière voletaient des particules de poussière blanche, semblables à une neige d'été.

Puis tout devint noir.

J'ignore si je perçus d'abord le bruit des branches que l'on piétine, le halètement – terrifiant, inhumain – ou la violence du choc. J'eus l'impression d'être percutée par une force lancée à toute vitesse, une déflagration, un rocher qui roulait sur moi. La surprise me coupa le souffle, couvrant la douleur, l'étrange claquement dans mon corps au moment où je touchai le sol.

Les sensations affleuraient péniblement à ma conscience, se perdant dans un enchevêtrement de canaux. Ma tête, sur le sol mouillé. Mes jambes, paralysées. Mes poumons comprimés par un corps étranger, entravant ma respiration. Je tentai de relever le buste, en vain.

— Bouge pas, princesse.

Mon cœur se mit à battre dans ma gorge, comme s'il voulait s'en échapper. *Je n'avais pas réalisé que cette masse, sur moi, pouvait être un homme.*

Cette voix basse, railleuse. Bien trop sûre d'elle.

Cette vague impression familière.

Je distinguai les contours d'un crâne, la ligne de ses épaules. Derrière lui, le ciel dérivait. Des nuages passaient, aussi légers que des lambeaux de gaze. Le monde commençait à s'éclaircir.

Je pensai : *Je vais mourir.*

Puis, avec un calme étrange : *C'est ainsi que cela arrive ? Aussi simplement que ça ?*

Ses doigts encerclèrent ma gorge.

— Tu fais moins la maligne que quand t'es avec ta copine blonde, hein ?

La nuit, de plus en plus pâle, presque blanche, éclaira son visage. Je reconnus les cheveux bouclés, les traits délicats. Je sentis un vertige, quelque chose qui chutait dans mon corps.

Le garçon de la station-service. L'ami de l'autre. (L'autre, qui était là-bas, à la merci des filles, blessé, sans connaissance – peut-être mort.)

Il serra mon cou, un peu plus fort. Je fermai les yeux et vis un tombeau de marbre blanc, posé dans un autre tombeau, fait de feuilles et de branches.

— Je m'en suis occupé, tu sais. De ta copine.

Une douleur déchira ma poitrine, fulgurante.

— Elle était là, l'autre nuit, en train de chauffer un type, comme d'habitude. Tu veux que je te montre ce que je lui ai fait ?

Sa main agrippa mon short, le tirant violemment. Je poussai un gémissement. Ses ongles griffaient mes cuisses. Je tentai de me dégager, mais il me maintenait, appuyant sur mon bassin, sans que ses gestes paraissent lui coûter le moindre effort.

Je laissai aller ma tête vers l'arrière. La terre, froide, diffusait un parfum de plantes aquatiques. Là-bas, des étoiles brumeuses lançaient leurs dernières lueurs. *Peut-être sont-elles déjà mortes ?* pensai-je. Je me sentais flotter, quitter ce corps qui ne m'appartenait déjà plus. Je m'élevai dans le ciel couleur de fumée, je me fondis en lui.

Je sentais, loin, très loin, un souffle frais sur ma peau

dénudée. Une force qui écartait mes cuisses, des ongles à l'intérieur de moi, s'enfonçant dans un lieu reculé, secret. Je pensais à Lucy, je pensais au type là-bas, à sa peau incisée, tailladée, arrachée, encore et encore. Au loin, des chauves-souris voletaient dans la clarté de l'aube. Je me dissolvais dans le jour naissant.

C'est si facile de mourir, pensai-je.

Un rayon lumineux se promenait, quelque part dans les feuillages. Une étoile filante emprisonnée. Un fragment de miroir dans une main de femme, envoyant un message en morse.

Il apparaissait, disparaissait, toujours plus proche.

Soudain, la lumière tomba sur nous. Le garçon poussa un cri bref, s'effondra sur ma poitrine. Son corps pesait si lourd, on aurait dit qu'il s'était soudain densifié. Péniblement, je le repoussai sur le côté.

— Bon, ben j'ai bousillé la lampe, fit une voix.

Je me redressai avec une peine infinie. Je me sentais faible et engourdie, j'avais l'impression que quelqu'un s'acharnait à me secouer pour m'empêcher de sombrer dans le sommeil.

Une silhouette se pencha sur moi, en laissant apparaître une autre, derrière son épaule : Scott me regardait, brandissant sous mon nez une lampe torche aussi lourde qu'une matraque. Derrière lui se tenait Kishi, une casquette enfoncée jusqu'aux yeux. Elle m'adressa un petit signe. Je me redressai encore, et une douleur me traversa, telle une pointe effilée dans mon ventre.

— J'ai fini par comprendre ce que racontait Lucy, dit Kishi d'une voix posée.

Sa casquette lui donnait l'air d'une professionnelle, une entrepreneuse, adulte et déterminée. Mais son émotion était palpable, je sentais sa nervosité. Sa poitrine se soulevait, rapide. Je pensai, dans une sorte de rêve nauséeux : *Tout cela est-il en train d'arriver ?* La tête me tournait, j'étais léthargique, incapable de me concentrer ou de formuler quoi que ce soit.

— Lucy savait tout. Absolument tout, ajouta Kishi, solennelle.

Son visage s'éclaira.

— Et elle m'a demandé de te sauver.

— Ouais, je t'ai un peu aidée quand même, dit Scott en s'inclinant au-dessus du corps immobile, allongé sur le côté.

Dans l'ombre, l'homme semblait dormir, son beau visage étrangement détendu.

Scott m'adressa un sourire bravache. Il essayait de faire bonne figure, mais je vis que lui aussi était bouleversé ; il tremblait, son visage paraissait fiévreux. Il tendit la main, et me tira vers lui. Kishi passa son bras sous le mien. Au loin, quelque chose rougeoyait, quelque chose d'immense, et de splendide. Je voulais avancer vers cette fleur tropicale, qui se déployait là-bas, se tordant dans le ciel.

Je perçus alors un grondement, tendis l'oreille, et ce fut comme si on avait soulevé le couvercle qui recouvrait le monde. Tout près, du côté de l'horizon rose éclatant, des sirènes déchiraient l'air. On entendait des voitures, des voix, portées par le vent. Les crépitements du feu, des objets qui chutaient.

Kishi et Scott échangèrent un regard, puis se mirent en marche. Je me laissais porter, vaporeuse, tout était absolument irréel, un songe beau et angoissant, à travers lequel me parvenaient des bribes du présent, un éclair, une voix.

À un moment, je vis quelque chose bouger dans le lointain. Une ombre passait entre les arbres, avançant dans notre direction. Je plissai les yeux pour faire le point, distinguai une silhouette qui s'approchait à grands pas.

Arrivé jusqu'à nous, l'homme s'immobilisa, en repoussant les cheveux sombres qui lui tombaient sur le front. Je sentis les doigts de Scott s'enfoncer dans ma peau. Devant nous se tenait l'inspecteur Lipszyc. Il paraissait plus maigre et exténué que jamais. Une voix parlait dans son talkie-walkie, prononçant des mots incompréhensibles, formulés depuis l'au-delà. Il nous dévisagea, l'un après l'autre, puis ses yeux se posèrent sur le corps allongé, juste derrière nous. Sans rien dire, il passa à côté de nous, jeta un œil au garçon inconscient. La voix, essoufflée, pressante, continuait de parler dans le talkie-walkie. L'inspecteur colla sa bouche contre l'émetteur, prononça des phrases dont nous serions incapables de nous souvenir, mais peut-être les avions-nous inventées, nous ne réussirions jamais, par la suite, à nous mettre d'accord sur ce que, ce matin-là, il fit ou ne fit pas. Nous ne pourrions jamais recouper nos versions, comme si nous n'avions pas réellement été là, au même endroit, au même moment. Et après tout, qui sait, peut-être l'inspecteur Lipszyc resta-t-il muet, debout devant le ciel désormais mordoré, tandis que des sirènes, ou peut-être étaient-ce des animaux sauvages, hurlaient dans le lointain, de plus en plus nombreuses, de plus en plus puissantes. Peut-être même avons-nous rêvé ce geste, presque imperceptible, que fit l'inspecteur pour nous inviter à disparaître, comme si, me dirais-je plus tard en tentant de comprendre, en retournant encore et encore la scène dans mon esprit, à la façon d'un objet inconnu que l'on manipule, circonspect, comme s'il avait voulu faire quelque chose dans le sens d'une certaine justice, au milieu de toute cette merde. Comme s'il s'était pris, l'espace d'un instant, pour Dieu tout-puissant. Quoi qu'il en soit, il nous avait fixés, droit dans les yeux, en désignant un passage sur la gauche, nous avions un instant soutenu son regard en reprenant notre souffle, puis nous avions couru, couru, sans plus nous arrêter.

APRÈS

Ce furent de longues semaines de confusion, des journées hébétées, ma mère et moi, réfugiées sur le canapé, les jambes emmêlées sous une couverture, fixant les images surréelles à la télévision, des images dont les reflets bleutés passaient sur nos visages, tel un mouvement d'eau profonde. Des flashs spéciaux étaient diffusés à tout moment, relatant la progression de l'incendie, mais aussi l'affaire du « gang des filles » et de leur victime, Caspar Castelli, employé de l'exploitation forestière. Son portrait s'affichait en plan serré, souriant, ses cheveux roux peignés vers l'arrière, dans une chemise à carreaux qui lui donnait l'air sympathique. Ils montraient systématiquement un autre cliché, pris on ne savait par qui, d'un corps recroquevillé sur lui-même, nu ou presque, des lambeaux de vêtements recouvrant la chair çà et là, une image qui vous donnait aussitôt un haut-le-cœur – à chaque fois, ils passaient d'une photographie à l'autre, voire les disposaient côte à côte, sur tout l'écran, à la façon d'un avant / après publicitaire, version horrifique.

Il y avait aussi, bien entendu, les photos des filles, des portraits qui ne leur ressemblaient pas, ou à de vagues sœurs, plus âgées, coiffées autrement. Seule Grace paraissait douce, ses cheveux sagement disposés de chaque côté de sa poitrine, mais c'était peut-être plus glaçant encore, ce visage de madone que l'on imaginait habitée par le Mal pur. Je me demandais où ils avaient trouvé ces photographies, si elles les conservaient dans une boîte à chaussures avec leurs maigres secrets, ou glissées dans un portefeuille, ou si elles avaient des familles, des « amis » qui avaient trouvé adéquat de les céder aux journalistes – *moyennant quoi ?* Les clichés semblaient appartenir à un monde englouti, les traces d'une vie disparue depuis si longtemps que l'on n'aurait pu connaître ces filles, peut-être même n'avaient-elles jamais existé.

C'était si étrange de contempler ces images qui me parvenaient à travers un écran de brume, émergeant d'une autre réalité. Les vues de l'incendie étaient sidérantes, des flammes se dressaient, plus hautes que la cime des arbres, des avions et des hélicoptères lâchaient des nuages de vapeur blanche, des hommes casqués, vêtus d'imposantes combinaisons, s'approchaient de tourbillons embrasés, luttant contre des forces invisibles. En quelques jours à peine, au début du mois d'août, l'incendie ravagea près de dix mille hectares, progressant à travers la forêt à grande vitesse, et nous regardions en battant des paupières ce spectacle inconcevable. Même si l'on pouvait voir, la nuit, des foyers dans le lointain, diffusant dans le noir leur halo orangé, ou quelquefois en plein jour, des rubans de fumée soyeuse, déployés telles des écharpes de fourrure, même si l'air était vicié, saturé de sable, ou de craie, l'incendie n'arriva jamais jusqu'à nous. Au contraire, il s'éloignait, poussé vers le nord par le vent, de plus en plus distant, de plus en plus fantomatique.

Les filles ne furent jamais retrouvées. Quand la police et les pompiers étaient arrivés sur les lieux, l'incendie s'était déjà propagé de façon affolante. Ils avaient vu des ombres détaler, « animales, humaines, ou *autres* », raconta un jeune sapeur-pompier devant la caméra de la chaîne locale, en secouant la tête, ébranlé. « Elles se jetaient dans les flammes comme si elles ne les craignaient pas, comme si elles étaient des créatures du feu », disait-il, en passant nerveusement une main sur son front. Ce fut Alex Vijniak, une jeune recrue – il venait d'obtenir sa première affectation de terrain –, plus intrépide, plus inconscient que les autres, qui s'était lancé à leur poursuite ; il avait cru voir des silhouettes partout, qui filaient dans tous les sens. Finalement, il avait réussi à se mettre dans les foulées de l'une d'entre elles, moins alerte, boitant légèrement. Il lui avait hurlé de s'arrêter, elle avait fait volte-face, et il l'avait vue : un être mi-femme mi-renard, au visage gracieux – elle reviendrait ensuite dans ses pensées, de façon obsédante, chuchotant des mots d'amour, ou des menaces.

Aussitôt, elle avait disparu dans un nuage de fumée, on aurait dit qu'elle s'y était dissoute. Il avait tourné, et tourné encore, la cherchant avec une sorte de détermination démente – il serait surpris, plus tard, de réaliser qu'il souffrait d'intoxication et de brûlures profondes, dont il garderait pour toujours la trace sur les bras, en forme de tentacules, rouges et sinueux.

Ils trouvèrent, mystérieusement entassées au pied d'un épicéa, des griffes et des dents, tel un petit trésor d'ivoire, et, dans un sac de sport à moitié calciné, la peau d'un coyote, ainsi qu'un permis de conduire appartenant à Eli (Eleonore Wax). Ils remontèrent ainsi jusqu'à elles, et l'on voyait les reporters (des femmes blondes, très maquillées, agrippées à leur micro de façon mélodramatique), plantées devant le fronton du Hollywood, dérouler le scénario des événements. Elles décrivaient les filles, leurs personnalités maléfiques, en appuyant sur les syllabes, écartant démesurément les lèvres. Dans la presse, on voyait le Hollywood se dresser à la lisière de la forêt, telle une ombre lugubre, et en observant ces images, sans pouvoir en détacher les yeux, vous vous disiez que jamais vous n'auriez mis les pieds là-bas, qu'évidemment s'y préparaient des choses atroces, indicibles.

Cette nuit-là, dans la forêt, près des baraquements de l'exploitation forestière, la police interpella Nathan Ferrel (l'étrangeté de découvrir son nom, un nom de star du lycée), un garçon de vingt-six ans à la beauté céleste, soupçonné de plusieurs viols et agressions sexuelles, et identifié grâce au signalement de deux jeunes filles dont l'anonymat fut préservé. (Personne n'évoqua le fait qu'il fut découvert gisant sans connaissance, vraisemblablement assommé par la lampe torche qui reposait à ses côtés, ni ne mentionna la présence d'un quelconque commando adolescent.) À la troisième heure d'interrogatoire, Nathan Ferrel avoua le viol de Lucy et de deux autres filles, une lycéenne qui rentrait chez elle, à pied, après une soirée d'anniversaire, et une infirmière stagiaire, rencontrée dans un bar. Il était difficile d'obtenir des informations claires, on avait l'impression qu'il y avait eu tellement d'affaires similaires ces dernières années que l'histoire avait déjà été écrite, et lue, des centaines de fois. Au début, on trouvait des articles sur le sujet, mais jamais dans les premières pages, occupées par « le gang des filles », et bientôt ils disparurent tout à fait. La violence des filles était tellement plus inattendue – et en même temps, elle semblait révéler l'essence même des femmes, leur férocité, leur folie ; elles étaient plus sexy aussi, sans doute.

Ma mère m'interrogea plusieurs fois au sujet des filles. Je lui répondais sans ciller que je ne savais rien, elle ouvrait la bouche pour ajouter quelque chose, puis se ravisait, et nous restions ensuite silencieuses, perdues dans nos pensées. Régulièrement, elle serrait mes mains dans les siennes, ou surgissait derrière moi pour poser un baiser dans mes cheveux. Étonnamment, j'aimais assez ça – ma colère à son égard s'était évaporée avec tout le reste. Son petit ami Mike était reparti vivre à l'autre bout du pays, là où des milliers d'hectares n'avaient pas été réduits en fumée, et où l'exploitation forestière pouvait continuer son œuvre d'effacement, comme on défait un pull-over, en tirant sur un fil de laine. Il téléphonait quelquefois, et ma mère gloussait dans l'écouteur, mais quand je passais à côté d'elle, elle me regardait en faisant mine de braquer un pistolet sur sa tempe.

La nuit, je pensais à cette autre moi-même, celle qui était dans les bois, animée par une force irrésistible, un élan dont on pourrait prétendre, de façon romantique, qu'il s'agissait d'une soif de justice, ou de vengeance, mais ce serait mentir, il s'agissait d'autre chose, de plus trouble, de plus sombre encore, de plus inconséquent et de plus primitif, quelque chose évoquant la ruine, l'anéantissement, un entêtant instinct de mort. Peut-être que ce qui a déjà disparu, ou est en train de disparaître sous nos yeux, nous appelle à plus de destruction encore. Dans la lumière blafarde du plafonnier qui éclairait mes mains, je revoyais la peau de Caspar Castelli, sa fragilité. J'aurais pu frapper, moi aussi. La ligne qui séparait le choix de l'action de celui de la fuite était aussi fine que cette peau. Je ne sais trop ce qui m'arrêta, cette nuit-là, peut-être l'espace et le temps avaient-ils basculé, tel un paysage dans une boule en verre que l'on retourne, peut-être qu'une autre moi-même venait de naître, comprenant, dans une fulgurance triste, que le désir et son accomplissement ne se posent pas exactement l'un sur l'autre, qu'entre eux demeure un vide, celui de l'inconsolable.

Kishi, Scott et moi nous retrouvions presque tous les jours chez Lucy. Au début, son père se tenait à l'entrée, raide et triste dans un nouveau survêtement, mais par la suite, on poussait simplement la porte, et il n'y avait plus personne derrière : il semblait avoir quitté les lieux. Tant de choses avaient disparu, en quelques jours, que nous n'y prêtions pas vraiment attention, c'était une absence parmi d'autres.

Nous montions l'escalier, Scott prenait Lucy dans ses bras – plusieurs fois, je crus la voir sourire, mais peut-être était-ce une ombre –, et nous redescendions à toute vitesse. De loin, on aurait dit que nous partions à un pique-nique et que l'une d'entre nous avait une entorse, ou cachait sa gueule de bois derrière ses lunettes noires. Nous nous installions au soleil, sur l'herbe, et en passant on apercevait dans la cuisine le fusil de chasse posé sur la table. Kishi racontait à Lucy les affaires courantes, qui englobaient aussi bien les derniers exploits de Beyoncé que l'affaire des filles et le compte rendu de notre nuit dans les bois, avec toujours plus de détails, le tout sur un ton enjoué, et en faisant des pauses, comme s'il s'agissait du souvenir d'une fête et que Lucy allait répondre, s'exclamer en battant des mains.

Un après-midi de septembre, le père de Lucy réapparut sur le seuil pour nous annoncer que sa fille et lui repartaient vivre dans la capitale. Derrière lui, la bibliothèque avait été vidée et, sur le canapé, s'entassaient des ustensiles de cuisine, un réchaud, un nécessaire de pêche. Nous le regardâmes sans rien dire. Depuis que la police avait arrêté Nathan Ferrel, on le voyait souvent errer dans les étendues herbeuses, près de la route. Il marmonnait, les yeux levés au ciel, s'adressant peut-être à Dieu lui-même, secouant la tête pour exprimer son désaccord. Je ne sais plus qui de nous proposa de donner un coup de main, quoi qu'il en soit nous passâmes les jours suivants à emballer des affaires en silence. Assis côte à côte dans la cuisine, Scott et le père de Lucy enveloppaient la vaisselle dans du papier journal, tandis que Kishi et moi disposions les vêtements de Lucy dans des cartons, sous son regard paisible, vaguement curieux. Kishi me passait des piles de chemises blanches, jupes et pull-overs assortis (cachés derrière, en boule : une paire de jeans moulants, un pull chaussette sans manches, une culotte sur laquelle on avait écrit LOVE au marqueur noir – après réflexion, nous décidâmes de les ranger avec le reste).

Le jour du départ, le père de Lucy nous embrassa en posant ses mains sur nos épaules, et nous avions cru qu'il allait se mettre à pleurer. Derrière lui, dans une voiture de location, sa fille attendait, impassible, un bras nu posé sur la portière.

Par la suite, nous lui téléphonerions quelquefois, mais il avait l'air pressé, ou distrait. Il affirmait que Lucy faisait des progrès mais nous n'arrivions jamais à déterminer de quel ordre. Il ne posait aucune question, répondait aux nôtres de façon évasive, avec une sorte d'enthousiasme factice. Parfois, il paraissait perdu, laissant d'interminables blancs, des silences si longs qu'il semblait s'être absenté. Une fois il avait murmuré, d'une voix lointaine : « Tout cela doit avoir un sens, n'est-ce pas ? »

Un jour, Kishi nous apporta un vieux magazine people dans lequel on voyait Lucy et son père, posant l'un à côté de l'autre lors d'un événement mondain. La photo avait été prise quelques mois avant leur arrivée dans la réserve.

Lui portait un costume sombre (il était saisissant, digne, presque élégant) ; elle, une robe virginale, confectionnée dans une matière rugueuse. Ses lèvres étaient plus rouges et ses yeux plus grands que dans notre souvenir, elle souriait, un bras replié sur sa hanche, familière, mais à la façon d'une célébrité que l'on aurait vue dans un film. Scott avait fixé l'image longuement, sans rien dire, et j'avais senti mon cœur se serrer. Nous avions le sentiment qu'elle nous avait abandonnés, ou trahis.

Ni Scott ni moi n'avions revu Conrad avant son départ. Il s'était dissous avec le reste, mais son souvenir était partout. Je le voyais courir, autour du lycée, ou près du lac, il surgissait sans cesse, et chaque fois, c'était la même douleur dans le bas-ventre, et la même surprise, qui me coupait le souffle et suspendait mon geste, foudroyante.

Même si nous n'en parlions pas, il occupait l'espace entre Scott et moi. Selon Kishi, les garçons s'envoyaient des messages. Elle ne savait pas s'ils parlaient de moi. Je dévisageais Scott, cherchant une réponse, un signe, en vain.

Awan traînait avec une autre bande, il nous saluait de loin, on sentait qu'il cherchait à nous éviter. Il avait commencé à manquer les cours, on le voyait souvent avec son frère, toujours sur le même terrain vague, où ils jouaient au foot ou écoutaient de la musique, partageant un écouteur. Finalement, il n'était plus venu au lycée du tout. Un jour, j'avais osé traverser le terrain vague pour lui demander des nouvelles de Conrad. Il m'avait dévisagée, sans ôter ses écouteurs, comme s'il ne me reconnaissait pas, ou que j'avais beaucoup changé, avant de secouer la tête en signe de dénégation. J'étais repartie dans l'autre sens, sans un mot.

C'est à cette période que Scott, Kishi et moi, nous nous mîmes à rêver de Lucy. Elle marchait sur l'autoroute, pieds nus, dans une longue chemise de nuit blanche, ou elle traversait les flammes, encerclée de biches bondissantes, fuyant l'incendie. Elle s'adressait à chacun de nous, elle passait une main sur la joue de Scott, en chuchotant son nom, et l'embrassait délicatement sur les lèvres, elle murmurait à mon oreille, *Conrad ne t'oublie pas, il pense à toi, il me l'a dit*, elle affirmait à Kishi que son père était là, tout près, et lui passait aux pieds ses mocassins brodés. Nous rêvions d'elle tous les trois en même temps, les mêmes nuits, nous nous levions d'humeur mélancolique, ou au contraire stupidement euphoriques, les mêmes matins. Nous étions comme ces filles qui, à force de vivre ensemble, synchronisent leurs cycles menstruels (Scott avait levé les yeux au ciel, quand j'avais émis cette idée). Mais peu à peu, quelque chose grandissait en nous, nous étions plus forts, plus confiants. Certains soirs, nous courions ensemble, le long de la route. Scott portait nos sacs à dos, Kishi râlait, la figure écarlate, mais la beauté du monde nous enveloppait, et dans nos respirations, accordées, semblait se glisser celle de Lucy. Et derrière, presque imperceptible, celle de Conrad.

Un soir, chez Kishi, Scott m'avait lancé, en sortant un sachet d'herbe : « Il reviendra. Il ne le sait pas lui-même, mais moi je le sais. » Puis il avait passé une main dans mes cheveux, les décoiffant d'un geste maladroit.

Que savons-nous des êtres qui sont partis ? Que savons-nous de leurs pensées, de leurs peines ? Peut-être volent-elles vers nous, cherchant à nous atteindre ? Peut-être sont-ils juste là, à côté de nous. Ils nous parlent, ils approchent leurs visages, ils nous enlacent, et peut-être prononçons-nous les mots que nous n'avons pas osé leur dire, que nous tenons prisonniers dans nos cœurs mais qui, la nuit, nous échappent, se déversant dans leur cœur. Peut-être la nuit est-elle traversée de nos émotions les plus secrètes, qu'elles se percutent, qu'elles s'embrassent. Peut-être que notre courage, nos espoirs, nos fois absurdes proviennent des phrases que l'on nous a murmurées dans l'obscurité, de cette douceur dont il ne reste, au matin, qu'une pulsation, juste une envie de vivre.

Finalement, je reçus une lettre de Lucy – en reconnaissant son écriture, j'avais dû prendre appui contre le mur. Elle avait rempli plusieurs pages, de ses lettres rondes et appliquées. Au départ, elle était polie et distante, alignant les banalités d'une correspondante étrangère que l'on n'aurait jamais rencontrée, mais au fur et à mesure elle se laissait aller, et j'avais la sensation d'entrer dans les méandres de son mystérieux cerveau, tandis qu'elle se parlait à elle-même. Il était saisissant de lire ces lignes, ces mots bruts, sincères, qui révélaient subitement ce qu'elle avait gardé au fond d'elle pendant tout le temps passé parmi nous, à la façon d'un trésor enfoui. Elle expliquait que sa mémoire lui était revenue d'un coup : elle s'était réveillée un jour, et c'était comme si on avait réaménagé une grande maison vide, replaçant les meubles à l'endroit exact où ils avaient toujours été.

Elle se souvenait de notre première rencontre, quand elle était arrivée dans la réserve, et qu'elle avait eu « envie de mourir ». Elle se souvenait que son père avait décidé de venir ici, soi-disant pour les « protéger » ; il prétendait les emmener loin de la folie des hommes, dans un lieu sauvage où l'on pourrait affronter un cataclysme, mais elle savait au fond d'elle que c'était arrivé parce qu'il l'avait surprise, dans sa chambre, avec un garçon plus âgé, rencontré lors d'un échange spirituel dans un auditorium (c'était exprimé de façon un peu confuse, mais il semblait qu'au moment où son père avait ouvert la porte de la chambre, le garçon ne portait rien d'autre que ses lunettes). Et aussi parce qu'il voulait l'éloigner de sa mère, sa mauvaise influence de femme superficielle. Celle-ci était partie quand elle était toute petite, quittant son père pour un dentiste bronzé (« un gros con », précisait Lucy), dont elle avait eu deux petits garçons. L'année précédant leur arrivée, elle s'était soudain préoccupée de sa fille et de son éducation, proposant de l'emmener en week-end ou chez le gynécologue, et même si elle avait ensuite oublié d'appeler pendant des semaines, Lucy était persuadée que sa réapparition dans leurs vies avait accéléré ce déménagement à l'autre bout du pays, plus que n'importe quelle catastrophe divine imminente.

Elle se souvenait des nuits où elle s'était glissée hors de la caserne des pompiers, pour traîner le long de la route, ou près de la station-service, et surtout pour s'aventurer dans la forêt, chercher les esprits qui lui faisaient signe, ce monde auquel, sans pouvoir l'expliquer, elle avait fini par comprendre qu'elle appartenait.

Elle se souvenait aussi du soir où c'était arrivé. Elle ne s'étendait pas, elle écrivait simplement : « Ça a été ma fin du monde à moi. » Mais elle ajoutait : « Il ne faut pas être triste, je suis une autre maintenant. » Après l'agression, ces semaines, ces mois durant lesquels elle s'était absentée de son corps, elle avait visité un autre espace, « un endroit d'énergie et de lumière pure ». Lucy était persuadée qu'elle était toujours habitée par les esprits : « Ils me parlent, ils me guident, ils m'ont appris beaucoup de choses. Sais-tu, Nita, que nos pères sont plus faibles que nous ? Nous devons leur pardonner, ils ont si peur, ils sont impuissants ici-bas. Nous sommes plus fortes qu'eux. »

Lucy terminait sa lettre en nous remerciant tous les trois de ce que nous avions fait pour elle. Autour de nos prénoms, elle avait dessiné des sortes de signes cabalistiques et des cœurs.

Je finis par retourner dans la forêt. C'était le début de l'automne, l'air était gorgé d'eau. Les feuillages flamboyaient, le sumac et la vigne avaient pris des teintes pourpres, les hêtres et les bouleaux des reflets cuivrés. Suspendue aux branches, la brume filtrait la lumière et les averses laissaient les feuilles dégoulinantes, aussi brillantes que des miroirs. Tout semblait incroyablement vivant, même le plumage des oiseaux sautillant dans les branches semblait plus éclatant, leurs cris plus déchirants.

Puis, soudain, comme si l'on passait une frontière, on entrait dans une étendue lunaire. Un espace jonché d'arbres secs, grouillant de moucherons, des cendres volant au-dessus du sol poussiéreux. Abandonnés, les baraquements de l'exploitation forestière étaient recouverts de suie, le toit de l'un d'entre eux s'était effondré. Au loin on apercevait le reste d'une grue. Les arbres, morts debout, avaient le tronc colonisé de champignons translucides. Les branches nues évoquaient une assemblée de squelettes mélancoliques.

Selon la police, il n'y avait aucune chance que les filles aient survécu à l'incendie, pas même infime. On n'avait pas retrouvé leurs corps, mais un jour, disait-on, des ossements réapparaîtraient quelque part, émergeant de la terre meuble des sous-bois, ou posés sur un lit de feuilles, nettoyés par la pluie. Je marchais sur la terre, qui s'étendait à perte de vue, et même si plus rien désormais ne pouvait être affirmé avec certitude, même si personne ne ressemblait plus à ce qu'il était hier, je savais que jamais cela n'arriverait. Aucune trace des filles ne resurgirait, comme aucune trace de mon père avant elles n'avait resurgi. Ce sont des pierres lancées dans le vide, que l'on entend siffler dans l'air, elles traversent l'espace et le temps, et l'on attend, parfois toute une vie, qu'elles retombent sur terre.

Pourtant, elles sont là, je marche dans le désert, et je les sens. Elles sont l'herbe pâle qui resurgit entre les racines, elles sont les vers et les racines sous la pierre, elles sont l'air lui-même. Je marche sur la terre, et je sais que la forêt renaîtra, c'est une palpitation, presque inaudible, un frémissement dans les cendres. Je sais qu'un jour je le verrai là-bas, une ombre filant entre les arbres ; il s'immobilisera un instant, et je le reconnaîtrai : mon chevreuil, ses yeux pleins de miséricorde. Puis il s'évanouira aussitôt, d'un bond gracieux, dans le néant.

Le monde est devenu autre, et moi, dans un étrange mouvement inverse, je ne veux plus partir. Je veux être là où est la forêt, là où demeurent le mystère et le sauvage, là où je peux cacher mes rêves, rejoindre mon père, retrouver les filles, là où je peux attendre le retour de Conrad. Là où il y a la possibilité d'un abri, d'un ailleurs, là où murmure la poésie, notre mémoire. Là où chuchotent les voix des disparus. Rien ne s'évapore, rien ne disparaît, je le sais à présent. Je ferai le siège de ceux qui ignorent la nécessité du refuge, de la frontière, de l'ombre. Je serai la gardienne du monde obscur des forêts. Je veillerai sur lui, je me dresserai sur le chemin de ceux qui veulent le détruire. Je me tiendrai debout, minuscule sur la route, dressant des barrages dérisoires. Je serai là, à la lisière, entre le chaos et le silence, je chercherai le secret caché derrière le paysage, à l'origine.

Composition : Nord Compo
Achevé d'imprimer
par Normandie Roto Impression s.a.s.
61250 Lonrai, en juin 2019
Dépôt légal : juin 2019
Numéro d'imprimeur : 1902620
ISBN 978-2-07-286315-8 / Imprimé en France

357784